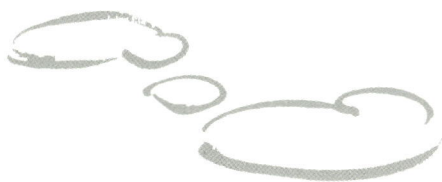

人间佐料

——请给我加一勺诗吧

何震 著

浙江文艺出版社
Zhejiang Literature & Art Publishing House

图书在版编目(CIP)数据

人间佐料:请给我加一勺诗吧 / 何震著. —杭州:
浙江文艺出版社,2023.9(2023.11重印)
ISBN 978-7-5339-7348-3

Ⅰ.①人... Ⅱ.①何... Ⅲ.①散文集—中国—当
代 Ⅳ.①I267

中国国家版本馆CIP数据核字(2023)第159603号

责任编辑 朱怡瓴 岳海菁
责任校对 牟杨茜
责任印制 吴春娟
封面设计 何 震
装帧设计 徐然然
营销编辑 周 鑫

人间佐料——请给我加一勺诗吧

何震 著

出版发行 浙江文艺出版社
地　　址 杭州市体育场路347号
邮　　编 310006
电　　话 0571-85176953(总编办)
　　　　 0571-85152727(市场部)
制　　版 杭州天一图文制作有限公司
印　　刷 浙江新华数码印务有限公司
开　　本 710毫米×1000毫米 1/16
字　　数 271千字
印　　张 18.25
插　　页 6
版　　次 2023年9月第1版
印　　次 2023年11月第2次印刷
书　　号 ISBN 978-7-5339-7348-3
定　　价 78.00元

作者简介

何震，浙江杭州人，摄影师，美食家，书画、篆刻艺术爱好者，一个爱读诗也爱写诗的人。

序

生活就是诗，诗就是生活。

王国维说："一切景语皆情语也。"顾随说："一切世法皆是诗法。"有人说，真正能体会中国诗的好，只有中国人；我想说，真正能感悟诗的美，是在生活中。诗在人间，诗是人间必不可少的精神佐料。

《人间佐料——请给我加一勺诗吧》分四辑：人间有味、人间沧桑、人间诗话、人间至情。一百篇随笔，以一百句诗句为题，或叙或议，或诗或文，或唱或叹。

人间有味。东坡词云："蓼茸蒿笋试春盘。人间有味是清欢。"当听到锅里剥剥声响，闻到阵阵清香时，蚕豆饭便是熟了。一掀起锅盖，那真是"金风玉露一相逢，便胜却人间无数"。闻一口，满脸拂香；看一眼，五彩缤纷；尝一勺，软糯香甜。蚕豆饭要一家人围着吃、捧着吃、抢着吃，吃的是美味，感受到的是快慰。童年最爱吃的是甜食。我最喜欢吃的糕点是麻酥糖。轻轻地抓起成块的，提起成条的，噙在嘴里，满口甜酥、喷香。童年就像一颗糖果，所有的一切都是甜的。生活是我们活过的日子，更是我们回味的日子。人间至真至纯的美味是"回味"，这个"回味"是甜甜的。

人间沧桑。太白山玄士云："学得丹青数万年，人间几度变桑田。"喜欢读史书，喜欢读《史记》。项羽是历代诗人吟咏最多的历史人物之一。李清照感慨："至今思项羽，不肯过江东。"杜牧感叹："江东子弟多才俊，卷土重来未可知。"项羽是过江东，还是不过江东？是忍辱负重，还是舍生取义？孰是孰非？其实诗人杜牧和李清照是借古讽今，借古咏怀，抒发自己的情感！为什么蜀汉这么一个大有希望的政权，竟然在三国中率先亡国？史学家众说纷纭，诗人们也莫衷一是。古人说"天命不可违"，历史只给了诸葛亮一个小国寡民的政治舞台，他只能借力、借风、借势，只能"鞠躬尽瘁，死而后已"，只能"尽人事，安天命"。这是诸葛亮的"命"和"运"，也是蜀汉先亡的根本原因。

人间诗话。张元幹词云："梦里有时身化鹤，人间无数草为萤。"虞世南咏萤："恐畏无人识，独自暗中明。"萤火虫虽微小是虫，无旺盛的生命，无灿烂的光芒，却不哀叹自己的弱小，而是以内在的力量，欢乐地展开翅膀。作为快乐的生灵，它与天上的太阳、月亮一样，执着追求，发光于天地间。"万山不许一溪奔"，"直待凌云始道高"。小溪说：大山虽然想阻止我前行，但是我穿过崇山，一路奔流，最终汇入大海。小松说：小时虽然我和野草一样高，但是我不断向下扎根，向上攀登，终将与凌云试比高。

人间至情。陆游诗云："寒日欲沉苍雾合，人间随处有桃源。"春天，撑着伞在雨中漫步。听雨点敲打伞面，看雨水顺着伞骨滑落成一串串水帘；仰望湿漉漉的天空，雨丝如春天的绒毛轻轻地拂在脸上。手旋伞柄，水珠在空中画出一圈圈美丽的"飞檐"。夏日，趿拉着一双布鞋看风景。看猫咪在路边游步，松鼠在树上追逐，雀鸟在枝头上鸣唱。秋季，披星戴月去赏桂。在晚风中，静静地感受桂花密密匝匝地开，窸窸窣窣地落，淡淡浓浓的香，丝丝缕缕的甜。冬夜，独自凭栏仰望。看一轮明月高挂在万籁俱寂的天边，看一池银光月色洒溢在大地山川，看天空中一颗长着丝丝睫毛、带着浅浅微笑、最大最亮的星……

以上内容部分来自《人间佐料——请给我加一勺诗吧》相关篇目，以此为序，或作为写作此书的旨趣和缘由。

诗在远方，也在身旁；诗在庙堂，也在茶坊。

何 震

2023年2月于良渚美丽洲

目 录

人间有味

人间诗话

人间至情

人间有味

一味螺蛳千般趣

——享受一场春天的盛宴

你知道在绍兴有一座螺蛳博物馆吗？

《钱江晚报》报道：绍兴越城村头村成为远近闻名的"螺蛳村"，做起了"螺蛳宴"，并建立了螺蛳博物馆，这真可谓"螺蛳壳里做道场"，"小螺蛳"做出了"大文章"。

螺蛳生长于淡水湖泊河流，属于最平民的食材。在过去，螺蛳难登大雅之堂，翻遍古代诗词难得见到撰写吃螺蛳的诗文。清代文学家、美食家袁枚所著的《随园食单》，列举了三百二十六种南北菜肴饭点，没有螺蛳的影子。"一味螺蛳千般趣，美味佳酿均不及"的古语，不知出于何人手笔。而如今，螺蛳的身影不仅出现在小店夜摊，也登上了星级酒店的餐桌。吃螺蛳不仅是品尝一种时鲜，更是体会慢生活的一种时尚。

吃螺蛳有不同的说法。有说吸的、啜的、吮的、嗍的、喝的，我喜欢"喝"的说法，具体形象有画面感。不管是吸还是喝，把螺蛳肉吸出来吃到嘴里，就是好法。吃螺蛳是个技术活，可以说有三种境界——用箸，用手，用签。第一境界是用箸。我有一个朋友，浙江萧山人，可谓吃螺蛳的高手，他只需用筷子将螺蛳夹住放在嘴边一喝，带着汤汁的螺肉就轻松地到了嘴里。一夹一喝一螺肉，一啜一呷一口酒，悠哉快哉。第二境界是用手。《舌尖上的中国》第一、二季的导演陈晓卿描述南京女性同行示范吃螺蛳的过程非常传神：伸出纤纤玉手，用前三个指头拈住一颗螺蛳，轻轻靠近唇边，两颊微微一颤，指尖便只剩下一只空壳，整个过程就像打了一个飞吻。第三境界是用签。有的人用尽气力还是吸不出螺肉，只好用竹签挑出来吃。其实吃螺蛳的美趣就在吮吸之间：一吸一吮，口齿噙香；一吮一啜；情趣难忘。

吃螺蛳会发出声音。一盘螺蛳上桌，于是餐桌上就发出各种有趣的声音，"啧啧""吱吱""咻咻"，此起彼伏，高低错落。古人云："食不语，寝不言。"有人会觉得这种吃相有碍观瞻。其实，这是美味在舌尖上的欢唱，如餐桌上少了"啧啧""吱吱"，雅则雅矣，却少了份吃螺蛳的乐趣。

螺蛳的烧法一般是炒、炖、煮。炒螺蛳有酱爆螺蛳、清炒螺蛳、韭菜炒螺蛳、榨菜炒螺蛳等等。炖螺蛳则是将油盐葱姜等佐料倒在螺蛳上，将其放在蒸架上隔水蒸。煮螺蛳则是放上佐料加上水煮，如上汤螺蛳、蛳鱼汤。也可煮熟挑出螺肉，做螺肉蒸蛋、螺肉豆腐羹等等。众吃法之中，最经典的要数酱爆螺蛳。炒螺蛳是一门学问，老子说："治大国，若烹小鲜。"炒螺蛳的关键是要掌握好火候，恰到好处，就如孔子所说："过犹不及。"

吃螺蛳在民间有许多俗语。"笃尾巴螺蛳过酒，神仙见了勿肯走"，"笃螺蛳下酒，强盗来了不肯走"。螺蛳的美味让神仙流连忘返，让强盗望而生涎。"螺蛳一碗，拎散镬盖"，说的是螺蛳吃一碗，饭要多吃好几碗。"清明螺，赛肥鹅"，即在恰好的时节吃恰好的食材，这是中式美食的一种境界，蕴含了中国人不时不食、顺时而食的饮食文化。

清明期间，小伙伴相约到农家乐聚餐，酱爆螺蛳是必点的时鲜。一盘螺蛳上桌，须臾间，所剩无几……

吃螺蛳，不仅仅是品尝一种时令之鲜，更是享受一场春天的盛宴，让我想起形容螺蛳之美的那句江南古语"一味螺蛳千般趣"。借用此句此韵，描写此景此情：

> 一味螺蛳千般趣，且持卮酒共欢愉。
> 美肴佳酿均不及，盘尽樽空又重沽。

人间有味是清欢

——淡淡的欢愉最有味

苏东坡最有滋味的一阕词：

> 细雨斜风作晓寒，淡烟疏柳媚晴滩。入淮清洛渐漫漫。　　雪沫乳花浮午盏，蓼茸蒿笋试春盘。人间有味是清欢。

这首《浣溪沙》，有一小序，交代了创作的时间及缘起。"元丰七年十二月二十四日，从泗州刘倩叔游南山。"《宋词鉴赏辞典》里这样讲解："元丰七年（1084）三月，苏轼在黄州贬所过了四年多谪居生活之后，被命迁汝州（治所在今河南临汝）团练副使。这种量移虽然不是升迁，但却标志着政治气候的转机。""这年四月东坡离黄赴汝，心境比较轻松，一路上颇事游访。""这年岁暮，东坡来到泗州，即上书朝廷，请罢汝州职，回宜兴休养。本词就是在这种背景下创作的。""这首小令是以时间为序来铺叙景物的。从早上写到中午，从细雨写到天晴，层次非常清楚。上片写沿途景观。……下片写春盘初试的杯盏清欢。"

这天，苏轼和朋友到郊外游玩，在南山里喝了浮着雪沫乳花的香茶，配着春日山野的蓼芽与蒿茎，然后赞叹："人间有味是清欢。"此句的妙处就是，词人看似在说饮食，却道出了一种人生哲理：人生是有味的，但不是一时的狂欢，更不是一味的贪欢，而是一种淡淡的清欢。"清欢"是什么呢？众说纷纭，难以描述。就如"诗无达诂"，对一首诗每个人都有自己的理解和感受；同样，对"清欢"每个人也都有自己的思虑和追求。

传唐人冯贽《云仙杂记》记载："陶渊明得太守送酒，多以春秫水杂投之，曰：'少延清欢数日。'"大意是，太守送来了美酒，陶渊明常以春高粱米的水与其混合后再饮，目的是能够多喝几天。隐居时虽然日子过得不如以前，但再不用为五斗米折腰，内心得到了宁静，"采菊东篱下，悠然见南山"，"登东皋以舒啸，临清流而赋诗"。这是陶渊明渴望的"清欢"吧。

宋人沈括《梦溪笔谈》记述："林逋隐居杭州孤山，常畜两鹤，纵之则飞入云霄，盘旋久之，复入笼中。逋常泛小艇，游西湖诸寺。有客至逋所居，则一童子出应门，延客坐，为开笼纵鹤。良久，逋必棹小船而归。盖尝以鹤飞为验也。"北宋处士林逋，隐居杭州孤山二十多年，不娶无子，而植梅放鹤，人称"梅妻鹤子"。"疏影横斜水清浅，暗香浮动月黄昏。"这是林和靖追求的"清欢"吧。

宋人范成大《冬日田园杂兴》吟诵："拨雪挑来踏地菘，味如蜜藕更肥酥。朱门肉食无风味，只作寻常菜把供。"冬日雪后，诗人来到自家菜园，拨开上面的积雪，从中挑了几棵踏地菘——白菜，做了一盘家常菜，其味比蜜藕更肥美浓厚，更有回味。富贵人家的大鱼大肉，当然就没有风味了，我只喜欢做和吃普通的菜蔬。这应是范成大寻求的"清欢"吧。

"酿肥辛甘非真味，真味只是淡"是《菜根谭》里的一句话，意思是：浓烈肥美、辛辣甘甜不是真正的美味，真正的美味往往是清淡的。

年初，我在院子里种了两畦蔬菜。一畦是青菜，另一畦还是青菜。每天浇水、浇水，看着它们一点点成长，从菜苗长成菜心，从菜心成长为菜花。早晨的菜园里，一夜露水把菜的叶瓣和叶心滋润得水嫩嫩的，整个菜园里流淌着水灵灵的"绿"，帮白叶青，晶莹欲滴，只此青绿，如同那棵"翠玉白菜"。

一场大雪过后，早晨，我坐在楼上窗前，扭头看一眼楼下的菜园。只见菜园一片洁白，宛如盖上了一床银色的被子，在白皑皑中露出几点"翠"。雪过天晴，那一点点的"翠"，慢慢地从白色的被子里钻了出来，露出了头，张开了臂；含着笑，唱着歌，沐浴在阳光中，充满了春的生机。

有朋自远方来，中午去菜园里割几棵青菜。"啪""吱"，青菜发出轻脆的声音，几分欣喜，几分不舍。一盘炒青菜，几碟下酒菜。

"清欢"是什么？

"清欢"不是来自别处，是来自对平静、疏淡、简朴生活的一种热爱，是一种人生境界，也是一种生活态度。此时，我知道"清欢"就在眼前，就在身边。

春韭满园随意剪

——东风吹过满目青翠

今天，临写杨凝式的《韭花帖》。

杨凝式是唐末五代时期官员、书法家，宋人将其与颜真卿并称为"颜杨"，清人李瑞清则视其为"由唐入宋一大枢纽"。很喜欢他的字，尤其是《韭花帖》，布白疏朗，清秀洒脱，深得王羲之笔意。内容如下：

> 昼寝乍兴，輖饥正甚，忽蒙简翰，猥赐盘飧。当一叶报秋之初，乃韭花逞味之始。助其肥羜，实谓珍羞。充腹之余，铭肌载切，谨修状陈谢，伏惟鉴察，谨状。七月十一日凝式状

大意是：午觉刚醒，肚子正饿，忽然收到您的来信，辱蒙您赐我一盘菜肴。一片枯叶飘落，告诉人们秋天已经来到，这也是韭菜花味道正香的时候。韭菜花使肥嫩的羔羊肉更加美味，这实在是一道美味佳肴啊！填饱肚子之余，心里实在十分感谢，在此慎重地写这封信表达我的谢意。恭请体察我的感谢之心。

杨凝式午睡醒来，恰逢有人馈赠韭花，非常可口，遂执笔以表示谢意。"助其肥羜"中"羜"是指出生五个月左右的小羊。羊肉蘸韭菜花——这是杨凝式的"珍羞"。

袁枚《随园食单》记载："韭，荤物也。专取韭白，加虾米炒之便佳。或用鲜虾亦可，蚬亦可，肉亦可。"韭白炒虾米——这是随园老人的佳肴。

李渔《闲情偶寄》记述："韭则禁其终而不禁其始，芽之初发，非特不臭，且具清香，是其孩提之心之未变也。"芽之初发，即鲜嫩的韭菜，是湖上笠翁的美肴。

韭菜，四季皆有，唯春天之韭最好。"正月葱，二月韭"，"二月韭芽芽，羡煞佛爷爷"，是说早春菜园里的韭芽味儿醇正，营养丰富，是春天的美肴。历代文人墨客与韭菜结下不解之缘，写下不少赞美韭菜的诗篇。

"夜雨剪春韭，新炊间黄粱。"朋友为杜甫剪来了初春鲜嫩的韭菜，再煮上一锅香喷喷的黄米饭供其品尝。"渐觉东风料峭寒，青蒿黄韭试春盘。"这是苏轼在料峭春寒里，采撷青蒿、春韭等时令菜蔬，做成清鲜的佳肴，为友人饯行。"雨足韭头白""豚肩杂韭黄"，陆游说，雨后的白头韭最好，猪腿肉炒嫩韭最妙。"春韭满园随意剪，腊醅半瓮邀人酌。"郑板桥说，最值得留恋的莫过于剪取满园春韭做成佳肴，邀人酌饮刚开坛的半瓮腊醅。

韭菜，很普通的蔬菜，主要用于调香。《礼记》云："庶人春荐韭……韭以卵。"在这里，"卵"指的是鸡蛋。春韭炒鸡蛋为当时最美味的菜肴之一。记忆中，母亲的韭菜炒鸡蛋是最好吃的。母亲不擅长烹饪，但擅长炒鸡蛋。如，西红柿炒鸡蛋、青椒炒鸡蛋、香椿炒鸡蛋、洋葱炒鸡蛋，再撒上一把葱花。只要是母亲炒的，我都喜欢。母亲的韭菜炒鸡蛋不仅好吃，更是好看——金中镶翠，黄里含绿，蛋液呈半流质，满满的鲜与香，盛放在青瓷盘里，犹如春天里的一幅水彩画。

年底，在菜园里撒了一把韭菜种子。微风轻拂，一点点翠从畦田里探出头来，一株株苗露出绿莹莹的笑意。韭叶扁平而修长，状若丝带，春风一吹，舞姿轻盈曼妙。韭叶尽管高低不一，杂乱无序，但这是头茬韭，也就是头刀韭，每年春节过后的头刀韭是最香最嫩的。古诗中"剪春韭""随意剪"，说的就是头刀韭。小时候常听阿太（奶奶的小姨，大家尊称她"亲爹爹"）说，剪韭和切韭是有讲究的，不用剪刀，不用菜刀，那样剪出的韭菜会有铁味儿，而是用手指摘，用指尖掐。过去也有人用碎碗瓷片来割，现在先进了，可以用陶瓷刀，这样切割的韭菜可以保持原味。

古人造字是很有智慧的。"韭"字，"一"字上面，两长竖六短横。"一"如土地，"横竖"如叶如茎，都是韭叶子。许叔重《说文解字》谓：

"韭，菜名。一种而久者，故谓之韭。象形，在一之上。一，地也。"韭菜是多年生宿根草本，别名长生韭等。韭菜像头发，割了又长；如春草，今天剪了，东风一吹，过几天又是满目青翠。

"韭"，春风渐起，春水兹始，生生不息。

留将一面与梅花

——与君同吟和同醉

"留将一面与梅花",是丰子恺以此为题的一幅画作。此诗句出自清代诗人何鈜的七言绝句《普和看梅云》:

> 酒沽林外野人家,霁日当檐独树斜。
>
> 小几呼朋三面坐,留将一面与梅花。

何鈜所留诗作不多,也不为世人所熟悉。丰子恺一幅《留将一面与梅花》,让我记住了诗人何鈜的名字。2018年10月,浙江美术馆举办"此境风月好——丰子恺诞辰120周年回顾展",我在展览馆近距离观赏到了这幅画。

我在画前伫立、欣赏:

山里人家,修竹掩映着茅屋,一个穿红色外衣的女子端着菜从屋子那边走来,三个穿长衫的男子围坐在桌边,品茗小酌,神情悠闲。桌的一边空着,不多远,有一株梅花开得正好。翠竹和红梅相对,好像也在小聚,也在闲聊。诗情无限,画意不尽。

茅屋,让我想起了陶渊明"草屋八九间。榆柳荫后檐"的高洁;修竹,让我想起了苏东坡"宁可食无肉,不可居无竹"的雅趣;梅花,让我想起了王元章"冰雪林中著此身,不同桃李混芳尘"的风姿。丰先生在缘缘堂毁于战火之后,颠沛流离,后隐居在杭州创作此画。他取岁寒三友中梅竹为喻，此景此情此聚，其节其气其洁，正如"此中有真意，欲辩已忘言"。

我在画前流连、沉思：

在诗人何铸眼里，梅花是朋友，是兄弟，是亲人，自然应留一面与梅花，与之同歌同舞，同吟同醉。古代文人墨客对花木多有眷恋和寄托，写下不少赞美的诗篇。屈原曰："朝饮木兰之坠露兮，夕餐秋菊之落英。"白居易云："少府无妻春寂寞，花开将尔当夫人。"苏东坡言："只恐夜深花睡去，故烧高烛照红妆。"辛弃疾道："一松一竹真朋友，山鸟山花好弟兄。"郑板桥说："咬定青山不放松，立根原在破岩中。"在他们心中，一花一草、一松一竹，是兄弟，是知己，是心灵的寄托。

我在画前徜徉、遐想：

清代文学家张潮说："天下有一人知己，可以不恨。不独人也，物亦有之。如：菊以渊明为知己，梅以和靖为知己，竹以子猷为知己，莲以濂溪为知己，桃以避秦人为知己，杏以董奉为知己，石以米颠为知己……一与之订，千秋不移。"

人与物相交并引为知己，是因为人在物上找到了自己仰慕的品质、追求的精神。如：陶渊明以菊为知己，悠然自得；林和靖以梅为至友，孤清高洁；王子猷以竹为知音，清雅脱俗；周敦颐以莲为知友，出淤泥而不染……万物皆是有灵性的，他们相互订交，千秋万代不会改变。

留一面与梅花，不仅要给花草松竹留一席之地，更要给心灵留一扇窗，给阳光留一丝空隙。

　　　　寻一份闲情，得一种快意人生。
　　　　留一页空白，题一首美丽诗篇。
　　　　掬一瓣心香，染一纸尺牍素笺。

不放香醪如蜜甜

——追寻那甜蜜的回味

童年最爱吃的是甜食,有一首儿歌为证:

摇啊摇,摇到外婆桥,

外婆请我吃年糕。

糖蘸蘸,多吃点,

盐蘸蘸,少吃点,

酱油蘸蘸没吃头。

在江南,尤其在杭州,这应是最流行的童谣了。白天唱,晚上在梦中
也唱。我寻思,如今能记得这首儿歌的人,大多应是20世纪60年代出生的
人吧。"糖蘸蘸,多吃点",念到此处,我脑子里浮现的是一些过去最难忘
的甜食体验。

张爱玲在《童言无忌》中写道:"小时候常常梦见吃云片糕,吃着吃
着,薄薄的糕变成了纸,除了涩,还感到一种难堪的怅惘。"

云片糕又名雪片糕,是江浙等地的传统糕类美食,其名称是由片薄、
色白、味甜的特点而来的。吃云片糕是很隆重的。洗净手,把云片糕放在
方桌上,端坐在桌前,小心翼翼拆开包装纸,露出那雪白如云的云片糕。
轻轻地撕下一片,曲卷自如,不断不裂。糕片上嵌着榄仁、芝麻、青梅、
松子、红绿丝等,如同一块白玉镶嵌着翡翠、玛瑙等宝石,洁白里透几点

红几抹翠。含在嘴里，即如雪花融化；轻轻一嚼，细腻绵软，软糯香甜。

我最喜欢吃的糕点是麻酥糖，因为"甜"。以前，麻酥糖只有在逢年过节时才吃得到。将黑芝麻磨成细粉，和麦芽糖一起反复叠压成条，用一张小红纸包成长方体，小红纸上则印有店家的字号。小心翼翼地拆开那层红纸，轻轻地抓起成块的，提起成条的，噙在嘴里，满口甜酥、喷香。再用手一点点地捏着酥糖碎末送进嘴里，若糖粒儿落在衣服上，就马上一按，拈进嘴里。最后，把红纸对折，仰起头，折角处对着嘴，把酥糖碎末全部倒入口中，舔舔嘴，抹抹嘴，才心满意足。

我最喜欢吃的甜点是八宝饭和糖氽蛋。做八宝饭是母亲的专长，每年春节前，母亲就开始忙碌起来了。先要准备做细沙馅，这是八宝饭和细沙粽的主要配料。买来赤豆，经挑选、清洗、浸泡、烧煮、去皮、加猪油等十多道步骤，做好的细沙馅一部分用来包细沙粽，另一部分盛在一只蓝色搪瓷罐里。真是太诱惑人了。趁没人时，我便用瓢羹儿，即汤勺，尝一小口，第二天再尝一小口……多年后，我问母亲："有没有发现当年我偷吃细沙馅？"母亲笑着说："怎么会不晓得。""那您为什么不说？"母亲微笑着说："做成八宝饭是吃，直接用勺也是吃，只要你喜欢就好。"

糖氽蛋，顾名思义，是白糖加鸡蛋做的一种甜点心。记得20世纪80年代初，我作为毛脚女婿，第一次去宁波拜见岳父母。一见面，岳母烧了满满一碗糖氽蛋，我吃了一个又一个，吃了一个，还有一个，吃在嘴里，甜在心里。多年后，我才知道这是宁波的风俗，丈母娘要为第一次上门的毛脚女婿烧上一碗。毛脚女婿如果吃了这碗糖氽蛋，就意味着可以把自己心爱的人娶进家门。

月饼过泡饭，白糖拌稀饭，都是甜蜜的体验。至于海丰蛋糕、大白兔奶糖、水果罐头，那可是可望而不可即的奢侈品。

甜食在中国有悠久的历史。《天工开物》载："凡饴饧，稻、麦、黍、粟皆可为之。《洪范》云：'稼穑作甘。'"在中国的许多传统民俗里，甜食不但是主角，还寓意着人们对甜美生活的向往。从春节到端午、中秋、冬至，甜汤、甜点都是必不可少的。甜，会意字。"甜"字篆文左边从"甘"，右边从"舌"。《说文解字》中说："甜，美也。从甘，从舌。舌，知甘者。"

唐宋诗文中有不少描述甜食的诗篇。

杜甫喜欢吃甜食，喝甜酒。人生能有几何，岁月已由春入夏，可不能把甜蜜的美酒丢在一旁啊！这是诗人在《绝句漫兴九首（其八）》中的感慨：

> 舍西柔桑叶可拈，江畔细麦复纤纤。
>
> 人生几何春已夏，不放香醪如蜜甜。

苏轼喜欢吃蜜汤，曾言"予少嗜甘，日食蜜五合，尝谓以蜜煎糖而食之可也"，又曰"吾好食姜蜜汤，甘芳滑辣，使人意快而神清"，并写下了"想见冰盘中，石蜜与柿霜"等诗句。诗人黄庭坚喜欢吃糖霜，他在《又答寄糖霜颂》中写道："远寄蔗霜知有味，胜于崔浩水精盐。正宗扫地从谁说，我舌犹能及鼻尖。"鼻尖不小心沾到了糖霜，也会让人忍不住想用舌头舔一下，可不能浪费这甜滋滋的味道。黄庭坚形象地描写了糖霜的美味。陆游喜欢吃甜品，他在《初夏》中说："槐柳成阴雨洗尘，樱桃乳酪并尝新。"樱桃配乳酪，俨然是一道可口的甜品。

南宋文学家周密《武林旧事》卷六记载了当年南宋都城临安（今浙江杭州）百姓喜欢吃的糖糕、蜜糕、栗糕、糍糕、蒸糖糕、生糖糕、蜂糖糕等十九种糕点，其中绝大多数都是甜的，可见当年临安人对甜食的喜爱。

其实，无论古今中外，甜味是人出生后最先品尝的味道，我们在这个世界上得到的第一份食物，就是母亲甘甜的乳汁。《格列佛游记》的作者、18世纪的英国作家乔纳森·斯威夫特说过，追求甜和光明，是我们人类两件最高贵的事情。

云片糕、麻酥糖、八宝饭、糖氽蛋、洋糖糕、弹子糖、甜酒酿……

童年就像一颗糖果，所有的一切都是甜的。生活是我们活过的日子，更是我们回味的日子。人间至真至纯的美味是"回味"，这个"回味"是甜甜的。

冻齑此际价千金

——冬日最时鲜的时令菜

"齑"这道菜肴，战国时期已有了。

"齑"字的本义是指用酱拌和细切的菜或肉。齑大多用蔬菜制作，也指将原料捣碎再加调料拌和腌渍的方法。

"冻齑"就是在严冬来临之前腌渍的咸齑，即腌菜。腌菜在中国有着悠久的历史。东汉郑司农注《周礼·天官》就有"大羹不致五味也，铏羹加盐菜矣"的说法。陆游《咸齑十韵》云：

> 人生各自有贵贱，百花开时促高宴。
>
> 刘伶病醒相如渴，长鱼大肉何由荐？
>
> 冻齑此际价千金，不数狐泉槐叶面。
>
> 摩挲便腹一欣然，作歌聊续冰壶传。

陆游感叹：人生有高低贵贱，百花开时催促盛宴。刘伶酒喝多了，司马相如患病了，大鱼大肉怎么能吃呢？此时这冻齑价值千金啊！有了冻齑，不再想念春天的槐叶冷面，吃饱了，抚摸着肚子续唱一曲《冰壶传》，这是多么快乐！

陆游是越州山阴（今浙江绍兴）人，绍兴人喜食腌菜，所以陆游留下不少书写腌菜的诗句，如七律《晚兴》中的颈联和尾联：

山童新斫朱藤杖，伧婢能腌白苣斋。

政欲出门寻酒伴，霏霏小雨又成泥。

　　陆游说："书童新砍来了朱藤柴，婢女腌好了白苣斋，我正想出门寻朋友一起来喝酒，天突然下起了霏霏细雨，村里的小路泥泞难走。"我思忖，不知陆游有没有找到酒伴，一起品尝美味，把酒言欢。

　　今天邻居送来自己腌的冬腌菜，"香美异常，色白如玉"，让人眼馋。美肴要分享，喝酒需同伴，于是，约大哥大嫂来家小聚。晚上，妻子烧了几道家常菜，其中一盘炒"二冬"，即冬腌菜炒冬笋。兄弟二人频频举杯，频频干杯，此时说得最多的话题是父母，是童年……

　　记得童年时，我家有两只缸，一只是大缸，另一只是小缸。大缸用来储水，小缸用来腌菜。过了小雪节气，腌菜是杭州城里家家户户的一件大事，马路边、弄堂里、墙头角、窗台旁、竹竿上、屋檐下，满眼皆是大白菜。这是那时杭州城里一道美丽的风景线。

　　民国时期盛泽诗人沈云有一首描写腌菜的诗："半畦腴翠曝茅檐，秋末晚菘霜打甜。郎踏菜时双白足，教侬多糁一星盐。"诗人诗化了腌菜的整个过程，即"选、晒、堆、腌"。其实腌菜还是蛮辛苦的。记得那时，每天早晨读书前，我要把大白菜一捆捆地抱到路边摊开，放学回家，再把菜抱回来堆在屋角；第二天继续抱出去，再抱回来……约一个星期后，感觉菜梗、菜叶从原先的生脆变得有韧性了，再堆放两天就可以腌了。腌菜的日子一般选择在小雪前后的单日，下缸前，先把菜缸洗净揩干，接着切去菜头，制作腌菜就正式开始了。

　　脱了鞋，光着脚，站进缸里，用脚使劲踩。"吱吱""叽叽"，当菜梗菜叶发出了声响，人便从缸中撤出来，再往缸里撒一层盐，铺一层菜，再站进缸里一遍遍地踩。腌制中放菜和撒盐是"技术活"，由阿太把关，"一层盐一层菜，菜按顺时针垒成圈"。过上一周左右，还要再踩一次，谓之"转脚"。然后再压上几块大石头，使重压下的腌菜被盐卤浸渍，不易变质。个把月之后，缸面浮着的黄色泡沫渐渐消失，菜便算腌熟了。

　　袁枚《随园食单》对冬腌菜有记载："常腌一大坛，三伏时开之，上半截虽臭、烂,而下半截香美异常,色白如玉,甚矣!相士之不可但观皮毛也。""香美异常,色白如玉",这是随园老人对冬腌菜的赞美,听了让人眼馋。冬腌菜有很多烧法,可以炒"二冬",可以放几粒开洋蒸腌菜,还可与黄豆芽、豆腐干丝、笋丝、香菇、木耳等一起炒着吃,名曰"八宝菜",这是每年春节时必备的菜肴。

儿时一家人吃饭,父亲经常会讲一个和冬腌菜有关的故事:有一户姓张的宁波人请客人吃饭,说今天的菜(此时父亲会用宁波方言讲述)"咸鸡,慈姑肉,蛋豁豁,鱼过过,下饭无告饭吃饱"。隔壁邻居一听,哟,今天老张家菜肴这么丰盛,有鸡、有肉、有蛋、有鱼,还有慈姑。父亲接着说,其实只有一只菜,就是炒冬腌菜。所谓"咸鸡,慈姑肉,蛋豁豁,鱼过过,下饭无告饭吃饱",其实是"咸齑自家搦,淡豁豁,唔过过,下饭无告饭吃饱"。意思是:咸菜是自家做的,盐放得少,咸菜有点淡,就这样过过饭吧,下饭的菜虽少,但饭要吃饱。

此时父亲笑声朗朗,母亲笑声连连。尽管父母已离我们远去,但笑声仍在耳边。

哥,"咸齑自家搦,淡豁豁,唔过过,下饭无告饭吃饱",来,再干一杯……

且将新火试新茶

——有茶的地方就是故乡

只要有一壶茶，到哪里都是家。

古人造字很有智慧。譬如一个"茶"字，人在草木间。茶，本只是一片树叶，吸天地之灵气，汲日月之精华。这一源于南方的嘉木，在幽寂的山野与我们邂逅了。采撷几片，放入杯中，茶水沸腾，于是，娉娉袅袅，舒舒缓缓，郁郁菲菲，一切春天的气息，就宛然其中了。

饮茶有吃茶、喝茶、品茶、啜茶之说。

杭州人把喝茶叫作"吃茶"。外来人大多不理解，说杭州人"吃"和"喝"不分。其实"吃茶"的叫法有悠久的历史，很早以前，古人就常唤作"吃茶"。四大名著中也有对"吃茶"的描写，因为最早茶叶是拿来吃的。茶圣陆羽说，茶之为饮，发乎神农氏。茶文化一开始也是吃出来的，人们通过嚼茶叶来了解茶叶。从生吃到大锅煮，这是饮茶方式的演变。

以上说的是茶事，再说文字。"吃"，原字是"喫"。《说文解字》谓，"喫"即"食也"。《康熙字典》中，"喫"的释义有"饮"一说。"喫"与"吃"，原本是两个字。《说文解字》释："吃，言謇难也。"本义是口吃，即说话结结巴巴，不流利。20世纪50年代，第一次文字改革，以笔画简单的"吃"代替了笔画繁复的"喫"。所以，杭州人说"吃茶"是有底蕴的。

"喝茶"的说法应来自北方。梁实秋在《喝茶》中描述："凡是有中国人的地方就有茶。人无贵贱，谁都有份……北人早起，路上相逢，辄问讯'喝茶未？'茶是开门七件事之一，乃人生必需品。"梁实秋描述的是北方人的生活习俗。夏日，游人口干舌燥，经过一个茶摊，端起大碗茶，咕咚咕咚，真解渴啊！此时此处应用"喝"。

饮茶，注重一个"品"字。品茶，真是一种艺术化的生活！品茶不但是鉴别茶的优劣，也是领略饮茶情趣之意。明代诗人杨慎《和章水部沙坪茶歌》写道："君作茶歌如作史，不独品茶兼品士。"杨慎把品茶和品人相提并论了。其实真正懂茶的人在品茶时，不只是用嘴巴喝，而是要调动全身五感来体会。如喝西湖龙井有"三杯水"的说法。第一杯水，是闻香；第二杯水，是品茶；第三杯水，是观茶。尤其是闻香，有干闻、热闻、温闻、冷闻之说。如第一杯水只冲三分之一即倒掉，然后去闻下那温濡湿漉的茶叶，此时一股素雅的清香扑鼻而来，这便是温闻。

我喜欢热闻，将沸水冲入杯中，茶气随着热气一起缭绕上升，低下头，靠近杯，嗅一嗅，清香扑鼻，沁人心脾。喝一口，满嘴噙香。茶不仅是喝的，更是品的。不嗅不闻，茶香随风飘逝，太可惜了。品茶不仅在嗅觉、味觉，还有触觉。喜欢喝武夷岩茶的茶友都对"涩"和"回甘"有一种特别的情感。涩是一种触觉，在口腔的上皮细胞中产生，而在口中转化消失过程中产生了甜，一种有回味的"甜"。品茶真正的美妙是心灵的感觉——抿一口，感受春的气息。

说到"啜茶"，让我想起苏轼的《啜茶帖》："道源无事，只今可能枉顾啜茶否？有少事须至面白。孟坚必已好安也。轼上，恕草草。"这是苏轼邀请好友道源来喝茶，随手写的一张便条：道源兄，闲来无事吧，来啜茶聊天如何？顺便有事相商。你儿子孟坚想必一切都好。恕谅，匆匆。

苏轼是很有情趣的，邀请朋友来啜茶、喝酒要写一首诗或写一张便条。如苏轼给道源送一壶酒，写道："京酒一壶送上，孟坚近晚，必更佳，轼上道源兄，十四日。"此"便条"现称为《京酒帖》。这两张"便条"约写于元丰三年（1080），此时苏轼因乌台诗案遭诬陷，刚被贬到黄州不久。在黄州，苏轼潇洒涅槃成了豁达乐观的苏东坡。

苏轼是有名的茶痴，深谙啜茶之道。"啜"其实是"吮吸法"，把舌头两侧向内卷曲，同时深吸，茶汤吸入口中时会发出"咻咻"的声音，如同吃螺蛳会发出"啧啧"声，吃面条会发出"吸溜吸溜"声一样，这是美味在舌尖上歌唱。苏轼写过很多品茶的诗词，我最喜欢的词句是："且将新火试新茶，诗酒趁年华。"

"几处早莺争暖树，谁家新燕啄春泥"，春天里，和小伙伴一起在西子湖畔喝茶，兴尽之余，一首诗浮上心头：

燕子衔着三月的一枝
春
被风吹落到一杯
清水里
顿时化成一泓绿波
荡起了层层涟漪
娉娉袅袅，依依
旋旎
我浅浅吸一口，含在嘴里
轻轻地吐
一口气
三分酿成了芳香
七分化作了诗意

风物于人随意好

——风景这边独好

　　早晨，在窗台边看见各种雀鸟，叫不出它们的名字，但熟悉它们的鸣唱——"啾啾""叽叽""嘎嘎"。

　　出去散步，家门口一棵高高的树上有许多雀鸟，鸟在树上筑巢、嬉戏。一排麻雀在树上叽叽喳喳地叫，另一群麻雀从树上窠里嗖嗖掠过，高叫几声，看我几眼，就撒开翅膀，箭也似的飞去了。我不知道这是一棵什么树，看见路旁的清洁工，就走过去问道："师傅，请问这是什么树？""我也不晓得啊，只知道会掉果子，黏黏的，可以洗衣服。""噢，我知道了，谢谢。"

　　"掉果子，黏黏的，可以洗衣服。"我知道这种树叫皂荚，又名皂角，鲁迅在《从百草园到三味书屋》中说："我家的后面有一个很大的园，相传叫作百草园。"百草园中有一棵"高大的皂荚树"。周作人在《鲁迅的故家·百草园》里又说："（百草园）右面在走路与池的中间是一座大的瓦屑堆，……堆上长着一株皂荚树，是结'圆肥皂'的。"

　　皂荚树在江南一带随处都有，树冠巍峨，树干耸直，枝叶繁茂。叶子复羽双叠，每到春天，新叶长出，一片生机盎然。立夏时节，皂荚树开满了黄色或白色花朵，在微风中飞舞。夏天结实成荚，长扁像刀。开白色小花的结荚比黄色的肥硕短厚，杭州人叫它"肥皂核儿"，不但可以清除污垢，而且能预防皮肤过敏。

　　皂荚富含胰皂质，捣碎了浸水，可以用来洗涤衣物。宋代时就出现了一种人工制成的洗涤剂，是将天然皂荚捣碎细研，加上香料等物，制成橘子大小的球状物，专供洗面浴身之用，俗称"肥皂团"。据宋人周密《武林旧事》中《小经纪（他处所无者）》记载，南宋京都临安已经有了专门经营"肥皂团"的生意人。宋人张耒《东斋杂咏·皂荚》诗云："畿县尘埃不可论，故山乔木尚能存。不缘去垢须青荚，自爱苍鳞百岁根。"清人梁绍壬《两般秋雨盦随笔》记载："闺中女儿以笔管吸皂荚水，吹五色泡为戏，此事未有人咏者。"梁父友人叶雨辀先生赋《钗头凤》一阕云："春归闷，眠难稳，闲来吹个团团晕。虚空界，圆光蔼，窗边才过，又飞帘外，快、快、快。　朱唇吮，香泉润，笑拈湘管郎肩喷。风前摆，儿曹待，明珠无数，霎时何在，再、再、再。"一阕吹皂荚水词，把小女孩吹皂荚水玩耍的情景，描写得生动有趣。

记得小时候马路边有许多这样的树，小伙伴们去捡皂荚的果子，果子青青的、黏黏的。有的人把果子捣碎了浸水，用皂荚水洗头发；有的人把皂荚用棒槌砸烂，再把它抹在衣服上，捶洗几遍，衣服就洗干净了。把皂荚水放在一只塑料杯里，然后用一支圆珠笔的套管蘸上那黏稠的皂荚水，慢慢地吹起一个轻圆的网球大小的泡泡儿，再轻轻地一提，那轻圆的球儿便从管子上飘了出去，在阳光下色彩缤纷，在清风里悠然飘游……

走到路口，看见鸡爪槭树叶开始变色了。从春天的嫩黄、鲜绿，到夏日的深绿、黄绿。之前，我以为鸡爪槭就是红枫树，其实鸡爪槭和红枫有亲缘性，都是红叶植物，区别就在于叶子变红的时间，红枫叶是一年三季红色，而鸡爪槭叶是春夏季绿叶，秋季变红叶，红叶期三个月左右。植物界中到了秋冬叶子变成红色的，除鸡爪槭外还有许多种类，最常见的有乌桕、野漆树、盐肤木、爬山虎、丝棉木、连香树、黄连木等。其中以鸡爪槭、元宝槭、色木槭等树种的红叶最为著名，与枫香树比，槭树的叶子红得更加透、更加美。

荡了一圈，回到家门口，猫咪在路边游步，松鼠在树上追逐，雀鸟在高高的皂荚树上，三三两两，成群结队，或站在枝头上愉悦地鸣唱，或在树梢上快乐地纵跳，或斜着羽翼掠空而过，留下一圈优美的弧线。眺望远方，白云出岫，群峰隐现，青翠如洗，此景正如陶渊明在《游斜川》诗序中所写："辛丑正月五日，天气澄和，风物闲美。"此时，不禁在心中吟哦起南宋诗人王宁的诗句："风物于人随意好，江山如画得天开……"

粥香饧白杏花天
——粥，是慢慢熬出来的

粥，是慢慢熬出来的。

粥的古字是鬻，在汉代以后简化，篆文"鬻"隶变后成了现在的"粥"。粥的历史非常悠久。相传，"黄帝始烹谷为粥"。《礼记》说："食粥，天下之达礼也。"粥起源于商周之前。古时称"糜""饘""酏"等等。

粥，是在中国历代食书中飘着香，慢慢流淌出来的。食粥一事，古人食书或笔记中多有记载。

清代袁枚在《随园食单》里，对粥下了一个定义："见水不见米，非粥也；见米不见水，非粥也。必使水米融洽，柔腻如一，而后谓之粥。"意思是：只看见清水而很少看见米粒的，不是粥；只看见米粒而汤水很少的，不是粥。必须要水米融合，柔软与细腻合为一体，才可以称之为粥。

宋人林洪在《山家清供》书录了豆粥、梅粥、真君粥和玉糁羹等粥品，他屡次称赞粥"此味清切"，甚至还说它："山居岂可无？"他在《玉糁羹》中叙述："东坡一夕与子由饮，酣甚，槌芦菔烂煮，不用他料，只研白米为糁。食之，忽投箸抚几曰：'若非天竺酥酏，人间决无此味。'""玉糁羹"就是用碎萝卜加上碎米熬粥，苏东坡食之说，这是人间美味。

李渔《闲情偶寄》载："其吃紧二语，则曰：'粥水忌增，饭水忌减。'米用几何，则水用几何，宜有一定之度数。"李渔说，这要紧的两句话就是："煮粥的水忌加，煮饭的水忌减。"

清人黄云鹄集前代粥品之大成编出的《粥谱》一书，是我国最早的一部药粥专著，全书细分为《〈粥谱〉序》《食粥时五思》《集古食粥名论》《粥之宜》《粥之忌》《粥品》六部分，列出粥点二百三十七种。他指出煮粥"水宜洁，宜活，宜甘"，"罐宜沙土，宜刷净"，"米宜精，宜洁，宜多淘"，"下水宜稍宽，后勿添"，等等。

食粥之妙，古人诗词中多有吟诵。

"留饧和冷粥，出火煮新茶。欲别能无酒，相留亦有花"（白居易《清明日送韦侍御贬虔州》）；"卧听鸡鸣粥熟时，蓬头曳履君家去"（苏东坡《豆粥》）；"今朝佛粥更相馈，更觉江村节物新"（陆游《十二月八日步至西村》）；"我得宛丘平易法，只将食粥致神仙"（陆游《食粥》）；"粥香饧白清明近，斗挽柔条插画檐"（方岳《杨柳枝（其三）》）；"脱蕊收将熬粥吃，落英仍好当香烧"（杨万里《落梅有叹》）。

"粥香饧白杏花天"，出自李商隐《评事翁寄赐饧粥走笔为答》：

粥香饧白杏花天，省对流莺坐绮筵。
今日寄来春已老，凤楼迢递忆秋千。

恰逢杏花开放之时，米粥散发着清香，麦芽糖稀颜色洁白。记得昔日参加丰盛的筵席，耳边有莺声婉转。今天评事翁寄来饧粥，春天已经要过去了，我忆起遥远的宫中春日荡秋千的场景。

粥，杭州人称为"稀饭"。

杭州为鱼米之乡。原始先民吃谷米的习俗历史久远。杭州人的主食以米饭为主，面食只是点缀而已。如果三餐没吃米饭，上顿下顿都吃面食，就会觉得胃空空的，好像没吃饱似的。20世纪60年代初，杭州大部分家庭吃"三饭"，即，早餐泡饭，中餐干饭，晚餐稀饭。

泡饭，就是将隔夜冷饭加水烧滚或用开水泡。杭州人一年四季都习惯在早上吃泡饭。所谓"冷饭头儿茶泡泡，霉干菜儿过一吊"，如果吃泡饭时有油条、腐乳、酱瓜、油氽花生米过过，不要"条件"太好哟！

中餐是主餐，用"尖米"（早籼米）烧制米饭。早籼米涨性好，能耐饥，价格亦便宜，但烧出来的米饭又粗又硬，抓一把，一撒都是一颗颗的。

晚餐以吃稀饭为主。那时买米是要凭粮票和购粮证的，如果一户人家人口多，尤其是男伢儿多的话，购粮证上的定量是不够的。所以，晚餐就以稀饭为主了，买几只高庄馒头，再配几碟酱菜，吃了也是蛮落胃的。

煮粥看似简单，但是要熬出一锅好粥，并非易事。小时候，阿太煮的粥最好吃。把"晚米"（晚粳米）淘洗干净，放入沙锅，加适量的水，放在生旺的煤火炉上。一会儿，水烧开了，汤水滚了，我在旁帮忙，用芭蕉扇对着下边的炉门口，"啪哒啪哒"一个劲地扇。火越烧越旺，汤水越煎越浓，"咕噜咕噜"，锅里发出白米翻滚的声音。此时，阿太说："好了，不用扇了，现在要文火慢慢炖了。"

"粥，是慢慢熬出来的。"这是阿太常说的一句话。

日前，翻阅《曾国藩家书》，读到他在给诸弟的书信中的一段话："予思朱子言：'为学譬如熬肉，先须用猛火煮，然后用慢火温。'予生平工夫，全未用猛火煮过，虽略有见识，乃是从悟境得来；偶用功，亦不过优游玩索已耳。如未沸之汤，遽用慢火温之，将愈煮愈不熟矣。"曾国藩说，我思考朱熹的话，求学就如同用火煮食物。先要用猛火煮，待它熟了后，再用小火慢慢地煨。

猛火煮、慢火温，不就是煮粥之法吗?!粥是慢慢熬成的，求学问道也是一样，是慢慢炼成的。

王阳明《传习录》云："人须在事上磨，方立得住，方能静亦定，动亦定。"修行就像熬粥，只有经过煎熬滚煮，才能真正站得住脚，做到于静中能安定，于动中也能安定。

今天，我正在煮粥。一如流淌，一如飘香。

此曲只应天上有

——一场地球级的音乐会

雨水敲打窗棂，雨露洒向大地，万物发出生长的笑声。

小动物在洞穴口探头探脑，小鸟儿在树枝上载歌载舞。熊猫弹出"咔哧咔哧"的清脆弦音，青蛙吹出"呱呱"的响亮和声。"汪汪""咩咩""哞哞""啾——"，一声声悦耳的长音，穿过蓝天，穿过流云；"喳喳""咻咻""咕咕""啭——"，几声长长短短的呼唤，越过绿树，越过田野。

这是四季轮回的重奏，生灵活泼合奏，花草优雅伴奏，奏唱和谐的乐章。地球是这场音乐会唯一的舞台。这是人民日报新媒体为了宣传世界地球日制作的一段视频——没有文字，只有画面；没有旁白，只有旋律。天地之美、四时之序、万物之生，它们是最美的文字，最美的旋律。

2022年4月22日，这段视频在微信朋友圈里不断地被转发、被刷屏，让我们一起来听一场地球级音乐会。

"布谷、布谷，布——谷、布谷"，我听到了布谷鸟悠扬而从容、清脆又嘹亮的鸣叫，知道这是谷雨农耕时节了。俗语云："布谷布谷，收麦种谷。"布谷声里，杜甫听到了催种声："田家望望惜雨干，布谷处处催春种。"布谷声里，陆游听出田园里悠悠扬扬漫起的赶牛调："布谷布谷天未明，架犁架犁人起耕。"

"知了、知了，知——了、知了"，我听到了蝉洪亮而高亢，时低又时高的鸣叫，知道这是进入盛夏了。古语云："蝉始鸣，半夏生。"盛夏虽有暑热，但乐声不断——蝉喜欢在盛夏时节开始自己的演唱会，天气越炎热，它就唱得越欢。"绿槐高柳咽新蝉，薰风初入弦"，和暖的风微微吹起，苏轼听到了新蝉鸣叫；"万树鸣蝉隔岸虹，乐游原上有西风"，乐游原上西风阵阵，李商隐听到万树蝉鸣；"蝉噪林逾静，鸟鸣山更幽"，荡漾在若耶溪中，王籍听到了阵阵蝉声。

"淅沥、淅沥，淅——沥、淅沥"，我听到了落叶细碎而簌簌，时断又时续的声音，知道秋天来了。古语云："一叶落知天下秋。"当代著名美学家、教育家朱光潜有一则趣闻：秋深了，有学生走进他的小院，见到地上积着厚厚的落叶，脚踩上去飒飒地响，想帮老师扫枯叶。朱先生见状说："我等了好久才存了这么多层落叶，晚上在书房看书，可以听见雨落下来、风卷起的声音。这个记忆，比读许多秋天境界的诗更为生动、深刻。""飒飒""簌簌""淅沥"，秋天的声音永远留在朱先生的心里。

"窸窣、窸窣，窸窸——窣窣"，我听到了下雪的声音，微弱而轻盈，私语如耳语，便知道冬天到了。谚语云："瑞雪兆丰年。"雪，滋润着大地鲜丽的色彩，隐蔽着遍野的花花草草，世间万物在雪的点染中，尽显美好。雪花飘飘，激发了文人们的诗情画意："燕山雪花大如席"，"忽如一夜春风来，千树万树梨花开"，"一片两片三四片……飞入梅花都不见"。雪蕴、雪飞、雪凝、雪融，伴随着整个冬天的脚步。雪融化了，一个绚丽的春天就要来了。

四季轮回，八音克谐；琴瑟和谐，天籁之音。"此曲只应天上有，人间能得几回闻。"这是唐代诗人杜甫在《赠花卿》中的感叹。英国诗人那许有一首诗说，春天来了，百花齐放，姑娘们跳着舞，天朗气清，鸟儿都歌唱起来。他列举四样鸟声：Cuckoo, jug-jug, pee-wee, to-witta-woo!

周作人曾说："这九行的诗实在有趣，我却总不敢译，因为怕一则译不好，二则要译错。"周作人是聪明而明智的，确实如此。我们形容鸟的叫声，如"啾啾""啁啾""布谷""嘎嘎"等等，形容得再好，描述得再美，都无法真实地展现鸟的啼鸣之妙。要感受鸟鸣的天籁之音，只有身入其境去聆听，才能感受其美妙。

天籁之音来自大自然。天籁之音就在我们身边，在田野，在山林，在云间。天籁之音要侧耳倾听，用心聆听！天籁之音是在同一首歌里，有分、有合、有节奏的交响，这就是人与自然和谐共生。

蚕豆花开映女桑

——悦赏你那绰约的花姿

春天，院子里最亮眼的花，不是海棠、月季，而是蚕豆花。

蚕豆枝身态轻盈，随风摇曳，娉娉袅袅，在春风里漫步，在春雨中嬉笑。蚕叶碧绿碧绿的，郁郁葱葱，像大片大片的翡翠帷幕。春分时节，蚕豆纷纷开花了，花瓣白里透点红，红里含点紫，花瓣上描绘着一条条深紫色的脉纹，花冠深处有一个个黑黑的小圆点或黑色斑晕，像一双双小眼睛。花瓣随风飘舞，远远看去，宛如一只只点缀在翡翠上展翅欲飞的玉蝴蝶。

明代医学家李时珍说："豆荚状如老蚕，故名蚕豆。"元代农学家王祯说："蚕时始熟，故名。"据宋《太平御览》记载，蚕豆由西汉张骞自西域引入中原地区。蚕豆的生命力极强，从播种发芽到开花结果，无须打理，给点阳光就灿烂，给点雨露就发芽。蚕豆是春末夏初的美味时令蔬菜，新鲜蚕豆的青壳松软易剥，剥出来的蚕豆鲜绿诱人，外裹一层皮，嫩时可吃。

宋代舒岳祥《小酌送春》云："莫道莺花抛白发，且将蚕豆伴青梅。"袁枚在《随园食单》中记述："新蚕豆之嫩者，以腌芥菜炒之，甚妙。随采随食方佳。"蚕豆可以用来制作茴香豆。茴香豆是浙江绍兴著名的传统小吃，属于民间闲食，亦是城乡酒店四季常备的下酒物。鲁迅在《孔乙己》中描述孔乙己吃茴香豆写"茴"字的四种写法，让茴香豆家喻户晓，广为流传。

在江南一带，立夏前后有大量的新鲜蚕豆上市，将蚕豆、豌豆加糯米、咸肉一起蒸熟，就是一锅立夏饭或蚕豆饭。糯米软糯，豆子翠绿，咸肉鲜香，不仅好看，味道也丰富。蚕豆饭，回味无穷的一锅饭。

记忆中，母亲烧的蚕豆饭最好吃。夏季的早晨，清风习习。母亲和我坐在小板凳上，一起剥蚕豆。剥开那肥厚的绿壳，从浅绿色的棉绒里，取出那胖乎乎的蚕豆，撕掉粉绿的皮，将鲜嫩的豆子掰成两半，放入一只蓝瓷碗。一瓣、两瓣……一碗、两碗……火腿切丁，土豆、胡萝卜、春笋、猪肉切块，大蒜切段，把以上食材和糯米一起倾入锅里。加一壶水、撒一点盐、淋一勺油，在柴火炉里焖烧，当听到锅里剥剥声响，闻到阵阵香味时，蚕豆饭便是熟了。一掀开锅盖，那真是"金风玉露一相逢，便胜却人间无数"。闻一口，满脸拂香；看一眼，五彩缤纷；尝一勺，软糯香甜。蚕豆饭要一家人围着吃、捧着吃、抢着吃，吃的是美味，感受到的是快慰。

父亲擅长油炸兰花豆。油炸过的蚕豆，外壳微微张开，露出里面油汪汪的豆瓣，形似一朵兰花，故有其名。油炸好的蚕豆冷却一会儿，撒一点点盐花儿，又脆又香。晚餐，父亲抿一口小酒，嚼几粒兰花豆，优哉游哉。

院子里，茄子花开了，在明媚阳光的轻拂下，花瓣里舒展起轻盈的紫，淡淡的。黄瓜花开了，在和煦春风的滋润下，藤蔓间镶嵌着绚烂的黄，香香的。"蚕豆花开映女桑，方茎碧叶吐芬芳。田间野粉无人爱，不逐东风杂众香。"这是清代诗人、画家汪士慎《蚕豆花香图》题画诗。我改写一下，描绘此时的心情：

蚕豆花开映女桑，开花结果自馨香。
海棠月季吾不爱，只待东风共举觞。

郎当莴笋斗春盘

——莴苣叶子有点苦

莴笋和蚕豆依伴而长。

一个苗壮挺拔，迎风招展；一个亭亭玉立，摇曳生姿。在晨曦中歌唱，在春雨中荡漾。一片深绿处，一片浅绿间，幼嫩的叶子伸展，自由自在地承受雨露和阳光。到了四月，莴苣进入了成长的旺季，叶尖而修长，簇拥紧密，柔嫩翠绿。土里的莴笋已经长成，一天天长高，淡白中含蕴点绿意，如晶莹的玉，叫人看了满眼都是欣喜。

这是我第一次看到莴苣从发芽到长成幼苗，再长出嫩茎的整个过程。在南方，我们将莴苣称为莴苣笋。我想之所以叫莴苣笋，一方面是外形像竹笋，另一方面是因为吃起来确实和竹笋一样鲜嫩爽口，并且色泽如碧玉，清新淡雅，味道略苦，很有一种贴近大自然的感觉。其实莴苣是菊科寻常蔬菜，原产于地中海地区，大约公元5世纪传入我国。中国关于莴苣最初的记载，是宋代陶谷所著的《清异录》："高国（西域国名）使者来汉，有人求得菜种，酬之甚厚，故因名'千金菜'，今莴苣也。"

莴苣青翠鲜灵，令诗人们赞不绝口。

陆游在《种菜》一诗中写道："白苣黄瓜上市稀，盘中顿觉有光辉。时清闾里俱安业，殊胜周人咏采薇。"莴苣和黄瓜是春夏时节的时鲜蔬菜，凉拌入盘，满目清辉。家家户户安居乐业，仿佛《诗经》里描绘的田园牧歌景象，令人喜悦。陆游对黄瓜和莴苣情有独钟，在另一首诗《新蔬》中又写道："黄瓜翠苣最相宜，上市登盘四月时。"

南宋诗人洪咨夔在《次赵保之清明即事五绝（其四）》中写道：

> 看花何必只长安，到处韶华总一般。
>
> 可是家贫风物晚，郎当莴笋斗春盘。

诗人感叹：看花何必要去长安呢，春光到处是一样的。尽管因家贫看风景恐怕晚了，那就采鲜嫩的莴苣做春盘来品尝吧。

莴苣的吃法丰富多样，可凉拌、炒、烩、蒸、煮，可以搭配肉丝、山药、木耳、胡萝卜、香菇、蒜苗等物，也可以腌成酱菜。

南宋林洪《山家清供》写到莴苣的一种做法："莴苣去叶皮，寸切，瀹以沸汤，捣姜、盐、熟油、醋拌渍之，颇甘脆。"袁枚《随园食单》也专门记载了莴苣的做法："食莴苣有二法：新酱者，松脆可爱；或腌之为脯，切片食甚鲜。然必以淡为贵，咸则味恶矣。"

上述两法吃的都是它的根茎，殊不知它的叶子营养价值更为丰富，并有一种独有的清香，无论是清炒还是烫火锅都让人欲罢不能。莴苣的叶子入口略微有点苦味，咀嚼之后回味清爽甜润。但凡苦味菜，皆可清火。一个人的口味要杂一点、宽一点、粗一点。五谷杂粮，四季蔬菜；五味杂陈，人生百味。饮食如此，人生也是如此吧！

我爱江南小满天

——小满，人生的一个好节气

小满小满，江河渐满；小满小满，麦谷满满。

江南小满时节，初上市的鲥鱼新鲜肥美。戴胜鸟欢啼，桑蚕正在休眠；秧苗新翠欲滴，插遍田野，丰收在即。这是明朝诗人、画家文彭在《四月》中描绘的景色：

> 我爱江南小满天，鲥鱼初上带冰鲜。
>
> 一声戴胜蚕眠后，插遍新秧绿满田。

小满是农历夏天的第二个节气，是夏天最好的时节。虽然夏天没有春天的百花繁茂，但是初夏是一个开始享受丰盛瓜果的季节。梅子和杏子熟了，樱桃鲜美多汁，荷花此时虽然没有盛放，但是藕脆且甜。

文人墨客们有感而发，纷纷写下脍炙人口的诗篇。欧阳修在《归田四时乐春夏二首（其二）》中盛赞这小满夏日的美好："田家此乐知者谁？我独知之归不早。乞身当及强健时，顾我蹉跎已衰老。"王安石在初夏时感受到青幽的绿草远胜春天的百花烂漫："石梁茅屋有弯碕，流水溅溅度两陂。晴日暖风生麦气，绿阴幽草胜花时。"范成大在《四时田园杂兴（其二十五）》中感叹："梅子金黄杏子肥，麦花雪白菜花稀。日长篱落无人过，惟有蜻蜓蛱蝶飞。"凭窗远眺，凉风习习，此时文彭在一幅墨竹图上又题写了一首"我爱江南小满天"：

我爱江南小满天，繁花销尽竹娟娟。

北窗自展南华读，时有凉风到枕边。

文彭是明朝江南四大才子文徵明的儿子，从小生活在江南地区的江苏苏州。他，最爱江南小满天。

无独有偶，明代诗人薛文炳也"最爱江南小满天"，他在小满时节写下《闲居杂兴》：

最爱江南小满天，樱桃烂熟海鱼鲜。

一声布谷啼残雨，松影半帘山日悬。

小满时节，樱桃红熟，海鱼鲜美。布谷鸟雨后声声啼叫，生机无限。远望青山起伏，松影婆娑。诗人自由自在，潇洒度日。真是最爱江南小满天。小满时节，小荷才露，小麦轻舞，一切都是那么的美好动人。我国很多地方从此正式进入夏季。

二十四节气中其他带"小"字的节气，后面总跟着"大"。如小暑之后是大暑，小雪之后是大雪，小寒之后是大寒。而小满之后却无"大满"，而是芒种。为何？这充分体现了中国传统文化的智慧。满，乃满足，充实，十分，小得盈满为"小满"。水满则溢，月盈则亏，是自然之道。小满，不是自满，是知足，是期待，是恰好。小满节气，如此美妙。人生呢？亦是如此。小满这个节气，和人生与情感相互交融，和心理与哲理高度契合，是二十四节气里独有的。小满，是人生的一个好节气。

花看半开，酒饮微醉；弦月半悬，清风徐来。此时，一首诗涌上心头：

我爱江南小满天，枇杷初上品芳鲜。

临风把盏微醺饮，弦月无云则最妍。

青紫皮肤类宰官

——饭焐茄子香又甜

夏日，走进菜园，最让人欣喜的是茄子。

阳春三月，在菜园里栽种了一畦茄子。渐渐地，小苗长大了，开花了，紫色的花朵宛如穿了一条小裙子，迎风飞舞。渐渐地，结果了，在黑绿的大叶下，穿着紫袍的茄子先生来了。先生们或弯着腰，或直着身，谈古论今，坐而论道。南宋诗人郑清之写过一首十分有趣的茄子诗：

> 青紫皮肤类宰官，光圆头脑作僧看。
>
> 如何缁俗偏同嗜，入口元来听一般。

"青紫皮肤类宰官"，是说茄子穿着青紫的衣服，如同一个县官。茄子的"紫"似花般嫣然，似光般魅惑，集红与蓝之所长，不失红色的火热深情，也不缺蓝色的辽远明澈。早在先秦时期，诗歌中就有对"紫罗裙"的描述，"紫"这个迷人的颜色早已深入人心。小时候猜谜语，"紫色树、紫色花，紫花谢了结紫瓜，紫瓜柄上生小刺，紫瓜肚里装芝麻"，谜底就是茄子。有道是"陇上紫瓜好，黛痕浓抹，露实低悬"。

茄子原产东南亚，公元4世纪或5世纪传入我国。到了隋代，茄子被称为"昆仑紫瓜"，可见当时传入的应该是圆茄子。唐人杜宝编撰的《大业拾遗录》中记载，隋炀帝杨广看到茄子形状和颜色生得奇异，联想到自己帽子上的紫色缘饰，遂将"昆仑紫瓜"钦命为茄子的雅称。隋炀帝十分喜欢吃茄子，有一次品茄子，有人吟诗称赞茄子："味美如酪酥，香润似脂膏，食色像玛瑙。"因此，茄子就有了"酪酥""落苏"或"落酥"等称谓，这些都是十分美丽的名字。

明末画家文震亨《长物志》记载："茄子一名'落酥'，又名'昆仑紫瓜'，种苋其傍，同浇灌之，茄、苋俱茂，新采者味绝美。蔡撙为吴兴守，斋前种白苋、紫茄，以为常膳，五马贵人，犹能如此，吾辈安可无此一种味也？"文震亨说，茄子常种在苋菜旁，一起浇灌，都长得茂盛，新采摘的茄子味道绝美。南朝蔡撙为吴兴太守时，曾在屋前种白苋和紫茄，作为日常蔬菜。贵为太守尚且如此，我等怎能少了茄子这道美味呢？

茄子有很多烹饪之法，其中"鱼香茄子"是一道享有盛誉的川菜。传说有一位女主人在炒菜时，为了不浪费配料，将烧鱼时用剩的调料都放在茄子中。她的丈夫回家品尝了以后，对这道菜大加赞赏，连吃了几碗饭。后来这道菜经过了四川人的改良，已早早列入四川菜谱，并衍生出相类似的菜，如鱼香猪肝、鱼香肉丝、鱼香三丝等。

茄子号称一身清淡百味香，无论作为主菜还是配菜，它都可以与多种食材搭配，如番茄炒茄丁、土豆炒茄子、肉末茄子，都是非常美味的。客家人喜欢酿菜，其中有一道味道鲜美的酿茄子，它与酿豆腐、酿苦瓜合称客家菜的"酿三宝"。袁枚在《随园食单》中，介绍了茄子的几种烹饪方法："将整茄子削皮，滚水泡去苦汁，猪油炙之。炙时须待泡水干后，用甜酱水干煨，甚佳。……切茄作小块，不去皮，入油灼微黄，加秋油炮炒，亦佳。是二法者，俱学之而未尽其妙，惟蒸烂划开，用麻油、米醋拌，则夏间亦颇可食。"

我最喜欢的是饭焐茄子。烧饭前到菜园里摘几支茄子，去蒂洗净，放在电饭锅内蒸架上与饭同煮，饭烧好，茄子也蒸熟了。打开锅盖，茄子的清香随着米饭的热气扑鼻而来，深深地吸一口，十分享受。然后用筷子将茄子划开，拉成丝，浇以三合油（酱油、醋、香油），拌匀。此菜原汁原味，清香可口。

"昨日栽茄子，今日种冬瓜。一声河满子，和月落谁家。"在一个得道高僧的笔下，最寻常的语言表现了在月光下摘种茄子的快乐生活。

大道至简，幸福的生活就是那么简单。

竹窗红苋两三根

——记忆深处的红米饭

"六月苋，当鸡蛋；七月苋，金不换。"

在夏雨沐浴里，在知了鸣唱中，菜园里的苋菜蠢蠢欲动，纷纷冒了出来。青绿绿的叶片，红艳艳的叶茎，显出几分清秀、几分娇妍。此时的苋菜，最嫩，最补，最宜入馔。

殷商时期的甲骨文中已有"苋"字的古体。古人还把苋称为"蒉"，辞书之祖《尔雅》中说："蒉，赤苋。"历代文人墨客与苋结下不解之缘，写下不少赞美苋的诗篇。杜甫在一首《种莴苣》中描叙了对野苋的喜爱："野苋迷汝来，宗生实于此。此辈岂无秋，亦蒙寒露委。"王安石推窗望见红艳艳的野苋，一时诗意兴起：

竹窗红苋两三根，山色遥供水际门。

只我近知墙下路，能将屐齿记苔痕。

陆游喜采食野苋，写了许多描写苋菜的诗句："红苋如丹照眼明，卧开石竹乱纵横"（《秋日杂咏》）；"奇葩摧败等青苋，嘉谷漂荡随浮萍"（《久雨排闷》）；"石榴萱草并成空，又见墙阴苋叶红"（《秋近》）；"瓦盎设大杓，菹苋羹园葵"（《弊庐》）。

苋菜喜热、耐旱、耐湿，杭州人形象地称之为"旱菜"；也有人称之为"汗菜"，意思是夏天流汗时吃的菜；还有人称之为"汉菜"。相传，楚汉战争期间，刘邦被项羽大军围困于河南荥阳。时值夏日酷暑，刘邦军中患痢疾者不计其数，无药可治。一老伙夫见此情景，采来一大筐赤苋，煮成一大锅汤给将士们喝下。将士们不但痢疾治好了，而且个个精神十足，于是杀出一条血路，突围而去。刘邦对此菜心存感激，说："赤苋，乃兴我汉家天下之菜也！"自此，人们便称赤苋为"汉菜"。

苋菜有诸多食用之法。新摘的苋菜，与虾米同炒，这是袁枚《随园食单》中做苋羹的方法："苋须细摘嫩尖，干炒，加虾米或虾仁，更佳。"我试着炒了一盘：苋菜青绿绿，汤汁红殷殷，虾米金灿灿，置于白瓷盘中，像是一幅水彩画，真是秀色可餐。

蒜蓉炒苋菜是最常见的做法，越是普通越显功夫。记忆中，这道菜阿太炒得最好吃。阿太用猪油炒，素菜荤做，荤菜素做，这是阿太炒菜的经验。她说，苋菜比较"素"气，用猪油能催发它的滋味，味道更加香。猪油白嫩嫩的，在锅灶内"刺啦"化开，拍几瓣小蒜放进去，喜欢吃辣的可以放进去一些干辣椒，焯好水的苋菜下锅，此时苋菜与蒜蓉在锅里颠倒浮沉，很快，香味就飘散在整个厨房。红苋软滑叶浓、入口甘甜，舀一勺红艳艳的汤汁，浇在饭上。瞬间，白米饭变得红彤彤的，每一粒米饭格外诱人，每一粒米饭清香扑鼻，伴随了整个童年的夏天，深藏在我的记忆之中……

苋菜具有多次萌发茎秆的习性，越掐越旺，青菜、菠菜等其他叶菜摘了需要重新播种，而苋菜不一样，只要根在，洒点雨露再生长，给点阳光更灿烂——生生不息，生机勃勃。

倒餐甘蔗入佳境

——小时候，吃过的甘蔗最甜

小时候，吃过的水果中，甘蔗是最甜的。

在20世纪六七十年代，能吃到的水果很少，只有甘蔗是经常能吃到的，汁多味甜，价廉物美。

后来知道，甘蔗不属于水果类。《辞海》释："禾本科。……颖果细小，长圆形。"颖果指只含一粒种子，成熟时果皮与种皮愈合在一起，不能分离的一种闭果。颖果是禾本科植物的一个重要特征，如水稻、玉米、大麦、小麦、高粱等粮食作物的果实都是颖果。水果是指多汁且主要味觉为甜味和酸味，并可食用的植物果实。而甘蔗食用的是它的茎秆，并不是果实。其实，甘蔗是不是水果并不重要，只要好吃就好。

甘蔗起源于热带地区和亚热带地区。它是一种一年生或多年生草本植物，茎直立，分蘖，丛生，圆柱形，有节，节上有芽，节间实心，外被蜡粉，有紫、红或黄绿等色。作为甘蔗原产地之一，我国栽培甘蔗的历史，至少有两千四百多年。甘蔗有很多别名，有叫都蔗、竿蔗、薯蔗的，也有称干蔗、接肠草、糖梗的。

说到甘蔗，让人联想起和吃甘蔗有关的成语和诗句。

"渐入佳境"这个成语大家耳熟能详，形容事情越来越好，生活越来越好。此语的出处是和吃甘蔗有关的。

《晋书·顾恺之传》记载："恺之每食甘蔗，恒自尾至本，人或怪之。云：'渐入佳境。'"后人据此提炼为成语"渐入佳境"。晋代大画家顾恺之每吃甘蔗，往往从甘蔗末梢啃起，即"啖甘蔗，先食尾"，人以为怪，甚至笑他，他说，从不甜的地方开始吃，越吃越甜，这就叫作"渐入佳境"。"渐入佳境"，意思是渐渐甜起来，逐渐进入美妙境界。

不少文人在诗文中引用此典故："蜀人不信秦川好，食蔗从梢末及甘"（苏辙《和子瞻三游南山·五郡》）；"倒餐甘蔗入佳境，昼著锦衣归故乡"（戴复古《客游》）；"久知富贵等浮云，已悟世情同啖蔗"（张侃《东坡祠》）；"古人倒啖蔗，佳境贵渐取"（王之望《食橄榄有感》）；"暮年喜遇还乡日，佳境浑同啖蔗时"（史谨《题朱德辰蔗境东还卷》）；"丈夫蔗境在倒啖，蔡泽年寿须安排"（严复《侯生行》）。

说起甘蔗，一下子勾起了我儿时的美好回忆。

当年，每当甘蔗上市时，在杭州的街头巷尾，你可以看见人们围成一圈在玩"劈甘蔗"游戏。劈甘蔗，就是用尖头水果刀把甘蔗劈开，谁劈下得多，谁多得。游戏的方法是：取一根长长的甘蔗，用刀削了梢头，以石头剪刀布决定劈甘蔗的先后次序。劈甘蔗时，用刀刃将甘蔗竖起扶正，再翻转刀刃用刀背扶稳甘蔗（整个过程，不能用手，若手碰了扶了，你就输了）。然后，迅速翻转斩刀，用刀刃猛地从甘蔗梢部劈入。若你在翻转刀准备劈时，甘蔗倒地了，就算输了；若你只削了一小块甘蔗皮，你只能得到那一边皮；若你是武林高手，手快刀猛，势如破竹，一刀从头劈到根，那整根甘蔗都归你了。在一旁围观的小伢儿，看热闹，抢边皮，起哄作乐。

小时候，买甘蔗或成捆或整根。一种棕红色、细且长的，叫糖甘蔗；另一种青皮、有小酒盅粗细的，叫青皮甘蔗。杭州甘蔗产自乔司、临平、塘栖一带。整根甘蔗用菜刀截成几段。有功夫的小伙伴，则用双手握住甘蔗两端，对着大腿膝盖用力一磕，甘蔗就被截成两段了。

吃甘蔗，准确的说法应是啃。"啃"，就是一点一点地咬下来。先用门牙咬住甘蔗头上的一点皮，顺着甘蔗节将它撕咬下来，直到这一节甘蔗皮被撕咬干净。接着咬甘蔗芯，牙齿从侧面咬，传来"咔嚓"一声清脆的声音，甘蔗入口，满口汁水。不断地啃咬、咀嚼，直到剩下干渣，吐出甘蔗渣，衣服上到处沾着啃甘蔗留下的"斑斑点点"。往事并不如烟，至今清晰地记得，冬天的夜晚，一家人围在一起啃甘蔗的幸福时光，那种清凉和甘甜久久萦绕在心间。

　　现在人们吃甘蔗，到超市购买分割成段的小包装甘蔗果盘，或在水果摊买一根甘蔗，一半削皮，一半榨汁，或在酒店用餐，饭后点一份水果拼盘，其中有去皮切块的甘蔗，用专用的餐具戳了吃。

　　其实，甘蔗要啃了吃才甜。我想，生活大抵亦是如此吧，只有自己亲自经历过、感受过，才有滋味和回味。

待他自熟莫催他

——话说红烧狮子头

收看一档音乐综艺节目，听到一位学员正在唱：

> 锣鼓鞭炮齐奏鸣／群狮狂舞讨喜庆／新店开张求大吉／各位贵客欢迎光临／据说是上千年的老手艺／传承延续至今／……咬了半口红烧狮子头／眉头紧皱它在舌尖发愁／葱姜蒜末样样都有／点睛之笔全靠老抽／红烧狮子头……

这首歌的歌名叫《红烧狮子头》，这让我联想起小时候最爱吃的红烧狮子头。

那是20世纪70年代初。早晨，阿太到龙翔桥菜场买两斤猪夹心肉，再买冬笋、荸荠、菜心、生姜、大葱等。我当下手，把猪肉剁碎。剁肉饼，杭州人称作"斩肉饼儿"，干这活费力又费时。我一肚子不高兴，但一想到今天有肉吃了，又心生几分欢喜，于是挥舞菜刀，七上八下，七歪八斜，"笃笃""咔嚓"，把肉饼翻个身，"笃笃""锵锵"。半个多小时后，猪肉被剁成了碎泥。

"哎呀，剁得太碎了！""难道不是越碎越好吗？"我问道。阿太说，做红烧狮子头的肉饼，不能剁太碎，要多切少斩，切成石榴粒般的大小，肉粒搅拌均匀，让每一颗瘦肉粒周边都布满肥肉粒，这样才能使狮子头的口感更嫩。接着，阿太将冬笋等剁成末倒在肉馅里，加盐、蚝油、姜末、葱末、淀粉等一起搅拌，再将肉馅团成肉球……先后经过切、拌、调味、成型、油炸、炖煮、浇汁等近二十道步骤，这道红烧狮子头才做好了。

多年后，我读到一则逸事：著名画家张大千曾经给夫人传授过做这道菜的心得：七分瘦肉，三分肥肉，细切粗斩，大小要如米粒，不能剁太细，让肉质间保持缝隙，才能含汁。梁实秋有一篇文章，专门写如何制作红烧狮子头。"细嫩猪肉一大块，七分瘦三分肥……不可剁成碎泥，其秘诀是'多切少斩'。""肉里要加葱汁、姜汁、盐。愿意加海参、虾仁、荸荠、香蕈，各随其便，不过也要切碎。"

红烧狮子头是一道淮扬名菜。关于此菜的起源，据说，与隋炀帝有关。当年隋炀帝杨广带着嫔妃随从，乘着龙舟和数千艘船只沿大运河南下。杨广对扬州万松山、金钱墩、象牙林、葵花岗四大名景十分留恋，回到行宫后，吩咐御厨以四景为题，制作了四道菜肴——松鼠鳜鱼、金钱虾饼、象牙鸡条和葵花斩肉。杨广品尝后，十分高兴，于是赐宴群臣，一时间淮扬菜肴倾倒朝野。到了唐代，有一次，郇国公宴客，当"葵花斩肉"这道菜端上来时，只见那巨大的肉团子被做成葵花形状，有如雄狮之头，宾客们说："郇国公半生戎马，战功彪炳，应佩狮子帅印。"郇国公高兴地说，为纪念今日盛会，"葵花斩肉"不如改名"狮子头"，众宾客纷纷拍手称赞。从此，扬州就添了"狮子头"这道名菜，红烧、清蒸，脍炙人口。

我体会做这道菜的诀窍是：肥瘦相间，荤素相宜，脍炙相适。"东坡肉"的发明者苏轼写过一首《猪肉颂》，词的上阕是：

净洗铛，少著水，柴头罨烟焰不起。待他自熟莫催他，火候足时他自美。

其大意是：把锅刷洗干净，放一些水，随后开始生火，但一定要用小火。不必太心急，只需耐心等待，火候够了自然能品尝到特色美食。"待他自熟莫催他"，说出了做菜的诀窍——功到自然成。我想，做菜是如此，做事亦是如此吧！

《红烧狮子头》还在播放：

咬完整口三分肥七分瘦／爷爷说品其味思在其中／有雄狮之心，刚中带柔／刚中带柔，刚中带柔，刚中带柔／红烧狮子头……

煨芋如拳劝客尝

——寒夜围炉烤山芋

"煨芋如拳劝客尝"，这是丰子恺以此为题画的一幅画。

画中主客两人围着火盆烤山芋，主人用铁箸夹着烤熟后如拳大的山芋请客品尝，其景其情，其乐融融。

秋天、山间、雨夜，一位访客在饥寒交迫之际，忽见远处一茅屋飘着缕缕炊烟，不禁大喜过望，便到屋前叩门讨些吃喝。屋里主人说家里只有热水和山芋，于是两人围着火盆烤山芋，主人用铁箸夹着烤熟后如拳大的山芋请客品尝。我暗忖，此时这位访客肯定觉得此山芋是何等美味，何等珍贵，胜过任何山珍海味。所谓"煨得芋头熟，天子不如我"，将其形容为帝王之乐，虽言过其实，但寒夜围炉，有芋头可吃，真是人间美味。

这让我想起明朝皇帝朱元璋的故事。朱元璋小时贫穷讨饭，有一次，好几天没有讨到饭吃，他在饥寒交迫中晕倒了。一位好心的婆婆救起他并把他带回家，用家里仅剩的一小块豆腐、一点菠菜和一碗剩下的粥放在一起煮了喂给他吃，当时朱元璋喝完觉得这真是世间美味。朱元璋问婆婆这是什么，婆婆随口一答，这是"珍珠翡翠白玉汤"。多年后，朱元璋当上了皇帝，尝尽了天下美味珍羞。有一天他生了病，什么也吃不下，于是便想起了当年老婆婆给他吃的"珍珠翡翠白玉汤"，当即下令御厨做给他吃。厨师将珍珠、鲜贝、翡翠和白玉等放在一起，熬成汤献上，朱元璋尝后，觉得根本不是当年的味。

因为那是在饥寒交迫之际，雪中送炭比锦上添花珍贵，更让人难忘。

如那一山芋，如那碗"珍珠翡翠白玉汤"。

　　苏轼被贬到海南儋州，当地人以山芋为主食，苏轼父子俩自创了一道美食，取名"玉糁羹"，并以诗记之："香似龙涎仍酽白，味如牛乳更全清。莫将北海金虀鲙，轻比东坡玉糁羹。"这"玉糁羹"是什么东西呢？其实就是用山芋和米煮出来的粥。这碗"玉糁羹"之所以色香味俱全，是因其来自儿子的孝心，还有就是因苏轼喝这芋汤时愉快的心情。苏轼一辈子到哪里都能找到美食，并不在于他的食缘有多好，而在于他的旷达和心境。

　　袁枚《随园食单》中也有"芋羹"的做法："芋性柔腻，入荤入素俱可。或切碎作鸭羹，或煨肉，或同豆腐加酱水煨。""鸭羹""煨肉"，随园老人自创的这道"芋羹"要比东坡的"玉糁羹"高档多了。"芋"在《说文解字》中解释为"大叶实根，骇人，故谓之芋也"。尽管芋的模样"骇人"，但芋的味道真好。

　　丰先生的《古诗新画》中题的词句，大都取自古诗词，但"煨芋如拳劝客尝"不知出于何处，或是化用宋代释慧空《煨芋》"山芋头煨红软火"的诗意。这一个"煨"字，让寻常农家吃食升腾起一股暖意。禅门中有"芋头禅"的说法，比喻清苦的修行生活。八大山人以芋头入画，平淡中自有意味。芋头频繁地出现在清代画家的册页上，恽寿平留诗"地炉松火同煨芋，自起推窗看雪时"，郑板桥题写"好闭门煨芋挑灯，灯尽芋香天晓"。丰子恺画芋头，还写过一篇文章，说是找来一把油画用的调色板刀，用它来切芋艿，削萝卜吃。他感叹："真是委屈了它。但芋艿、萝卜中所含的人生的滋味，也许比油画中更为丰富，让它尝尝罢。"

　　很喜欢此画此境，取此句和其韵，作《山间野趣》一首：

　　　　竹径茅屋树叶黄，深山冷雨夜敲窗。
　　　　围炉闲话欢声语，煨芋如拳劝客尝。

酒须更放微醺饮

——饮酒最好的状态是微醺

南宋诗人陈文蔚的七律《乙卯正月别子融》云：

> 相逢便欲作归谋，为子殷勤一日留。
>
> 山好不妨和雨看，水平重得绕湖游。
>
> 酒须更放微醺饮，诗亦无劳着意求。
>
> 别去不愁山水隔，兴来径理雪中舟。

诗人说：饮酒最佳的感受是"微醺"，即喝到有点飘飘然的感觉；作诗无须劳神刻意，功到自然成。说到"微醺"，让我想起《菜根谭》中有一句话："花看半开，酒饮微醉，此中大有佳趣。"意思是：含苞待放的花儿最美，似醉非醉的感觉真好，其中大有情趣啊！

"花看半开，酒饮微醉"是人生最美的时刻。金代文学家，被尊为"一代文宗"的元好问，他的一首《同儿辈赋未开海棠》意味隽永，耐人寻味：

> 枝间新绿一重重，小蕾深藏数点红。
>
> 爱惜芳心莫轻吐，且教桃李闹春风。

诗人在数点红中，发现了海棠半开时独特的美。昔日的小花蕾并不起眼，明日则独自美丽而不争艳。这种感觉，给人一种期盼和美好的憧憬。

"花看半开，酒饮微醉"是最好的人生之道。面带微笑就如同"花看半开"，在生活中要时常保持微笑，微笑不只是在脸上，而是在心中，要在心里绽放出笑意。笑意是来自我们对生活的"喜感"，而"喜感"又出于我们对人生和社会的善意。

　　"花看半开，酒饮微醉"是为人处世的方法。凡事都有一个度，超过了这个度，好事也可能变成坏事，就如孔子所说"过犹不及"，老子所讲"知止不殆"。隋朝时的大儒王通，写过一篇《止学》，其中有一句非常有名的话："大智知止，小智惟谋。"意思是：拥有大智慧的人知道适可而止，而只有小聪明的人却只知道不停地谋划。智计有穷尽的时候，而天道却没有尽头。此话和孔子与老子所说意思相似。天道忌盈，人事惧满，月盈则亏，花开则谢。人生不求圆满，最后却得圆满。

　　清代学者李密庵所写《半半歌》广为流传："酒饮半酣正好，花开半时偏妍。帆张半扇免翻颠，马放半缰稳便。半少却饶滋味，半多反厌纠缠。百年苦乐半相参，会占便宜只半。"作者旨在告诫人们，世间万事万物都有一定的度。达不到或者超过这个度，都不能得到预期的结果。只有适中，才是最佳。

　　　花看半开，酒饮微醉。
　　　心含微笑，春色正好。

青青偏爱晚菘香

——白菜百搭，百吃不厌

今年的冬天，全靠院子里那一畦白菜。

早晨到菜园里收割白菜，满满一菜篮子，剥掉发黄发蔫的边皮，切了菜的根蒂，用白酒涂抹下根部，装进保鲜袋，放入冰箱冷藏室，这样可以存放几个月，随取随吃。宁可食无肉，不可居无菜。

白菜古时称"菘"。《六书故》载："菘，息躬切，冬菜也。其茎叶中白，因谓白菜。"古人形容菜之美者，称"春初早韭，秋末晚菘"。白菜属十字花科结球植物，叶色白的叫"白菜"，叶色黄的叫"黄芽菜"；南方称为"黄芽菜"，北方唤作"白菜"。

"菘"，一个很有寓意的名字，在古诗词里，经常可以看见它的身影。"早韭欲争春，晚菘先破寒。人间无正味，美好出艰难"（苏轼《和陶西田获早稻》）；"二升畲粟香炊饭，一把畦菘淡煮羹"（陆游《山居食每不肉戏作》）；"拨雪挑来踏地菘，味如蜜藕更肥醲"（范成大《冬日田园杂兴》）；"山云一坞住山翁，菘韭成畦带雪松"（方岳《赵尉送菜（其三）》）；"韭早春先绿，菘肥秋末黄"（元好问《洛阳高少府瀍阳后庵》）。

明代文人倪谦爱吃白菜，爱画白菜，他在《画菘菜》中写道：

秋末园蔬已着霜，青青偏爱晚菘香。

沙锅烂煮和根咬，谁识淡中滋味长。

深秋时节，园里的蔬菜都覆上了一层霜，白菜青青白白，也分外香甜可口。在沙锅里煮起白菜来，熟后连根一起吃掉，别说这素菜、素汤的太清淡，淡中却有悠长的滋味。经霜的白菜就像放了糖似的，不需要再放别的调料了。

文人以菘入诗，画家以菜入画。青白菜谐音为"清白"，画家常以此入画，白石老人尤甚。齐白石一生不仅爱吃白菜，更爱画白菜，留下不少趣事。他常以"清白家风""到头清白""清白传家"题款。他曾在《白菜》上题诗句："不独老萍知此味，先人三代咬其根。"又题："牡丹为花之王，荔枝为果之先，独不论白菜为菜之王，何也？"可见，画家是将白菜视为"菜王"看待的。

吴昌硕也常以白菜入画，并题写诗句。七十三岁时，他在《果蔬玄石图》题画诗中说："菜根常咬能救饥，家园寒菜满一畦。如今画菜思故里，三尺馋涎湿透纸。菜味至贵纪以思诗，彼食肉者安得知。"

白菜，在古代文人笔记中多有记载。

宋人林洪《山家清供》里《不寒齑》一篇载："用极清面汤，截菘菜，和姜、椒、茴、萝。欲极熟，则以一杯元齑和之。""不寒齑"，实际上就是煮白菜，只不过汤是用清面汤，里面加了若干调料而已。

明末清初人李渔《闲情偶寄》载："菜类甚多，其杰出者则数黄芽。此菜萃于京师，而产于安肃，谓之'安肃菜'，此第一品也。每株大者可数斤，食之可忘肉味。"李笠翁是玩家，也是美食家，他认为，菜的种类尽管很多，最好的要数黄芽菜，这是最上等的菜。大的每株能有数斤重，品尝这种菜能让你把肉味都忘掉。"食之可忘肉味"，好像有点夸张。

清人袁枚《随园食单》载："白菜炒食，或笋煨亦可。火腿片煨、鸡汤煨俱可。"又如黄芽菜"以北方来者为佳。或用醋搂，或加虾米煨之，一熟便吃，迟则色、味俱变"。随园老人的煮白菜辅以火腿片、鸡汤，这是有点上档次的。

袁枚说，此菜以北方来者为佳；李渔说，此菜萃于京师。是的，白菜是冬天的菜，是北方的菜。

记得有一年的冬天，在东北牡丹江，窗外漫天雪花，窗内红泥小炉，大家围坐在一起。圆桌上放着一只大火锅，盆底下炭火烧得旺旺的，桌上放了很多食材：羊肉、猪肉、猪血，菌菇、粉条、豆腐、白菜。大家边吃边放，边吃边炖，边吃边喝。最后盛一碗白菜汤，此时，白菜把所有的美味兼收并蓄，真有点"食之可忘肉味"。

第二天用餐，主人端上一只锅子，锅子有脸盆那样大，上面盖着盖子。锅盖一打开，冒出腾腾热气，飘出阵阵香气。主人说，这是东北的名菜——白菜粉条炖猪肉。盛一碗，尝一口，白菜香中带点甜，猪肉腴中有点鲜，粉条韧中有点柔。一大锅菜，一会儿就见底了。临行那个晚上，主人端上一锅手擀面皮做的饺子，意思是"上车饺子，下车面"。饺子的馅儿是白菜猪肉。咬一口，菜嫩多汁，肉鲜带香，余味无穷。

白菜可以做主角，一枝独秀；也可以当配角，一应百搭。白菜可以百变其身，清炖、醋熘、凉拌、干炒，包水饺，做菜包；白菜又随遇而安，存放在地窖里不腐，腌制在水缸里保鲜。真所谓：白菜百搭，百吃不厌。

今天晚餐吃什么？清炒白菜。

独倚柴门月中立

——闲居是一种生活方式

我有几方闲章。

所谓闲章，通常是以清词丽句镌刻的印章，多见于书画作品引首或压角，少则一方，多则数枚，审其布局虚实而定，每为作品平添几分艺术效果。我常用的闲章是"闲居"，其出处是韦应物《闲居寄端及重阳》：

> 山明野寺曙钟微，雪满幽林人迹稀。
> 闲居寥落生高兴，无事风尘独不归。

诗人韦应物闲居在长安郊外的善福精舍，某天有感而发，给从弟和外甥寄了这首诗。"雪满幽林"的空旷寂静之景与诗人"无事风尘"的出世之心相映成趣，所以他才能在寂寥的闲居生活中心生高兴。

偶读一篇随笔，说现代绘画大师潘天寿画了两只小鸡，题跋云"闲向阶前啄绿苔"。其中的"闲"用的是异体字"閒"，门框里有个"月"。古人的写法尤为巧妙，倚门看月亮，便是"閒"。苏轼说："何夜无月？何处无竹柏？但少闲人如吾两人者耳。"苏轼感慨：能有闲情欣赏这月下美景的，没有旁人，只有我和张怀民两个"闲人"了。这让我想起李涉的《题鹤林寺僧舍》："终日昏昏醉梦间，忽闻春尽强登山。因过竹院逢僧话，偷得浮生半日闲。"

忙里偷闲，王维"偷"来了一片心灵净土。"人闲桂花落，夜静春山空。月出惊山鸟，时鸣春涧中。"只有心静心闲，才能察觉枝上桂花飘落，走向"空"的境界；才能留意到月上枝头惊醒了梦中的鸟儿，倾听山涧小溪清清冷冷的流水声。

白居易是最喜欢"闲"的诗人，一生写下不少以"闲"为题的诗篇，如闲居、闲坐、闲卧、闲咏、闲行、闲吟、闲忙、闲适、闲乐、闲眠等等，单《闲居》就写了四首，可见白居易对"闲居"的喜爱。

诗人在《闲居》中感言："从旦直至昏，身心一无事。心足即为富，身闲乃当贵。"在《闲乐》中感叹："更无忙苦吟闲乐，恐是人间自在天。"在《闲吟》中感喟："人生不富即贫穷，光阴易过闲难得。"在《闲坐》中感伤："暖拥红炉火，闲搔白发头。百年慵里过，万事醉中休。"在《闲卧》中感悟："尽日前轩卧，神闲境亦空。有山当枕上，无事到心中。"在《闲咏》中感触："夜学禅多坐，秋牵兴暂吟。悠然两事外，无处更留心。"

清代文学家张潮说："人莫乐于闲，非无所事事之谓也。闲则能读书，闲则能游名胜，闲则能交益友，闲则能饮酒，闲则能著书。天下之乐，孰大于是？"张潮认为，人没有比安闲更快乐的，但是清闲并不就是指到处游荡，无所事事，有空闲的时间就可以读书，有空闲的时间就可以游览名胜古迹。他让自己闲下来，写了一本被后人称为"妙书""奇书"的《幽梦影》。

我喜欢读闲书，漫无目的，漫无边际。如陶渊明所说："好读书，不求甚解。每有会意，便欣然忘食。"喜欢闲读书，坐在卧室旁的沙发椅上，凭栏倚窗，半坐半躺，半读半思。或掩卷沉思，或拍案叫好，或抬眼远眺。看繁星璀璨，日昃月食；看白云游曳，雀鸟扑翼；看雨丝如帘，雪花如席……

闲，只关乎内心；闲居，是一种生活方式。如诗人白居易《寒食月夜》所写：

风香露重梨花湿，草舍无灯愁未入。
南邻北里歌吹时，独倚柴门月中立。

门外月光，普照大地，只要有倚门望月的心，便得"闲"。"閒"，月在门里，何等闲适，令人何等心驰神往。"闲居"在于"闲"，而不在于"居"。只要得闲，处处可居。

汤饼煮成新兔美

——遥想那水煮的面条

"汤饼"，即面条，古来有之。

南宋诗人陆游七律《野兴》的颈联和尾联有这样两句：

> 汤饼煮成新兔美，脍齑捣罢绿橙香。
>
> 人间富贵知何得？商略山林却味长。

诗人描述：煮好的汤饼（面条）像兔子的耳朵，又薄又长；捣得细细的肉末，又鲜又香。诗人感叹：人世间的富贵如何才能得到？不如这山林间的味道那样久远。诗人在《早饭后戏作》中又写道："汤饼满盂肥羜香，更留余地著黄粱。解衣摩腹西窗下，莫怪人嘲作饭囊。"满盆的面条，还有美味的羊肉，诗人吃饱了，吃欢了，在窗户下解开衣裳，抚摩着肚皮……

汤饼，是我国最常见的传统面食之一，尤其是生日那天要吃汤饼。据说，此习俗起源于唐朝，并从唐朝一直延续到现在。在唐朝，家里生了儿子以后就要大宴亲朋好友，称为"弄璋之喜"，而在弄璋之宴上主要是吃"汤饼"。刘禹锡有诗云："尔生始悬弧，我作座上宾。引箸举汤饼，祝词天麒麟。"

生日吃面条，回想起来，最难忘的是小时候阿太做的生日面。早晨，阿太到菜场买几斤潮面，再买几斤筒儿骨，骨头敲断，一口大锅放在煤饼炉上慢慢地熬，熬到汤水成了半透明纯白色的高汤。晚上父母下班回家，阿太开始烧菜煮面。阿太能烩制的面食种类众多，最擅长的是片儿汆。将肉片滑锅，肉在油锅里煸黄煸香；放入笋片和倒笃菜，香味炒出，然后倒入高汤，放入汤饼……最后撒一把葱花。一碗面滑汤浓、肉片鲜嫩、竹笋爽口的面条上桌了。片儿汆讲究一碗一烧，逢我生日，第一碗先给我，并外加一个荷包蛋。用筷子撩起面条"吸溜吸溜"一大口；"喷喷""呼呼"，有点烫，低下头，嘴沿着碗边"扑哧扑哧"一大口；端起碗、仰起头"呼噜呼噜"一大口。一会儿，碗里只剩一个荷包蛋——最好吃的留到最后吃。夹起荷包蛋，含在嘴里一咬，"吱——"又香又嫩的蛋液喷洒而出，从嘴里一直溢到了嘴角，舔一舔，抹一下嘴，咂咂嘴说："好吃！"

有一年，阿太给我下了碗葱油拌面。选用面筋较强的碱面，大火煮开，煮至六七成熟，出锅抖开摊凉。吃的时候，把碱面放在竹漏勺里，在沸腾的开水里来回滚几下，倒入青瓷大碗中，"吱吱"，浇上热的酱油，拌点白花花的猪油，再撒些绿油油的葱花，顿时鲜香四溢，让人胃口大开。同样，加一个荷包蛋；同样，荷包蛋含在嘴里最后吃……

有一年生日，恰好在湖北武汉出差。湖北面食众多，有热干面、牛杂面、早堂面、酸浆面等等，大街小巷都有面馆。我慕名走进一家牛杂面馆，点了一碗襄阳牛杂面。据店家介绍，襄阳牛杂面关键在于汤料，选用大块牛骨头，焯水后加火煮沸，去掉浮沫，放入桂皮、八角、花椒、丁香、肉蔻等多种香料，文火煨炖一夜，然后存放在一口大锅里。一会儿，一碗汤色红亮、麻辣鲜香的面上桌了。"喷喷"，尽管有点辣，我还是连汤带面全部吃完。因为所有汤面的精髓都在汤里，汤汁是一碗面的灵魂。

吃过众多的面，最难忘的还是家乡的片儿汆。片儿汆，对杭州人来说，家喻户晓，它是杭州的一大特色面食。不过，大多数杭州人都把"片儿汆"写成"片儿川"。汆，上面是"入"，下面是"水"，合起来表示（把东西）放入（沸）水中。"汆"字的常用义是一种烹调方法，把食物放到沸水里稍微一煮。古语说，"入沸水为汆"。也就是说，为了保持鲜嫩，食物入水一汆就捞起，所以说，"片儿汆"才是正确的写法。因"汆"与"川"同音，本是菜料皆成"片儿状"，于是传着、传着，"片儿汆"成了"片儿川"了。

片儿汆，以肉片、笋片等做配料。"无肉令人瘦，无竹令人俗"，这是千年前苏东坡对生活发出的感慨。千年后，有肉又有笋的食材，被杭州人兼收并蓄地烩制成一碗面。正所谓，一方水土，一方人一方物。

又逢生日，晚上妻子给我烧了一碗银丝面，浇头是虾仁、豌豆和茭白，又蒸了几根香肠。吃完面条，我夹起一段香肠，咬在嘴中，"吱——"油汁喷溅而出，嘴里含肉，慢慢咀嚼……

此时，童年最难忘的美食感受，在我脑海里一一浮现。美食需细细品味，美好需慢慢回味。

紫薇花对紫微郎

——百日悦赏"百日红"

邻居说，远远地看见你家的紫薇花开了。

是的，院子里这棵紫薇，今年开得特别好，迎风飞舞，一枝独放。紫薇开花时正当夏秋少花季节。俗话说，花无百日红，而紫薇的花期超过百日，有"百日红"之称，又有"盛夏绿遮眼，此花红满堂"的赞语。我端坐在夏秋的门槛上，静静地悦赏那绰约的花姿，感受花的繁茂与芬芳。

紫薇为我国栽种历史悠久的花卉。唐宋年间，紫薇种植十分兴盛，有"花之圣"之称。据传，紫薇花在道教中，有压邪扶正之妙用，唐玄宗笃信这一点，故而将中书省改为紫薇省。据《唐书·百官志》所载，唐玄宗李隆基开元元年（713），改中书省（朝廷中枢，负责草拟与颁发皇帝诏令）为紫微省，中书令（行政长官）为紫微令，中书舍人（专掌诏诰呈奏之事）为紫微舍人。沈括《梦溪笔谈》记述："中书省中植紫薇花，何异坊州贡杜若？然历世循之，不以为非。至今舍人院紫薇阁前植紫薇花，用唐故事也。"

诗人白居易钟爱紫薇，曾为中书舍人，故自称紫微郎。唐穆宗长庆二年（822），诗人白居易独宿官衙，遥望窗外，只有紫薇和他相伴，诗人不禁感叹：

丝纶阁下文书静，钟鼓楼中刻漏长。

独坐黄昏谁是伴，紫薇花对紫微郎。

唐敬宗宝历元年（825），白居易调任苏州刺史，初夏时面对郡斋庭院中的紫薇，写了《紫薇花》："紫薇花对紫微翁，名目虽同貌不同。独占芳菲当夏景，不将颜色托春风。浔阳官舍双高树，兴善僧庭一大丛。何似苏州安置处，花堂栏下月明中。"此时，白居易已经五十三岁了，自称为紫微翁。诗人感叹：此紫微非彼紫薇，音同貌不同。紫薇花不迎春风展颜色，而是在夏季少花的时节独占夏日的芳菲。因为白居易的这两首诗，把紫薇花和紫微郎、紫微翁联系在一起，让不见于大众视野的紫薇花，得以扬名。

晚唐诗人杜牧，在立秋时节，看见一枝初绽的紫薇在秋露里迎接晨光，于是写下《紫薇花》：

晓迎秋露一枝新，不占园中最上春。

桃李无言又何在，向风偏笑艳阳人。

诗人感慨：无言的桃花、李花现在不知道在何处，只有紫薇花向着寒冷的秋风，笑对那些争着在明媚的春天开放的花朵。杜牧笔下的紫薇花别有生命的朝气。

"似痴如醉弱还佳，露压风欺分外斜。谁道花无红十日，紫薇长放半年花。"这是南宋诗人杨万里描绘紫薇的诗。在杨万里眼里，紫薇花看起来长条柔弱、花枝婀娜，在秋风秋露中摇曳，但这是一种极其柔韧而长久盛开的花。紫薇外柔内刚，生命顽强。

明末画家文震亨《长物志》记载："薇花四种：紫色之外，白色者曰'白薇'，红色者曰'红薇'，紫带蓝色者曰'翠薇'。此花四月开九月歇，俗称'百日红'。山园植之，可称'耐久朋'。然花但宜远望。"

我家院子里这棵紫薇是"翠薇"，应有些年头了，主干比茶碗还要粗，有三米多高。一到开花季节，一团团，一簇簇，真是"繁"得不得了，"闹"得不得了，"像一群幼儿园的孩子放开了又高又脆的小嗓子一起乱嚷嚷"，真是热闹。盛开时，红里透点紫，紫中带一点蓝，微风吹过，紫薇花相互扶掖着随风摇摆，清新馥郁的幽香扑面而来。文震亨说，紫薇花适宜远观。是的，邻居来串门，对我妻子说，远远地看见天空中怎么飘着紫红色的云，原来是你家的紫薇盛开了。我猜想，邻居应是一位"诗人"吧?!

紫薇的树干很特别，老干洁白而光滑，新枝是褐色的，摸起来倒很粗糙，随着时间的推移树皮逐渐脱落，便露出洁白的树干。人们上前去摸，这时花叶就会随之震颤，所以紫薇树又叫"痒痒树"。李渔《闲情偶寄》描述："人谓树之怕痒者，只有紫薇一种，余则不然。予曰：'草木同性，但观此树怕痒，即知无草无木不知痛痒，但紫薇能动，他树不能动耳。'"李笠翁告诉人们：草木同性，草木有情。

我喜欢紫薇花开，喜欢紫薇挺拔、优美的枝干。一般纤细、一般整齐、一般美丽，径直向空中伸展，在风中欢歌，在月色里梦呓；手捧一团团、一簇簇鲜花，向蓝天致意，向太阳献礼。

之前，我是一个"植物盲"，对周围的植物视而不见，认不出花花草草。自从认得紫薇花，发现杭州城市道路的两侧、小区的行道旁、街心公园，到处都有紫薇花，淡紫色、红色和白色的，在阳光下静静地绽放，在酷暑中快乐地笑唱，染红了天外的云，描绘出一道道亮丽的景。

我寻思，在我的身旁，其实还有很多像紫薇那样的花，正在静静地开，悄悄地燃，只是我不认识而已。

山寺月中寻桂子

——翻山越岭来看你，披星戴月来找你

农历八月，古称桂月。

桂花的故乡在中国，它在中国已有两千五百多年的种植历史了。屈原的《楚辞·九歌》中就有"援北斗兮酌桂浆""辛夷车兮结桂旗"的描述。

桂花是中国传统十大名花之一，自古就深受国人的喜爱。桂花是文人墨客绝佳的咏颂对象。在中国古代诗词中，有很多咏桂的佳作。如白居易在《忆江南》中云："江南忆，最忆是杭州。山寺月中寻桂子，郡亭枕上看潮头。何日更重游？"李白在《咏桂》中曰："安知南山桂，绿叶垂芳根。清阴亦可托，何惜树君园。"

王维在《鸟鸣涧》中道："人闲桂花落，夜静春山空。"李清照在《鹧鸪天·桂花》中言："暗淡轻黄体性柔，情疏迹远只香留。何须浅碧深红色，自是花中第一流。"吕声之在《咏桂花》中说："独占三秋压众芳，何夸橘绿与橙黄。自从分下月中种，果若飘来天际香。"

桂花是杭州的市花。杭州的桂花，未闻先香；杭州的桂花，香中带甜，甜中溢香，花香飘洒在大街小巷。杭州赏桂的地方有很多，最负盛名的是满陇桂雨。满陇桂雨，是杭州新西湖十景之一。满觉陇，又称满陇，位于杭州西湖以南，南高峰与白鹤峰夹峙下的自然村落中，是一条山谷。满觉陇沿途山道边，植有七千多株桂花，有金桂、银桂、丹桂、四季桂等品种。每当金秋时节，桂花盛开，香满空山，落英如雨，故有"满陇桂雨"之美誉。但其实，杭州赏桂的最美之处不在满觉陇，而是在翁家山。有诗文

为证：

1925年9月，诗人徐志摩冒着大雨，翻山越岭到翁家山访桂，第二天他描述了当时的心情：

> 昨天我冒着大雨到烟霞岭下访桂；／南高峰在烟霞中不见，／在一家松茅铺的屋檐前／我停步，问一个村姑今年／翁家山的桂花有没有去年开的媚。／……"客人，你运气不好，来得太迟又太早；／这里就是有名的满家弄，／往年这时候到处香得凶，／这几天连绵的雨，外加风，／弄得这稀糟，今年的早桂就算完了……"

诗人徐志摩冒雨到翁家山访桂，结果运气不好，因为连绵的雨，外加风，桂花已谢了。诗人访桂不遇，满目"看着凄惨"，连连唉声叹气，叹这"无妄的灾"。因为没有赏到桂，诗人在诗歌最后一句里直抒胸臆："这年头活着不易！这年头活着不易！"是因为没有赏到桂，感叹"这年头活着不易"，还是因其他缘故，只有诗人自知了。

1932年10月，作家郁达夫创作了短篇小说《迟桂花》。小说以一封情真意切的长信开头，郁达夫收到了阔别十多年的老同学翁则生的书信邀请，去参加他的婚礼。翌日郁达夫起身前往翁家山。"迟桂花"作为行文的线索贯穿全篇，给灵秀的翁家山抹上一层独特的风韵。郁达夫在小说中多次描写翁家山的迟桂花：

伫立在半山亭中，"从背后又吹来了一阵微风，里面竟含满着一种说不出的撩人的桂花香气"。于是，郁达夫惊异地感叹："原来这儿到这时候还有桂花？我在以桂花著名的满觉陇里，倒不曾看到，反而在这一块冷僻的山里面来闻吸浓香。"喝桂花茶时，"在茶里又闻到了一种实在是令人欲醉的桂花香气。掀开了茶碗盖，我俯首向碗里一看，果然在绿莹莹的茶水里散点着有一粒一粒的金黄的花瓣"。以同学翁则生之口，盛赞迟桂花，"因为开得迟，所以日子也经得久"。在婚礼上致辞时，郁达夫说："桂花开得愈迟愈好，因为开得迟，所以经得日子久。"在火车站与翁家兄妹分别时，郁达夫发自内心地喊出"但愿得我们都是迟桂花"。在作家郁达夫的笔下，迟桂花，每一点，每一瓣，都在言美。

赏桂如同品茗，要像白居易那样，山寺月中"寻"桂；要像徐志摩那般，不畏风雨"访"桂，要像郁达夫那样，不急不躁"等"桂。"寻"桂子、"访"桂子、"等"桂子，翻山越岭来看你，披星戴月来找你，这是一份诗意，更是一种情怀。赏桂，人要闲、心要静，只有这样，才能感受桂花密密匝匝地开，窸窸窣窣地落，淡淡浓浓的香，丝丝缕缕的甜。

前几日，偶遇一个住在翁家山姓翁的朋友，我问："今年翁家山的桂花，是否比去年开得好？"他笑着说："人们只知道翁家山的茶，你怎么知道翁家山的桂？"

我笑而不答……

堪笑吴兴馋太守

——好吃，是一个幸福的诱惑

馋人，杭州话称作"馋佬坯"。

我觉得"馋佬坯"的说法要比"馋人"更有趣味。

"馋"字，繁体字是这样写的："饞。"一个人为了食物，像狡兔一样四处奔走。正所谓"为了一张嘴，跑断两条腿"。"佬"，指成年的男子。"坯"，譬如"美人坯子"，指从小就可以看出长大后的美人样子。食是人之本，"馋佬坯"是与生俱来的，是一种本能，是基因在"作祟"。

日前，小伙伴们聚会，说到童年，说到"馋"。

朋友阿光说："那年我十岁，父母参加送医疗下乡活动，要去一个月，临行时母亲给了足够吃一个月的餐券，终于可以随心所欲了。在医院食堂里，中午吃糖醋排骨，晚上是糖醋里脊，色泽红亮，甜酸可口，口齿留香。一份不够，来两份。寅吃卯粮，到了第三个星期，餐券已所剩无几，只能买冬腌菜或炒青菜了。我拿着饭盒在父母的同事面前晃悠，'张叔叔好、王阿姨好'，于是，张叔叔夹一块肉，王阿姨搛一块鱼，有的干脆买一份荤菜给我。之后，父亲责备说：'你难不难为情？'我说：'叔叔阿姨给的，不难为情的。'"

朋友阿莹说："那年我和小伙伴积蓄了几个月的零花钱，到少年宫去游玩。小火车、摩天轮、碰碰车、淘气堡……一直玩到筋疲力尽，口干舌燥。看到其他小伙伴在喝酸梅汤，内心痒痒的，此时还剩一元钱的车费。'不管了，吃了再说。'一元钱只能买一瓶。插上两根吸管，我和小伙伴你吸一口，我呛一口；你喝一口，我啜一口……结果那天，我从少年宫走到拱宸桥，整整两个小时，回到家已晚上七点多了。至今，还记得那天的酸梅汤是酸酸的、甜甜的，腿脚却是酸酸的、痛痛的。"阿莹说，"那一年，我十岁。"

馋没有古今、文化和阶层之分，穷人馋，富人也馋；百姓馋，太守也馋。

诗人苏轼曾亲自动手烹饪红烧肉，被世人谓之"东坡肉"。其实，苏轼不仅爱吃"东坡肉"，还爱吃鱼片、竹笋、蟹等等，因为喜爱蟹味道的鲜美，他曾自嘲为"馋太守"，写了一首《丁公默送蝤蛑》：

溪边石蟹小如钱，喜见轮囷赤玉盘。
半壳含黄宜点酒，两螯斫雪劝加餐。
蛮珍海错闻名久，怪雨腥风入座寒。
堪笑吴兴馋太守，一诗换得两尖团。

苏轼说，小溪边的石蟹小得像一枚钱币，突然欣喜地看见团缩着的蝤蛑，它好像一只赤色的玉盘。他看着它橙黄的背壳酒兴就来了，斫出大螯里雪白雪白的肉，饭量都增加了。他笑自己实在太馋这口美味，用诗换得品尝蝤蛑的机会。苏轼因喜吃蟹，而自称"馋太守"，可见蟹味道之美，可见其语言之诙谐。

苏轼不仅自称"馋太守"，还称他的从表兄文同为"馋太守"。他在《文与可画筼筜谷偃竹记》写道："汉川修竹贱如蓬，斤斧何曾赦箨龙。料得清贫馋太守，渭滨千亩在胸中。"

"馋涎欲滴"这个成语，出自苏轼的《将之湖州戏赠莘老》：

顾渚茶芽白于齿，梅溪木瓜红胜颊。
吴儿脍缕薄欲飞，未去先说馋涎垂。

苏轼与湖州知州孙觉交往很深，经常在一块吟诗作赋。苏轼在熙宁五年（1072）作了此诗，说这鱼片薄如纸，风都可以吹去，还没吃，馋得口水都要滴下来，称赞湖州的美食。

苏轼的弟弟苏辙也一样，他在《戏作家酿二首（其二）》中写道："我饮半合耳，晨兴不可无。千钱买一斗，众口分须臾。……愍愍坐相视，馋涎落盘盂。"

馋人，有人说和美食家相似。我觉得美食家和馋人还是有区别的：美食家有所喜好，对食物有选择；馋人不忌嘴，什么都吃得津津有味。美食家讲究饮食的氛围和须知；馋人不在乎，在什么地方都能吃得津津有味。美食家重理论，要为美食著书立说；馋人重实践，只管大快朵颐。

其实，生活很简单。会拍照的不一定要成为摄影家，开心就好；能写字的不需成为书法家，喜欢就好；爱吃的也不必成为美食家，快乐就好。

人间

沧桑

中原逐鹿不由人

——蜀汉是三国中最弱的

什么是经典？有人说，"常念为经，常数为典"。也有人说，"常读常新，价值永恒"。

四大名著是人一生中必读的经典。阅读经典，不同的读者有不同的阐释，不同的年龄阶段也有不同的认识。最近重读四大名著之一的《三国演义》。蜀汉建国时的国号是"汉"，是为了匡扶汉室，而"蜀汉"甚至"蜀国"只是后世"强加"给它的，在此，就按"约定俗成"称"蜀汉"吧。

小时候读《三国演义》时一直在想，为什么蜀汉有神机妙算的诸葛亮，战无不胜的关云长，却先亡了？都怪那扶不起的阿斗。当读到诸葛亮病逝五丈原时，就不愿再读下去了。

为什么蜀汉这么一个大有希望的政权，竟然在三国中率先亡国？史学家众说纷纭，诗人们也莫衷一是。唐代诗人罗隐有一首七律《筹笔驿》，其中首联和颔联云："抛掷南阳为主忧，北征东讨尽良筹。时来天地皆同力，运去英雄不自由。"意思是：诸葛亮抛弃隐居之地南阳为主公分忧，四处征战，运筹帷幄，鞠躬尽瘁。时势顺利时仿佛天地都一起来帮助，时运消散时，即使英雄也难施展抱负。筹笔驿，旧址在今四川省广元北。《方舆胜览》曰："筹笔驿在绵州绵谷县北九十九里，蜀诸葛武侯出师，尝驻军筹划于此。"诗人罗隐把诸葛亮北征的胜利或挫折归于时运。

李商隐在经过筹笔驿时有感而发，也写了一首《筹笔驿》。其中有两句是这么写的："管乐有才真不忝，关张无命欲何如？"他认为孔明真不愧有管仲和乐毅的才干，关公张飞已死，他又怎能力挽狂澜？也归结为命运。

南宋文学家洪迈在《容斋随笔》中说："天不祚汉，非人力也。'霸气西南歇，雄图历数屯。'杜诗尽之矣。"洪迈认为，上天不保佑汉室，这不是人力所能挽回的。"霸气西南歇，雄图历数屯。"杜甫这两句诗集中概括了蜀汉国运不济和诸葛亮一生壮志难酬的境况。

在历代文人中，杜甫是吟诵诸葛亮最多的诗人之一。在《八阵图》中说："江流石不转，遗恨失吞吴。"诗人认为由于刘备吞吴之失，破坏了诸葛亮联吴抗曹的基本方针，铸成千古遗恨。但在《咏怀古迹五首（其五）》中，诗人又说："运移汉祚终难复，志决身歼军务劳。"又把汉朝的兴亡归于运气，即使是诸葛亮也难以复兴，但他意志坚决，因军务繁忙而鞠躬尽瘁。在七律《蜀相》中，诗人又抒发了感慨："出师未捷身先死，长使英雄泪满襟。"表达了诗人对诸葛亮献身精神的崇高景仰和对他事业未竟、时运不济的痛惜心情。

温庭筠在经过五丈原时，发出感叹：

> 铁马云雕久绝尘，柳阴高压汉营春。
>
> 天晴杀气屯关右，夜半妖星照渭滨。
>
> 下国卧龙空误主，中原逐鹿不因人。
>
> 象床锦帐无言语，从此谯周是老臣。

他称蜀国为"下国"，称魏国为"中原"，下国和中原对抗，实力强弱对比明显，所以说"中原逐鹿不因人"。诸葛亮北伐，要以蜀国来统一中原，非人力能达，诗人温庭筠说到要害了。

唐代杰出的纵横家赵蕤写过一本《长短经》，书中总结分析了蜀汉和孙吴失败的原因，一句话，除非占据中原，若在其他地方偏安，注定都是要失败的。赵蕤说："自古圣帝，爰建汉魏，受命而王者，莫不在乎中土。河出《图》，洛出《书》，圣人则之，以兴洪业，其不由此，未有不颠覆者矣。"

从国家实力来看，蜀汉是三国中最弱的，诸葛亮在《出师表》中坦承：

"今天下三分，益州疲弊。"在三国后期，天下有十四州，魏国一家就有十州，吴国有扬州、荆州和交州三州，而蜀汉只有益州一州。也许有人说，蜀汉曾占据过荆州，而事实上蜀汉从未占据荆州的全部，荆州内部一直是三国瓜分的态势。说是三国鼎立，天下三分，而实际上天下魏国占七分，蜀汉只占一分。

战争打的是国家实力。诸葛亮是明知不可为，而为之。对此，诸葛亮显然是清醒的，他在《后出师表》中说："然不伐贼，王业亦亡；惟坐而待亡，孰与伐之？""今民穷兵疲，而事不可息；事不可息，则住与行劳费正等。而不及今图之，欲以一州之地与贼持久。"诸葛亮说："我本就知道伐贼是力不胜敌的，但是不讨伐魏贼，汉朝的大业也要灭亡；与其坐以待毙，不如主动出击。"

《三国演义》开篇"话说天下大势，分久必合，合久必分"，阐述了本书所载故事发生之前的历史过往，饱含哲理，令人深思。古人说"天命不可违"，历史只给了诸葛亮一个小国寡民的政治舞台，他只能借力、借风、借势，只能"鞠躬尽瘁，死而后已"，只能"尽人事，安天命"。这是诸葛亮的"命"和"运"，也是蜀汉先亡的根本原因。

十年种木长风烟

——十年树木·百年树人·千年树城

今天是植树节。

自古以来，我国就重视植树造林。《礼记》有言："某日立春，盛德在木。"早在公元前五帝时期，舜便设立了九官之一的"虞官"，处理全国的林业事务。在先秦时期，明文规定："禹之禁，春三月，山林不登斧，以成草木之长。"古人重视植树造林，留下了许多饶有趣味的故事。

"五亩之宅，树之以桑，五十者可以衣帛矣……七十者衣帛食肉，黎民不饥不寒，然而不王者，未之有也。"这是孟子向梁惠王阐释怎样才能实现的"王道"。在孟子看来，一个社会稳定的基础首先在于百姓能够实现温饱，在此基础上再倡导仁义道德，则王道、仁政都触手可及，而要实现温饱离不开种树，种树先种桑树。

"杏林春暖"典出宋代人撰写的《太平广记》。传说三国时期的名医董奉治病不收钱，只要求病愈的人在山上种杏树，"重病愈者使栽杏五株，轻者一株。如此数年，得十万余株，郁然成林"。今天我们用"杏林春暖"这个词来赞誉医德高尚、医技高超的医生。

"能顺木之天，以致其性焉尔"出自唐代文学家柳宗元传记作品《种树郭橐驼传》。有人问郭橐驼种树种得好的原因，他回答说："我郭橐驼不是能够使树木活得长久而且长得很快，只不过能够顺应树木的天性，来实现其自身的习性罢了。"柳宗元以树喻人，讲述了种树育人、治国养民的道理。

古代文人喜欢植树，留下了众多脍炙人口的植树咏树诗篇。

"手种桃李非无主，野老墙低还似家。恰似春风相欺得，夜来吹折数枝花。"这是唐代诗人杜甫的《绝句漫兴九首（其二）》，诗人把植树快乐的心境描写得生动形象。

"柳州柳刺史，种柳柳江边。谈笑为故事，推移成昔年。垂阴当覆地，耸干会参天。好作思人树，惭无惠化传。"这是唐代诗人柳宗元的《种柳戏题》，柳宗元不仅姓柳，而且酷爱植柳。此诗是柳宗元任柳州刺史时，带领百姓在柳江西岸种植柳树时所写。

"持钱买花树，城东坡上栽。但购有花者，不限桃李梅。""养树既如此，养民亦何殊。将欲茂枝叶，必先救根株。"这是诗人白居易的《东坡种花二首》，诗人不仅描述了买树种树的过程，还以树喻理，讲述了养民为政之道："云何救根株，劝农均赋租。云何茂枝叶，省事宽刑书。"

"我昔少年日，种松满东冈。初移一寸根，琐细如插秧。"这是苏轼的《戏作种松》。诗人记叙了他少年时期，在家乡四川眉山东冈栽种松树的经过。苏轼从少年时代就喜欢种植花木，后来他任杭州知州时，带领百姓修浚西湖，相传现在杭州西湖著名景点"苏堤春晓"，就是在湖堤上种树留下的。

"食贫自以官为业，闻说西斋意凛然。万卷藏书宜子弟，十年种木长风烟。"这是北宋诗人黄庭坚写给好友郭明甫一首七律中的诗句。诗人赞美友人饱读诗书，学问渊博，更是表述友人的诗礼传家。

"十年种木长风烟"，写景并寓意。此语取意于管子《权修》："一年之计，莫如树谷；十年之计，莫如树木；终身之计，莫如树人。"管仲还说："一树一获者，谷也；一树十获者，木也；一树百获者，人也。"管仲认为虽然"树人"耗费的时间与精力比"树谷""树木"都要长，但"树人"的回报也是"树谷""树木"所望尘莫及的。"树人"的主要方式就是教育，其根本的目的是要培养有用之人。十年树木，百年树人，要使小树成为参天大树需要很长的时间。而培养一个人成才则需要更多的时间。百年大计，教育为本。

如果把一个城市比喻成一棵树，若要育成一棵根深叶茂的参天大树，那需要更长的时间。作家叶兆言在《南京传》中写道："公元211年，孙权把他的指挥部移到了南京。这次迁治的重大意义，就像种树一样，长成大树虽然是后来的事情，然而恰恰就是在这一年，南京这棵小树苗被孙权在无意中种下了……它开始扎根，它的根须开始向下向深处进发，渐渐根深柢固，终于长成一棵参天大树。"

杭州也是如此。开皇九年（589），隋文帝杨坚进行行政区划改革，把州、郡、县三级更改为州、县两级，全国共有二百四十一个州，其中之一为杭州，这是"杭州"之名的第一次出现。接着大将军杨素在钱塘江边建新城，隋炀帝杨广修运河。追溯历史，杭州这棵树是在"三杨"手中种下的。随着大运河的开通，杭州一跃而"咽喉吴越，势雄江海"，成为整个钱塘江下游地区的重要枢纽。杭州这棵小树苗，开始成活，开始扎根，开始向纵深发展，向四面八方蔓延，渐渐根深蒂固，最终长成一棵参天大树。

如果把一个城市比喻成一棵树，它的根须、枝干、茂叶和果实，就是这个城市的历史、文化和精神。《辞海》对"树"的注释是：①木本植物的总称。②种植；培养。③计量树木的单位。④竖立；建立。⑤门屏；照墙。

树，十年树木，百年树人，千年树城。

今天，在院子里种了一棵松树。一株新苗，一锹厚土，一瓢清水，一份期待。

荒村客到松鼠奔

——历史能不能假设？

散步时，看见了小松鼠。

松鼠是一种可爱的小动物。玲珑的小面孔上，嵌着一对闪闪发光的小眼睛，小小圆圆的耳朵竖得高高的，有着像兔子一样的小嘴巴，衬上一条帽缨形的美丽尾巴，显得格外漂亮。松鼠四肢灵活，行动敏捷，像飞鸟一样栖息在树枝上，从这棵树跳到那棵树，满树林里跑。吃饱了就用尾巴拉着树枝倒挂在树上荡秋千，很讨人喜欢。松鼠吃松果、榛子等食物。秋天，它把食物贮藏起来；冬天，它把食物刨挖出来，有时忘记了，来年食物便发芽长出新苗。古代文人对松鼠多有描述，如明代诗人陶望龄在诗中写道：

> 双溪港口泊幽梦，石帆山下朝炊动。
> 荒村客到松鼠奔，小市人喧竹排重。
> 我生百事松上针，虽有寸长何所用。
> 石田千亩云外闲，去采灵芝为君种。

"荒村客到松鼠奔，小市人喧竹排重。"这些小松鼠多么可爱啊，见到有客人来了，纷纷奔走相告。

陆游在《初春幽居》中描述："茂林处处见松鼠，幽圃时时闻竹鸡。"林逋在《湖山小隐》中叙说："昼岩松鼠静，春堑竹鸡深。"刘子寰在《满江红·风泉峡观泉》中写道："静坐时看松鼠饮，醉眠不碍山禽浴。"

松鼠和老鼠，只一字之差，同为啮齿类动物，但是松鼠和老鼠生活习惯不尽相同。一个生活在树上，一个生活在地下；一个人见人爱，一个人人喊打。各自的命运截然不同。

读司马迁《史记·李斯列传》："李斯者，楚上蔡人也。年少时，为郡小吏，见吏舍厕中鼠食不洁，近人犬，数惊恐之。斯入仓，观仓中鼠，食积粟，居大庑之下，不见人犬之忧。于是李斯乃叹曰：'人之贤不肖譬如鼠矣，在所自处耳！'"意思是：李斯在郡中做小吏，有一天他见公家厕所中的老鼠吃着不洁之物，人或狗走近时，多次现出惊恐的样子。到粮仓中，他发现仓中的老鼠吃着积存的粮食，住在大房子里，没有人或狗打扰的忧虑。于是，李斯叹息说："人的好与坏如同老鼠，在于把自己放到什么环境中罢了！"

这两种老鼠的境遇引发了李斯的深思。

为什么都是老鼠，厕所中的老鼠过得那么惨，而粮仓中的老鼠却过得比人还好呢？

李斯明白了一个道理："鼠在所居，人固择地。"也就是环境决定命运，这便是李斯的"老鼠哲学"。而李斯接下来的人生，便是逐利的一生。在即将身首异处之时，他回头对他的次子说："我想和你再牵着黄狗，一同出上蔡东门去追逐狡兔，还能办得到吗？"

"上蔡东门狡兔肥，李斯何事忘南归。功成不解谋身退，直待云阳血染衣。"这是一千多年后唐代诗人胡曾在《咏史诗·上蔡》中发出的感叹。

我思忖：如果李斯看到的是松鼠而不是老鼠，或者看到老鼠之后又见到了松鼠，只见这松鼠居高屋、食榛子、饮晨露、沐清风，人皆喜之，李斯会作何考虑呢？松鼠和老鼠完全不同的境遇是否会引发李斯的深思呢？李斯是否会选择"松鼠哲学"呢？

如果李斯选择了"松鼠人生"，到老时他能"牵黄犬俱出上蔡东门逐狡兔乎"？秦王朝还会不会仅二世就亡？历史的进程会不会改变呢？

历史就是历史，历史无法假设。

历史已成往事，人生还在选择。

应似飞鸿踏雪泥

——天空中有没有留下鸟的痕迹

昔人已乘黄鹤去，此地空余黄鹤楼。

黄鹤一去不复返，白云千载空悠悠。

人生到处知何似，应似飞鸿踏雪泥。

泥上偶然留指爪，鸿飞那复计东西。

I leave no trace of wings in the air, but I am glad I have had my flight.

（天空没有翅膀的痕迹，但我已经飞过。）

这是不同时代、不同作者、不同风格的三段诗。

第一段出自唐代诗人崔颢的《黄鹤楼》。

这首诗具体创作时间已无从考证。据说，唐玄宗天宝年间，诗人登临黄鹤楼，览眼前景物，即景生情，诗兴大发，创作了这首七言律诗。在首联"昔人已乘黄鹤去，此地空余黄鹤楼"中，诗人慕名前来，可仙人已驾鹤远去，眼前就是一座寻常可见的江楼。颔联"黄鹤一去不复返，白云千载空悠悠"中"一去不复返"，就有岁月不再、古人不可见之憾；仙去楼空，唯留白云千载，表达世事茫茫之慨。此诗颈联和尾联"晴川历历汉阳树，芳草萋萋鹦鹉洲。日暮乡关何处是？烟波江上使人愁"，准确地表达了日暮时分诗人登临黄鹤楼的心情，并与开篇的暗喻相照应，言外传情，情内展画，画外有余音。

第二段出自北宋诗人苏轼的《和子由渑池怀旧》。

嘉祐六年（1061）冬，诗人的弟弟苏辙（子由）送他至郑州，分手回京，作诗寄给苏轼。苏轼和作一首七言律诗。在首联"人生到处知何似，应似飞鸿踏雪泥"中，诗人以雪泥鸿爪比喻人生，一开始就发出感喟，并挑起下联的议论。"泥上偶然留指爪，鸿飞那复计东西"，在诗人看来，人生就像鸿雁在飞行途中，驻足雪泥之上，留下痕迹，而鸿飞雪化，一切又都不复存在。"雪泥鸿爪"这个成语就出自此诗。"老僧已死成新塔，坏壁无由见旧题。往日崎岖还记否，路长人困蹇驴嘶。"这是此诗的颈联和尾联，这四句以叙事之笔，深化"雪泥鸿爪"的感触。

第三段是印度诗人泰戈尔的诗集《流萤集》中的诗句。此诗集写作于20世纪20年代，诗集记录了泰戈尔思想中闪现的火花和历久弥新的隽永之语。其中的经典名句"I leave no trace of wings in the air, but I am glad I have had my flight"译为"天空没有翅膀的痕迹，但我已经飞过"，或为"我不曾在天空，留下羽翼的痕迹，却为曾经的飞翔欢喜"。

诗即意象，诗即隐喻，诗即符号。这三段诗的意象分别是黄鹤、飞鸿、鸟儿，天空、白云、雪泥，这些意象相互映衬，是一个整体，用来隐喻诗人内心想说的话。

> 黄鹤说：白云不曾知道我的去处，但我已经掠过。
> 飞鸿说：雪融不曾留下我的足迹，但我已经来过。
> 鸟儿说：天空不曾留下我的痕迹，但我已经飞过。

明人洪应明《菜根谭》载："风来疏竹，风过而竹不留声；雁度寒潭，雁去而潭不留影。"南宋《五灯会元》云："雁过长空，影沉寒水，雁无遗迹之意，水无沉影之心。"这是论禅的一种境界，形容自己的内心有如清风吹过稀疏的竹林，风过后竹林没有留下"沙沙"的声音；有如一潭澄澈的寒水，而外物就像掠过长空的秋雁，雁影沉于水中，而水却丝毫没有扰动。

顾随先生说："诗人达到最高境界是哲人，哲人达到最高境界是诗人，即因哲学与诗情最高境界是一。"崔颢、苏轼、泰戈尔，他们既是诗人，也是哲人。

三首诗跨越时空，诗人的诗，永恒。

鸟已经飞去，天空中留下它们飞过的痕迹。

山外青山楼外楼

——话说那些题壁诗

闲着也是闲着，到西湖边去转转。

下午三点多出门，漫步，坐地铁，漫步，历经一小时有余，到达湖滨一公园时已近黄昏。"知了知了"，暖风送来声声蝉鸣。"咿咿呀呀"，公园里传来胡琴声。循声而去，只见几个中老年女子随着琴声，正唱着越剧："天上掉下个林妹妹，似一朵轻云刚出岫……"路边的游人围着看她们的表演。

沿着湖边漫步，看见一个须发皆白的大爷，穿着一件圆领汗衫，趿拉着一双布鞋，左手提着一个红水桶，右手举着一支如椽大笔，以水代墨，以地当纸，在公园的地面上洋洋洒洒地书写着。字随着水迹即显渐消，引得众多路人驻足围观欣赏。一会儿，大爷移步到一青石壁前，挥毫书写："山外青山楼外楼……"这不是南宋诗人林升的诗句吗？记得这首诗是林升在临安（杭州）的一家旅店墙壁上的题壁诗：

> 山外青山楼外楼，西湖歌舞几时休？
> 暖风熏得游人醉，直把杭州作汴州。

当年林升一时兴起，以壁代纸，在临安城里旅店墙上的涂鸦之作被后人保留了下来，一留就是千年。这是一首著名的题壁诗。

说到题壁涂鸦，印象最深的是《西游记》第七回：如来佛祖与孙悟空打赌，如果孙悟空一筋斗翻出他的右手掌，就算悟空赢。孙悟空"抖擞神威，将身一纵"，行十万八千里，"一路云光，无影无形去了"。悟空"行时，忽见五根肉红柱子"，寻思已至尽头路了，想"留下些记号，方好与如来说话"。于是，他"拔下一根毫毛，吹口仙气，叫'变!'，变作一管浓墨双毫笔，在那中间柱子上写一行大字云：'齐天大圣，到此一游。'"

古今游人，喜欢题字，我寻思，大概孙悟空也爱题壁涂鸦吧。小说《水浒传》中有三四处写到题壁诗，如第三十九回《浔阳楼宋江吟反诗 梁山泊戴宗传假信》，写的是宋江题反诗的故事。

话说宋江独自来到九江的浔阳楼，一番痛饮之后，不觉沉醉。他"起身观玩，见白粉壁上多有先人题咏。宋江寻思道：'何不就书于此？倘若他日身荣，再来经过，重睹一番，以记岁月，想今日之苦。'乘着酒兴"，去那白粉壁上挥毫写了一首《西江月》。"写罢，他自看了大喜大笑，一面又饮了数杯酒，不觉欢喜，自狂荡起来，手舞足蹈，又拿起笔来，去那《西江月》后再写下四句诗，道是：

> 心在山东身在吴，飘蓬江海谩嗟吁。
> 他时若遂凌云志，敢笑黄巢不丈夫!

宋江写罢诗，又去后面大书五字道：'郓城宋江作。'"写罢，他掷笔于桌，又自酌自饮起来。后来的故事大家都知道，就不必再多说了。

题壁诗始于两汉，盛于唐宋。举凡邮亭、驿墙、寺壁等处多所题咏，叫人目不暇接。据唐人诗集统计，当时题壁诗的作者有百数十家，其中以寒山、崔颢等最为著名。宋代可考的著名的题壁诗词及其作者有苏舜钦《题花山寺壁》、杨万里《题龙归寺壁》、辛弃疾《丑奴儿·书博山道中壁》、陆游《题酒家壁》等等。最有名的是苏轼的《题西林壁》："横看成岭侧成峰，远近高低各不同。不识庐山真面目，只缘身在此山中。"

古人喜爱题壁，是兴之所至，有感而发。这是一种特殊的交流对话方式，是一道美丽的风景。为此，古人在札记中多有记载。如清人袁枚《随园诗话》记载描述了有关题壁诗的诸多趣事。

另有北宋僧人惠洪《冷斋夜话》载:"荆公尝访一高士,不遇,题其壁曰:'墙角数枝梅,凌寒特地开。遥知不是雪,为有暗香来。'"原来王安石这首著名的《梅花》诗,是寻人不遇而留的一张便条,也是一首题壁诗。

《冷斋夜话》又载:"东坡初未识秦少游,少游知其将复过维扬,作坡笔语,题壁于一山中寺。东坡果不能辨,大惊。及见孙莘老,出少游诗词数百篇,读之,乃叹曰:'向书壁者,定此郎也?'"苏轼(号东坡居士)起初并不认识秦观(字少游),秦知道苏又要过扬州,便用他的笔迹和口吻在一个山寺的粉壁上题词。苏见了,无法辨其真假,大为惊叹。等到苏在孙觉(字莘老)那里读到秦的数百首诗词,才感叹说:"以前在扬州山寺题壁的,一定是他了。"原来秦观是通过题壁诗让苏轼知道他的学识的。秦观真是一个有心人,之后他成为苏门四学士之一,是苏轼的得意门生,非常受苏轼的赞赏。

沿着湖边继续漫步,一股清风挟着荷叶的清香扑面而来。穿过垂柳与樟树,来到集贤亭,在湖边近距离端详那些美丽荷叶间的粉红的花朵。取出相机,通过取景框取景,此时在这个小小的方框里,看到的只有花朵,将开的花朵、盛开的花朵,它们在夕阳的照耀下变幻着光彩。此时此景,正应了王安石的两句诗:"柳叶鸣蜩绿暗,荷花落日红酣。"这是诗人到京城后重游西太一宫时即兴吟成的,也是一首题壁诗。

此时,落日通红,从保俶山头慢慢下坠,下坠,天空与湖面被染成了橙红、紫红、金黄和宝石般的蓝色,晚霞映在荷花的花瓣上,鲜明、洁净、别样红。我蹲下身子,以荷花为前景,山外青山为背景,又转过身来,以荷花为前景,远处的楼外之楼为背景,拍摄着,拍摄着。记得纪录片《西湖》中有这样一段解说词:"山外青山楼外楼",宋代诗人林升的诗句,在今天看来,似乎有了更为悠远的景深。置身西湖,极目远眺,我们看到了绵绵五洲的山外之山,茫茫四海的楼外之楼。

古人制字鬼神泣

——美丽的中文永不老

今天是谷雨，又是联合国中文日。

谷雨是春季的最后一个节气。此时，池塘里的浮萍开始生长，春茶也在这个时节前后采收。此刻，给人一种万物生长、蒸蒸日上的景象。

2010年，联合国新闻部宣布启动联合国语文日。这一倡议旨在庆贺多种语文的使用和文化多样性，并促进六种官方语文在联合国平等使用。其中，新闻部将中文日定在农历二十四节气之"谷雨"，以纪念"中华文字始祖"仓颉造字的贡献。

中华文字和中华文明的发展史，有两个关键点：结绳记事和仓颉作书。

结绳记事是远古时代人类摆脱时空限制记录事实、进行传播的手段之一，它发生在语言产生以后、文字出现之前的漫长年代里。

在原始社会时期，一些聪明的捕鱼人出现了。

在谋求生存的前提下，许多原始人都会制作长矛，用长矛去河边捕鱼，或者去森林打猎。后来，他们渐渐地用草绳编织成渔网捕鱼。一网下去便能捕到成群的鱼，可是这么多鱼，如何知道有多少条呢？于是，人们从编织渔网的过程中受到启发，每捕一条鱼，就在绳子上打一个小结，通过数小结的数量，就可以知道捕了多少条鱼了。接着，人们想，既然绳子上可以打小结，也可以打大结，来表示比捕鱼更重要的事情。我国古代文献对此有所记载。《周易·系辞》云："上古结绳而治。"《周易集解》云："古者无文字，其有约誓之事，事大大其绳，事小小其绳，结之多少，随物众寡，各执以相考，亦足以相治也。"

一结一鱼，一结一事，这就是结绳记事的起源。

当代诗人席慕蓉为此写了一首《结绳记事》："绳结一个又一个的好好系起／这样　就可以／独自在暗夜的洞穴里／反复触摸　回溯／……清晨时为你打上的那一个结／到了此刻　仍然／温柔地横梗在／因为生活而逐渐粗糙了的心中。"

再说仓颉作书。仓颉是轩辕黄帝的记事史官，被尊称为"仓圣"。他整理了鸟迹文字，结束了远古绳结记事的历史，开辟了中华五千年文明历史的先河。据《淮南子》记载，仓颉造字，是一件惊天动地的大事。传说黄帝于春末夏初发布诏令，宣布仓颉造字成功，并号召天下臣民共习之。相传因他造字有功，感动了天帝。当时天下正遭灾荒，天帝便命天兵天将打开天宫的粮仓，下了一场谷子雨，天下百姓得救了。后人因此把这天定名为谷雨，成为二十四节气中的一个。

清道光十九年（1839），龚自珍出京都礼部，辞官南归。他在考释彝器铭文的字形与字义，对许慎的《说文解字》作补充时写了一首诗：

> 古人制字鬼神泣，后人识字百忧集。
>
> 我不畏鬼复不忧，灵文夜补秋灯碧。

古人造字的时候，鬼神都惊惧得哭泣。此句典出《淮南子·本经训》："昔者苍颉作书，而天雨粟，鬼夜哭。"后来人认字，就会百忧丛集！此句化用苏轼《石苍舒醉墨堂》诗："人生识字忧患始，姓名粗记可以休。"龚自珍又说，我造字不怕鬼神哭泣，也不担心识字后的忧患。夜里我增补《说文解字》，秋日的蜡烛闪着青绿的微光。

网络上有一篇散文诗《中文有多美》："如果你不懂中文／你将永远不会懂／山可以叫翠微／海可以叫苍渊／云是仙凝／风是扶摇／太阳叫扶光／月亮叫望舒／……中文之美／美得无与伦比。"

诗人余光中说："杏花。春雨。江南。六个方块字，或许那片土就在那里面。而无论赤县也好神州也好中国也好，变来变去，只要仓颉的灵感不灭，美丽的中文不老，那形象，那磁石一般的向心力当必然长在。因为一个方块字是一个天地。"

结绳记事，记下的是生活美好，结下的是人生真谛。
仓颉作书，画下的是黎明曙光，留下的是千古传奇。

熟读深思子自知

——苏东坡的读书秘诀

4月23日是"世界读书日",这天你读书了吗?!

1995年,联合国教科文组织宣布,每年的4月23日为"世界读书日"。古人云:开卷有益。但书海茫茫,读什么,怎么读?

偶看电视剧《雪中悍刀行》,徽山轩辕两兄弟在书院中对话,深受启发。

轩辕敬宣走入书院,看见兄长轩辕敬城正在看书,一副不屑的样子,说:"在读书啊。"轩辕敬城低着头,说:"嗯。"

"读什么呢?"

轩辕敬城继续低着头说:

"读春秋大义,读众生碌碌,读是非曲直,读大道无形。"

"读这么多,有什么用?"

"有用,心不会乱。"

轩辕敬城所读的既是书,也不仅仅是书。是一种认识论,也是一种史学观。

读春秋大义,历史有精神。

《春秋》是中国第一部编年体史书,可以指代历史,"春秋大义"其实就是"历史大义"。中国传统认为,历史中是存在大义的,而大义也必须依赖历史而存在。没有无"大义"的历史,同时"大义"也不可空存、独存,而必须由历史事件所承载。春秋大义是中华文化中的一种基本精神,旨在明辨是非、邪正、善恶、褒贬,其本质就是个人在群体的社会生活中,在与其他人、周围的环境等产生作用时,在个人行为选择上所遵循的一套行为规范和其背后的思想原则。

读是非曲直，历史有公论。

历史学素来有"知古通今""述往事，思来者""明是非"之效，史家刘知几说："史之为用，其利甚博，乃生人之急务，为国家之要道。"历史上这类论述比比皆是。司马迁就是以生命做抵押，发愤著《史记》，誓志实现其继春秋、"别嫌疑，明是非"、"成一家之言"的宏大抱负。人们把历史作为一面镜子，作为一个坐标，给人以多方面的启迪和参考。这里关键是要敢于面对真实的历史。历史是极其复杂的矛盾体，任何一种现象都不是孤立的存在，要在矛盾陈述中判断是非曲直，要从历史规律性中明辨是非曲直，要从实践检验中判断是非曲直。

读碌碌众生，历史有温度。

芥为蔬菜，子如粟粒，佛家以"芥子"比喻极为微小；须弥山原为古印度神话中的山名，佛家以"须弥山"比喻极为巨大。有人问："须弥至大至高，芥子至微至小，岂可芥子之内入得须弥山乎？"然而，正如"须弥藏芥子，介子纳须弥"般，碌碌众生就是小人物，历史中的小人物可能没有名字，但正是他们承载了大部分的历史。在人类社会发展历史进程中，更多的是与众生相关的历史，是普通人身上折射的历史，有形象，有温度。

读大道无形，历史有境界。

《老子》曰："大方无隅，大器免成，大音希声，大象无形。""象"的本原意义是什么？是"道"或"道理"。清末启蒙思想家龚自珍有一句名言："欲知大道，必先为史。"意思是说，要掌握"大道"，必须先研究蕴含着"大道"的历史。其所谓"大道"者，即"人间正道"，历史发展规律。大道蕴于历史，大道无形是一种哲学思想，是一种认识论。

"旧书不厌百回读，熟读深思子自知。"此诗句出自苏轼《送安惇秀才失解西归》。宋神宗熙宁三年（1070），二十八岁的安惇以秀才的身份参加乡试，结果"失解西归"。苏轼写了此诗赠给安惇，劝慰并告诉他：读过的经典要一遍遍地再去诵读，读熟了你就会自然而然地明白其中的含义。苏轼在《东坡志林》的《学问》一篇中说："无它术，唯勤读书而多为之，自工。"

苏轼告诉我们读书的方法——阅读经典、百读不厌、深思多写。

莫道牡丹真富贵

——富贵自富贵，牡丹自牡丹

闲着没事，学画牡丹。

取法乎上，心摹手追。在翻阅中国花鸟画图册，学习观摩大师的构图和笔法时，我看到吴昌硕的一幅《富贵神仙图》：

此画以牡丹、水仙及顽石入画。牡丹摇曳，顾盼自如；水仙葱郁，超凡脱俗；顽石古拙，圆浑厚重。用墨浓淡干湿各得其宜，表现出物象的内在气质和生命力。在色彩上，牡丹的曙红色和水仙的花青色相得益彰。引人注意的是，画左上方的留白处，有一首作者的题画诗：

> 红时槛外春风拂，香处毫端水佩横。
> 富贵神仙浑不羡，自高唯有石先生。

昌硕先生坦言，富贵神仙都不羡慕，在我心目中唯有自然高大的"石先生"。诗人以"石先生"自喻，表达淡泊名利且与世无争的情怀。

信手翻阅着，看到郑板桥的一幅《牡丹梅花图》。郑板桥以画兰竹闻名，画牡丹的作品不多，这幅画构思颇为巧妙，但吸引我的是画中的题画诗：

> 牡丹花下一枝梅，富贵穷酸共一堆。
> 莫道牡丹真富贵，不如梅占百花魁。

郑板桥认为：真实的富有与高贵，乃在于个人的品德；梅为百花之魁，其贵乃是品德之贵，而非权势之贵。

郑板桥还有一幅《行书牡丹诗轴》，原题于复堂老人所绘牡丹，后分割流传。诗文如下：

十分颜色十分红，顷刻名花在眼中。
富贵若凭吾笔底，不愁天起落花风。

诗后自题："复堂老人画于南城浮沤馆，嘱板桥郑燮题以补之"。其下朱文图章为"丙辰进士"，白文图章为"郑燮印"。郑燮，号板桥，是"扬州八怪"中为人称道的画家。郑板桥对徐渭（字文长，号青藤道士）的书画艺术崇拜至极，他刻有一枚印章，名为"青藤门下牛马走"。后来因种种原因，被人误传为"徐青藤门下走狗郑燮"。"牛马走"语出司马迁《报任少卿书》首句："太史公，牛马走。"郑板桥此章为自谦之辞，表现了他在艺术上对徐渭的谦恭和敬佩。

徐渭也画牡丹，但他笔端的牡丹，用墨写神，绝无粉白、脂红。他在一幅《水墨牡丹》中写道："五十八年贫贱身，何曾妄忆洛阳春。不然岂少胭脂在，富贵花将墨写神。"诗人以牡丹自比，但并不想去洛阳的府第名园中占尽春光，而是扔掉胭脂，以水墨画牡丹，写其孤标特立、耿直不屈的精神。他在另一幅《墨牡丹》上的题字说得更为明白："牡丹为富贵花主，光彩夺目，故昔人多以勾染烘托见长。今以泼墨为之，虽有生意，终不是此花真面目。盖余本婆人，性与梅竹宜，至荣华富丽，风若马牛，宜弗相似也。"

"青藤雪个远凡胎，老缶衰年别有才。我欲九原为走狗，三家门下转轮来。"这首诗是齐白石自小写意转变为大写意的过程中所作的诗。其中"青藤"是徐渭，"雪个"是朱耷，"老缶"是吴昌硕。从此诗可以看出，一代大师齐白石先生敬佩的只有青藤、雪个和老缶。白石老人擅画牡丹，他有一首诗写道："莫羡牡丹称富贵，却输梨橘有余甘。"不要羡慕牡丹是花中之王，尽显富贵，它比不上梨子和橘子的甘甜。白石老人这是有感而发。

"富贵神仙浑不羡""莫道牡丹真富贵""富贵若凭吾笔底""莫羡牡丹称富贵"，为什么大师们题写的牡丹诗都和富贵有关？为什么在唐朝备受推崇、万人敬仰的牡丹，到了明清就和富贵等同起来了？

　　我寻思，应是宋人周敦颐《爱莲说》一文赋予了牡丹特别的意义。周敦颐说："晋陶渊明独爱菊。自李唐来，世人甚爱牡丹。予独爱莲之出淤泥而不染……"最后他得出结论："菊，花之隐逸者也；牡丹，花之富贵者也；莲，花之君子者也。"从此，牡丹就和富贵联系在了一起。

　　很多中国的植物，特别是被古人在诗文中吟诵过的，往往就被赋予了特别的内涵，就被定性，被标签化了。如孔子以"芝兰生于深林，不以无人而不芳，君子修道立德，不为穷困而改节"寓意兰花为花中君子。又如陶渊明以"采菊东篱下，悠然见南山"，奠定了菊花超然的地位，并喻示它遗世独立的隐士之风。还有诸如梅、竹、杜鹃、丁香等，也都被赋予了特别的含义——现在人们所称的"花语"。

　　其实，人世间富贵自富贵，植物界牡丹自牡丹，二者毫无关系。"莫道牡丹真富贵"，牡丹就是牡丹，它只是一种芍药科芍药属的多年生落叶灌木，一种别名叫"谷雨花""洛阳花"的花卉，一种花大而瓣多、色多而淡雅的植物。

让他三尺又何妨

——留余，是一种人生智慧

曾去过几处名人故居，印象深刻。

其一是浙江杭州的胡雪岩故居。胡雪岩故居现位于杭州市河坊街、大井巷历史文化保护区东部的元宝街，清同治十一年（1872）始建，于1875年竣工，既富有中国传统建筑特色，又颇具西方建筑风格，占地面积10.8亩，建筑面积5815平方米。

漫步在胡雪岩故居，给我印象最深的并不是中国巨商第一豪宅的豪华，而是悬挂在胡雪岩故居融冬院中的前总理朱镕基的一幅题词："胡雪岩故居，见雕梁砖刻，重楼叠嶂，极江南园林之妙，尽吴越文化之巧。富埒王侯，财倾半壁。古云：富不过三代。以红顶商人之老谋深算，竟不过十载。骄奢淫靡，忘乎所以，有以致之，可不戒乎？"

其二是河南省巩义市的康百万庄园。康百万庄园坐落在河洛交汇处的河南省巩义市康店镇。20世纪70年代，河南康百万庄园、四川刘文彩庄园、山东牟二黑庄园，被称为全国三大庄园。"康百万"，是明清以来对康应魁家族的统称，因慈禧的封赐而名扬天下。这座北方大型地主庄园于明末清初粗具规模。康家从六世康绍敬到十八世康庭兰，一直富裕了十二代四百余年。到了康应魁这一辈，更是富甲三省。明清时期，康百万、沈万三、阮子兰被中国民间称为"三大活财神"。

行游康百万庄园，给我印象最深的并不是富甲一方的豪奢，而是悬挂于主宅区首院过厅的那块《留余》匾。匾上共一百七十四个字，除标题

"留余"二字为篆书外，其余为字体流畅的行楷。其中写道：留耕道人《四留铭》云："留有余，不尽之巧以还造化；留有余，不尽之禄以还朝廷；留有余，不尽之财以还百姓；留有余，不尽之福以还子孙。"

其三为安徽省桐城市六尺巷旧居。六尺巷，位于桐城市的西南一隅，建成于清朝康熙年间，巷南为张英宰相府，巷北为吴氏宅，全长100米，宽2米，青砖黛瓦卵石路，墙外两旁植香樟，笔直而幽邃。"六尺巷"主体建筑包括巷道、东边的"礼让"石牌坊和西边的"懿德流芳"石牌坊、休闲广场、诗画照壁、假山石等。

闲步于六尺巷景区，给我印象最深的并不是小巷的建筑布局和风格，而是巷道照壁后一块太湖石上镌刻的一首诗："一纸书来只为墙，让他三尺又何妨。长城万里今犹在，不见当年秦始皇。"

这首诗讲述了一段历史佳话。

清朝康熙年间，文华殿大学士张英在安徽桐城老家的宅院与邻居吴家的宅院间有一条小巷，后来吴家修房砌墙想多占点地，两家人因此发生了争执。张英的家人给他写信，试图倚仗他的权势压倒对方。张英看完信，给家里回了一封信，并附了上面这首诗。家人阅罢，明白了其中含义，主动让出三尺空地。吴家见状，深受感动，也主动让出三尺房基地，"六尺巷"由此得名。

三处故（旧）居的主人，知名度最高的是胡雪岩。一代"红顶商人"，又称"江南药王"的胡雪岩，历时三年，耗费巨资，极尽能工巧匠，建成这座豪宅。光绪十一年（1885），胡雪岩在贫困潦倒中，死在一间租来的小屋里。

康百万家族富贵绵长，经久不衰因留余。张英"让他三尺又何妨"，是说为人处世要留余。胡雪岩从富可敌国到穷困潦倒，是因为"骄奢淫靡，忘乎所以"，不懂得留余。

《小窗幽记》载："凡事，留不尽之意则机圆；凡物，留不尽之意则用裕；凡情，留不尽之意则味深；凡言，留不尽之意则致远；凡兴，留不尽之意则趣多；凡才，留不尽之意则神满。"《菜根谭》云："事事留个有余不尽的意思，便造物不能忌我，鬼神不能损我。"

留余，就是要推己及人。《论语·颜渊》云："己所不欲，勿施于人。"留余，就是要适时止步。老子云："知止不殆。"隋朝大儒王通《止学》载："大智知止，小智惟谋。"曾国藩说："《止学》乃人生行为之约束，忽略此学，智者必有一失。"就是要人们知道过犹不及，适可而止。

留余，就是要难得糊涂。"难得糊涂"是郑板桥的一句名言。他还说："聪明难，糊涂难，由聪明而转入糊涂更难。"中国古代的道家和儒家都主张"大智若愚"，而且要"守愚"。因为要守，就不是真愚，而是真智慧。

留余、知止、守愚。擅画者留白，擅乐者惜声，擅诗者求真，擅书者守拙，意思相近，道理相通。留余，字面的意思很简单，但要真正做到不容易。

多少楼台烟雨中

——昭庆寺的今与昔

早晨，我撑着伞，独往"昭庆寺"。

不是去烧香拜佛，而是去寻找少年时的记忆。上年纪的杭州人，说起杭州少年宫（现为杭州青少年活动中心），都称其为昭庆寺。那是因为，少年宫是在原昭庆寺的旧址上建的，少年宫的地址便是昭庆寺里街22号。

走近少年宫，广场前的一棵樟树依然亭亭如盖，俯瞰众生；广场上的一杆旗帜依然高高耸立，迎风招展。走进少年宫，迎面看见一座建筑——通体两层的秀丽飞檐，朱红色为主体配以绿雕青瓦，光彩夺目，高大的殿门上悬挂一块匾额，题有"联欢厅"三个大字。这是当年昭庆寺唯一遗留下来的建筑——大雄宝殿，它历经百年，依旧气势凛然。

"少年宫"这三个字，承载了几代杭州人的美好记忆。

"姆妈，我去昭庆寺荡一圈。"一荡，荡了一个下午才回家……春天的早晨，在广场上放风筝；秋天的夜晚，在广场旁的草丛里捉蟋蟀；暑假里在少年宫看电影；寒假中在联欢厅看演出。少科院、艺术团、兴趣班、演兵场，游乐园里小火车、碰碰车、摩天轮、过山车、旋转飞机、登月火箭——这是青少年的乐园。

"早晨八点，昭庆寺旗杆下等，不见不散。"昭庆寺旗杆——这是当年集体活动、朋友约会的集合地，是当年杭州的地标之一。

昭庆寺，又称昭庆律寺，是一座消失在杭州人记忆中的寺庙。它始建于五代时期，寺中的戒坛被称为"中国三大戒坛"之一。《西湖游览志》卷八有云：“昭庆律寺，晋天福间，吴越王建。”当时著名的寺庙有：西湖南山的净慈寺、九溪的理安寺、赤山埠的六通寺、灵峰的灵峰寺、南高峰的荣国寺、天竺山的上天竺寺、紫阳山的宝成寺、月轮山的开化寺，以及昭庆寺、玛瑙寺、智果寺等一百五十多座寺院与数十座塔幢。杭州号称“东南佛国”。唐代诗人杜牧在《江南春》中写道：

千里莺啼绿映红，水村山郭酒旗风。

南朝四百八十寺，多少楼台烟雨中。

诗中不仅描绘了明媚的江南春光，以及江南烟雨蒙蒙的楼台景色，还记述了当时佛寺之盛。“四百八十”尽管是虚词，但可见数量之多。

有关昭庆寺的历史兴衰，明末清初文人张岱有详细的记述。他在《西湖梦寻》中写道：“昭庆寺，自狮子峰、屯霞石发脉，堪舆家谓之火龙。”“春时有香市，与南海、天竺、山东香客及乡村妇女儿童，往来交易，人声嘈杂，舌敝耳聋，抵夏方止。”

他在《西湖香市》中描述：“独凑集于昭庆寺。昭庆寺两廊故无日不市者，三代八朝之古董，蛮夷闽貊之珍异，皆集焉。”张岱说，在西湖香市中，最热闹的要数昭庆寺的集市了。昭庆寺两边的长廊天天都像集市一般，三代八朝的古董，少数民族的奇珍异宝，全都积聚到这里。他在《西湖七月半》中记述：“不舟不车，不衫不帻，酒醉饭饱，呼群三五，跻入人丛，昭庆、断桥，嘄呼嘈杂，装假醉，唱无腔曲。”游人酒足饭饱之后，三五成群地踏进人群，在昭庆寺和断桥上，唱着一些不成腔调的曲子。

清人梁绍壬《两般秋雨盦随笔》中《香市》一篇说：“西湖昭庆寺山门前，两廊设市，卖木鱼、花篮、耍货、梳具等物，皆寺僧作以售利者也。每逢香市，妇女填集如云。孙渊如观察诗云：‘丝带束腰绵衬额，游廊叉手走东西。’描写下路妇人，形景如绘。”香市的情景，被描写得栩栩如生。从清人吴树虚《大昭庆律寺志》一书的《昭庆律寺图》中可以得知，当时，现有的昭庆寺广场并不存在，昭庆寺的外围建筑一直延伸到了西湖边。可见当时昭庆寺面积之大，香火之盛，人气之旺。

弘一法师对昭庆寺有很深的印象，他在《越风》杂志增刊《西湖》专号上发表《我在西湖出家的经过》，文中说："我的住处在钱塘门内，离西湖很近，只两里路光景。在钱塘门外，靠西湖边，有一所小茶馆，名'景春园'。……在茶馆的附近，就是那有名的大寺院——昭庆寺了。我吃茶之后，也常常顺便到那里去看一看。"

千古名刹昭庆寺，屡建屡毁。在宋元之际三毁于兵，则三建；二灾于火，则二建；而到明代却是五毁于火，则五建；清代亦复如此。最后一次失火于1929年，当时昭庆寺作为西湖博览会的烟花存放处，毁于火灾。1963年6月1日（儿童节），杭州市少年宫在原昭庆寺旧址上建成并开放。从此，昭庆寺有了一个新的名字——少年宫。如今的少年宫，四季色彩缤纷，建筑高低错落，人流如织如潮。

我在广场上盘桓，只见旗杆下聚着七八个中年男女，撑着伞，围在一起，互相说着话："阿强，好久不见啊！""是啊，是啊！""小丽怎么还没到，催一下。""时间还没到，等一会儿。""来了，来了，我看见小丽了！"……

"少年宫旗杆下等"，我仿佛又回到了当年。

繁霜尽是心头血

——戚继光的诗意人生

1588年1月17日，即万历十五年十二月二十日清晨，"鸡三号，将星陨矣"！一位被朝廷罢免的将领在山东蓬莱离开了人间，享年六十岁。去世时，他"一贫如洗甚至医药不备"，穷到连请医生抓药的钱都没有，家徒四壁，只有书房里摆着他写的《纪效新书》《练兵纪实》等书籍。他就是抗倭名将、杰出的军事家、戚家军的统帅戚继光。

戚继光不仅是杰出的军事家，还是一位才华横溢的诗人。在辉煌壮烈的战斗岁月中，他用诗文描绘战争的艰难，歌颂胜利的喜悦及战士们英勇作战的骄傲和自豪感。他写的诗慷慨豪迈，感人至深，深沉刚健，自成一家，流传下来的有二百五十多首。"诗比历史更真实。"让我们以戚继光的三首诗来回顾他的诗意人生。

嘉靖二十五年（1546），十八岁的戚继光被任命为登州卫指挥佥事。就是在这一年，他在读兵书时，在书的空白处无意中写下《韬钤深处》：

小筑暂高枕，忧时旧有盟。
呼樽来揖客，挥尘坐谈兵。
云护牙签满，星含宝剑横。
封侯非我意，但愿海波平。

诗人说：在小楼高枕，本可无忧无虑，但却忧念时事。与朋友饮酒，一起谈兵论道。夜半批读兵书，宝剑时刻放在身边。"封侯非我意，但愿海波平"，表达了诗人的志向：我驱逐倭患、保卫海防、拯救百姓于水火，并非追求个人功名。这是一个年轻人的雄心壮志，是一个年轻人的磊落襟怀，也是一个有抱负、有理想的有志青年的完美写照。

嘉靖四十一年（1562），三十四岁的戚继光至福建抗倭。在福建福清海口城的山上，他立于一座高台之上，目光越过层林尽染的千峰，所向的是北方的京城，于是写下了这首《望阙台》：

> 十年驱驰海色寒，孤臣于此望宸銮。
>
> 繁霜尽是心头血，洒向千峰秋叶丹。

我在海上驰骋十年，海水波光粼粼，海色深寒。作为一个孤臣，在此登高，北望京城。这秋天的繁霜，都是我心头的血。它们向北方的层层山峦洒去，化作了山上一片片秋叶红啊！

"繁霜尽是心头血，洒向千峰秋叶丹。"这两句是借景抒情，充分表现了戚继光对国家、对人民的一片丹心。

万历十一年（1583），戚继光调任广东总兵官。看是平调，实是贬谪。百姓听说戚继光被贬官广东，纷纷前来送行。当时明代著名的音韵学家陈第写了一首诗，记录下了当时的情景：

> 辕门遗爱满幽燕，不见风尘十六年。
>
> 谁把旌旄移岭表？黄童白叟哭天边。

"不见风尘十六年"，戚继光坚守在蓟辽一带前线，给天下百姓带来了整整十六年的和平生活。"黄童白叟哭天边"，戚继光离别时，上至白发老人，下到未成年的儿童都前来送别，百姓那哭声啊，一直传到了天边！天理公道自在人心。

万历十三年（1585），五十七岁的戚继光引退，还乡养病。在回山东老家去，路过梅岭的时候，他写了一首《入梅岭》：

五岭山头月半湾，照人今古去来还。

青袍芒履途中味，白简朱缨天上班。

烟水情多鸥意惬，长林风静鸟声闲。

依稀已觉黄粱熟，却把梅关当玉关。

　　"却把梅关当玉关"，他还是把广东的梅关当成了塞外的玉门关。在戚继光的心中，他还是念念不忘塞外的戎马生涯，还是念念不忘他"封侯非我意，但愿海波平"的报国志向。

　　"封侯非我意，但愿海波平"——这就是戚继光的诗意人生。

鹳雀楼西百尺墙
——再上一层，更上一层

　　诗，因楼而生；楼，以诗为名。传诵千年、风光至今的中国四大名楼就是如此。

　　鹳雀楼，古名鹳鹊楼，因时有鹳鹊栖其上而得名，位于秦、晋、豫三省交会的"黄河金三角"区域——山西省永济市，与黄鹤楼、岳阳楼、滕王阁并称国内"四大名楼"，自古吸引无数文人墨客争相登楼，吟诗赋词。

　　沈括《梦溪笔谈》载："河中府鹳雀楼三层，前瞻中条，下瞰大河，唐人留诗者甚多，唯李益、王之涣、畅诸（也有学者认为是畅当）三篇能状其景。"沈括说，河中府的鹳雀楼，唐人在此留诗的很多，而只有李益、王之涣、畅诸的三篇诗最能描绘出登楼时的景象、情怀。

　　约在唐玄宗开元十五年至二十九年（727—741），据传诗人王之涣弃官回乡，多次与朋友登鹳雀楼，其间写了一首《登鹳雀楼》：

　　　　白日依山尽，黄河入海流。
　　　　欲穷千里目，更上一层楼。

　　前两句写所见。夕阳依傍着山峦慢慢沉落，滔滔黄河朝着大海汹涌奔流。后两句写所想。若要看到千里之外的风光，那就再登上更高的一层楼。据载，当时鹳雀楼共三层。从底楼登上二楼，叫"上一层楼"；登上三楼，就叫"更上一层楼"。此诗只有短短二十字，"前十字大意已尽，后十字有尺幅千里之势"。尤其是后两句,常常被引用,成为千古传诵的名句,也使得这首诗成为千古绝唱。

唐宪宗元和九年(814)七月,李益的诗友们组织鹳雀楼集会,李益因故没有参加,事后李益读崔诗并想起当年一起登楼聚会的场景,追和了一首《同崔邠登鹳雀楼》:

> 鹳雀楼西百尺樯,汀洲云树共茫茫。
> 汉家箫鼓空流水,魏国山河半夕阳。
> 事去千年犹恨速,愁来一日即为长。
> 风烟并起思归望,远目非春亦自伤。

此诗开头四句由傍晚登临纵目所见,引起对历史及现实的感慨,后四句由抚今追昔,转入归思。"汉家箫鼓空流水,魏国山河半夕阳"一联,将黄昏落日景色和遐想沉思熔铸一体,精警含蓄。诗人李益身经战乱,时逢藩镇割据,唐王朝出现日薄西山的衰败景象。

另一唐朝诗人畅诸进士擢第后,仕途淹滞,有志不骋,于是,他四处隐游,其间写了一首《登鹳雀楼》:

> 城楼多峻极,列酌恣登攀。
> 迥临飞鸟上,高谢世尘间。
> 天势围平野,河流入断山。
> 今年菊花事,并是送君还。

诗人犹如画了两幅画。前一幅是站在地上仰看鹳雀楼,只见它矗立在飞鸟与扬尘之上。后一幅是站在楼上环眺四野,发觉天空不但悬在我们头顶,还绕在我们周围,围着大地。此诗意境非常壮阔,写楼高以寄胸怀,写四周景象以抒激情,可以说是描写鹳雀楼风光的上乘之作。

尽管鹳雀楼上有王之涣、畅诸的千古绝句,但后来的诗人仍按捺不住激动的心情,写下一句句诗文。如:"久客心常醉,高楼日渐低。"(耿沣

《登鹳雀楼》）；"楼中见千里，楼影入通津""鹳雀飞何处，城隅草自春"（司马札《登河中鹳雀楼》）；"鸟在林梢脚底看，夕阳无际戍烟残"（吴融《登鹳雀楼》）。诗人们从不同角度把鹳雀楼和周边的景色，以及当时的心情描写得淋漓尽致。

古代文人墨客争相登楼，吟诗赋词，当代诗人也是如此。

诗人余光中写了一首《登鹳雀楼》：

　　白日，已落到山后／黄河，前浪早入了海／至于后浪，源自雪水／还有得流呢，千年万代／你真要上楼去望远吗／就让我陪着你吧／像穿越电影那样／你带我去指点盛唐／我带你，唉／去回顾二十一世纪

诗人洛夫重新解构了《登鹳雀楼》：

　　轰轰然，一颗巨大的落日／应声入海／把黄河涌进的水／差点煮沸／登楼登楼／再上一层／更上一层／你准可看到荒烟千里之外／另一颗太阳／哗然升起

余光中和洛夫的这两首诗，从内涵和意象来看，都是取意于王之涣的《登鹳雀楼》。"白日""黄河""更上一层"，这些都是王之涣诗中的意象。诗的核心是意象。"意"，指诗词创作所表达的思想感情，即我们所说的"言之有物"之"物"。意从何来？来源于己之所感所触、所思所想，必也借象以传意，含意于物中，象中有意。

李益、畅诸和王之涣，都是写的登鹳雀楼的纪行诗，为什么王之涣这首诗独步千古呢？

畅诸这首《登鹳雀楼》是画了两幅画，所以当代学者流沙河先生说："若论诗艺（特别是诗的绘画性），我以为畅当的那一首更好些。"畅诸创作的是纯写山水的风光诗。李益是借景抒怀，在描绘景色中融入对晚唐日趋衰落的忧思，寄托了诗人忧国忧民的情怀，可以说是一首咏怀诗。

王之涣也是借景抒怀，但诗人在写景时融入自己内心的一片心绪、一

份沉思，说出了"站得更高，看得更远"的道理，感悟出"人生如登楼"的哲理。于是，随着时光流逝，历代读者不同视角的阐释，不断拓展此诗的内涵，将此诗变成了积极进取、昂扬向上的鼓励和寄语。此时，这首诗已不再是郊游纪行诗了，而是成了一首哲理诗。

一首有感悟的哲理诗，要比风光诗和咏怀诗"更上一层楼"。从此，若说到鹳雀楼，人们则想到王之涣；说起王之涣，即会联想到鹳雀楼。正所谓诗因楼而生，楼以诗为名，人以诗而生，诗尤以人名。

海龙王处也横行

——无肠公子·横行介士

　　《2023中国诗词大会》第二场《寻味》一节有一道线索题，须根据以下线索说出一种食物：

> 它的产地"湖田十月清霜堕"
> 它的样子"有骨还从肉上生"
> 它的吃法"性防积冷定须姜"
> 它的味道"满腹红膏肥似髓"

　　当主持人说到第三条线索时，选手已拍灯抢答：此食物是螃蟹。

　　这四条"线索"分别取自古人咏蟹的诗句："湖田十月清霜堕，晚稻初香蟹如虎"（唐彦谦《蟹》）；"未游沧海早知名，有骨还从肉上生"（皮日休《咏螃蟹呈浙西从事》）；"酒未敌腥还用菊，性防积冷定须姜"（曹雪芹《螃蟹咏》）；"满腹红膏肥似髓，贮盘青壳大于杯"（梅尧臣《二月十日吴正仲遗活蟹》）。

　　中国人吃螃蟹自古有之。东汉郑玄为《周礼》作注时写道："青州之蟹胥。"从魏晋开始，人们渐渐将吃蟹当成一件风流雅致的饮食消遣，并把吃蟹和饮酒、赏菊、赋诗联系起来，饮酒食蟹，成为抒发闲情逸致的一种文化享受。李白、苏轼、袁枚、李渔、张岱等许多文人墨客都钟情于蟹，留下了脍炙人口的诗词文赋和精彩美妙的逸闻趣事。

古往今来，文人墨客不但以螃蟹入馔，题诗作画，还著书立说。南宋文人傅肱写了一本叫《蟹谱》的书，他在书中详细记录下了当时蟹文化的盛况与研究，该书是最早的一本完整的蟹文化典籍。

傅肱《蟹谱》载："以其外骨则曰介虫，取其横行目为螃蟹焉。""忽见蟹则当呼为横行介士。"《抱朴子》云："无肠公子者，蟹也。"这就是人们又称螃蟹是"横行介士"和"无肠公子"的出处。

若干年后，南宋高似孙在《蟹谱》的基础上，又广泛收集前人的资料，结合自己的研究，编撰了一本《蟹略》。书中收罗了有关蟹的构造、产地、烹饪的掌故，以及由蟹衍生出的文学艺术，是一部有关蟹的百科全书。

高似孙在《蟹略》里《仄行》一篇中记述：《本草经》曰："蟹足节屈曲，行则旁横。"郑康成《周礼注》曰："虫有仄行者，蟹属也。"《孝经纬》曰："蟹，两端傍行者也。""仄行"，即侧行、横行之意。意思是说，虫族当中横行的，只有蟹类。人们称螃蟹，是因为它横行。"仄行"（横行），是螃蟹的一大特征。诗人们抓住这个特征题词赋诗：

"但见横行疑是躁，不知公子实无肠"（陈与义《咏蟹》）；"堪怜妄出缘香饵，尚想横行向草泥"（陆游《偶得长鱼巨蟹命酒小饮盖久无此举也》）；"醉死杨家郭索生，此曹平日要横行"（王履道《次韵震子磐送糟蟹》）。黄庭坚对蟹情有独钟，他曾在秋冬之际偶得数枚，吐沫相濡，乃觉可悯，笑戏成小诗："怒目横行与虎争，寒沙奔火祸胎成。虽为天上三辰次，未免人间五鼎烹。"诗人说，别看你张牙舞爪看上去可以和老虎相争，到头来还是免不了被人们捉来"五鼎烹"。"八爪横行四野惊，双螯舞动威风凌。孰知腹内空无物，蘸取姜醋伴酒吟。"这是郑板桥的《咏螃蟹》，"八爪横行""腹内空无物"，这是对那些不学无术、作威作福的官吏的讽刺。

螃蟹，因为是横着走，一般被视为横行无忌、霸道专横的形象，但在唐代诗人皮日休的笔下，螃蟹摇身一变，成了桀骜不驯的勇士。

未游沧海早知名，有骨还从肉上生。
莫道无心畏雷电，海龙王处也横行。

皮日休在这首《咏螃蟹呈浙西从事》中热情地赞扬了螃蟹的铮铮铁骨、不惧强权、敢于"犯上"的壮举，寄托了他对敢于"横行"、冲撞人间"龙庭"的反抗精神的热烈赞美。尤其是三、四两句，说螃蟹不仅不怕雷电，更不怕海龙王的强权，含蓄地表达了诗人对螃蟹不畏强暴的叛逆性格的颂扬之情。

近代陈师曾、吴昌硕、齐白石、陈摩等书画家均是爱蟹之人，他们喜欢吃蟹，更喜欢画蟹，画家们在挥毫泼墨时，不仅表现蟹的体貌特征，也融入了自己的审美倾向和价值判断。

陈摩在《蟹菊图》上落款："常将冷眼观螃蟹，看你横行到几时。"吴昌硕画蟹题款也说："看尔横行到几时。"1920年，正值白石老人五十六岁之际，著名画家陈师曾画了一幅《墨蟹图》赠予齐白石，题宋人黄庭坚诗："横行颇入妇女笑，风味可解壮士颜。编蒲束缚十八辈，使我醉兴生江山。"此作群蟹或正或侧，或向或背，或相叠仅露螯爪，墨蟹横行，颇有生趣。

"此生合住草泥乡，五月菖蒲阴正凉。空自有肠笑今世，横行谁个在文章。白石山翁并题"，这是齐白石写在一幅《墨蟹图》上的自题诗。"横行介士"是螃蟹的别称，也是文章横行天下的司马相如的代名词。

"昔司马相如文章横行天下，今可染弟之书画可以横行矣。"这是齐白石老人在赠李可染之画《五蟹图》中的题款。李可染擅画山水、人物、牛。他勇于创新，成为现代中国画坛上备受推崇的大家。李可染是齐白石的弟子，两人是实打实的师徒关系，且齐白石要比李可染大四十三岁，齐白石却称李可染为"可染弟"，称自己为"小兄白石"。这样的称呼看似没什么，实则齐白石"自降辈分"，与李可染兄弟相称。称李可染的书画可以"横行天下"了，更表现出他对李可染的推崇和赞赏。

"海龙王处也横行""横行谁个在文章""八爪横行四野惊""看你横行到几时"，同样的螃蟹，同样的横行，语气不同，语境不同，表达的含义则完全不同。其实，螃蟹还是那只螃蟹。

斜风细雨不须归

——渔翁之意不在鱼

渔父，是中国古代哲学和艺术中的一个老话题。古诗中的渔父意象，是中国古典文化中独特而意蕴丰富的文化符号。

文人墨客常以渔父、渔夫、渔翁、渔樵、渔人为题，或诗或文，或曲或画。如："千山鸟飞绝，万径人踪灭。孤舟蓑笠翁，独钓寒江雪"（柳宗元《江雪》）；"野亭春还杂花远，渔翁暝蹋孤舟立"（杜甫《奉先刘少府新画山水障歌》）；"自庇一身青箬笠，相随到处绿蓑衣"（苏轼《浣溪沙》）；"独去作、江边渔父。轻舟八尺，低篷三扇，占断苹洲烟雨"（陆游《鹊桥仙》）；"白发渔樵江渚上，惯看秋月春风"（杨慎《临江仙》）。

中国历史上有许多著名的"渔翁"，最具有代表性的是姜太公、严子陵、张志和和袁世凯。他们都是"渔翁"之意不在鱼。

"姜太公钓鱼，愿者上钩"这句话已成为熟语。这则熟语的相关典故最早见于《史记·齐太公世家》。《武王伐纣平话》及《封神演义》也有记载。《武王伐纣平话》载：姜太公退隐在渭河边，经常在河边钓鱼，他钓鱼的方式很特别，钓竿很短，钓线只有三尺长，钓钩是直的，而且不放鱼饵，人们讥笑他，他说"愿者上钩"。其实，他是以钓鱼为名，等待圣明君主的到来。后来，他辅佐文王，兴邦立国，还帮助文王的儿子武王灭掉了商朝，被武王封于齐地，终于实现了自己的理想和抱负。

严光，字子陵，东汉著名隐士。《后汉书》记载："严光……少有高名，与光武同游学。及光武即位，光乃变名姓，隐身不见。帝思其贤，乃令以物色访之，后齐国上言：'有一男子，披羊裘钓泽中。'帝疑其光……"刘秀当了皇帝后，派大臣来邀请这位同窗好友进京，出任谏议大夫的官职，并且说要与严子陵"日同游，夜同榻"。但严子陵不愿做官，而隐居于富春山，以耕田、钓鱼为乐。

严子陵是有争议的人物。有人称赞他高风亮节，不慕富贵，如李白作诗"松柏本孤直，难为桃李颜。昭昭严子陵，垂钓沧波间"，范仲淹赋文"云山苍苍，江水泱泱。先生之风，山高水长"。也有人说是盛名之下，其实难副。如元代贡师泰云："百战关河血未干，汉家宗社要重安。当时尽着羊裘去，谁向云台画里看？"意思是，都像你反穿皮袄当隐士，这个国家谁来管理？南宋杨万里说得更加直白，他在《读严子陵传》中道："客星何补汉中兴，空有清风冷似冰。早遣阿瞒移汉鼎，人间何处有严陵！"诗人认为，严子陵的成名，只是因为刘秀中兴汉室，才为他的隐居提供了安逸的环境，假如曹操早点起来争夺皇位，天下兵戈不息，哪里还会让严子陵得以隐居并成名。

　　西塞山前白鹭飞，桃花流水鳜鱼肥。

　　青箬笠，绿蓑衣，斜风细雨不须归。

这是唐代诗人张志和的《渔歌子》。他写了五首表现渔父隐逸生活的《渔歌子》，后被苏轼、黄庭坚等人化用，开启了一个渔父词的时代。

唐代宗大历七年（772）九月，颜真卿任湖州刺史，次年到任。张志和驾舟往谒。时值暮春，桃花水涨，鳜鱼肥美。他们即兴唱和，张志和首唱，作词五首，这首词是其中之一。诗是无形画，画是有形诗，据说诗人曾将《渔歌子》画成图画。词中苍岩、白鹭、桃林、流水、鳜鱼、青箬笠、绿蓑衣，色彩鲜明，构思巧妙，意境优美，使读者仿佛是在看一幅出色的水乡春汛图。在这斜风细雨中，渔父能钓到鱼吗？《新唐书》说，张志和钓鱼不用饵，志不在鱼也。张志和追求的是在烟波浩荡之中自由诗意的生活，渔父之志不在鱼，在乎烟波之中也。

"身世萧然百不愁，烟蓑雨笠一渔舟。钓丝终日牵红蓼，好友同盟只白鸥"，"思量天下无磐石，叹息神州持缺瓯。散发天涯从此去，烟蓑雨笠一渔舟"。这是袁世凯隐居河南洹上垂纶时所写的诗句。

1909年前后，当时《东方杂志》《北洋画报》等报刊刊登了袁世凯在河南洹上怡然垂纶的一张照片。照片上袁世凯头戴斗笠，身披蓑衣，身边放着一个鱼篓，一副娱情山水、与世无争的样子。1908年年底，袁世凯被监国摄政王载沣以宣统小皇帝的名义下旨"开缺回籍养疴"。被罢职后的袁世凯回到河南安阳一个叫洹上村的地方隐居起来，洹上村旁边就是洹水，袁世凯借垂钓洹水以韬光养晦，并自称"洹上渔翁"。

后来的历史大家都知道，袁世凯最终东山再起，逼迫清廷退位，窃取辛亥革命成果，当上了民国大总统。据他女儿袁静雪回忆，当上大总统后的袁世凯再也不曾垂钓了。

明代史学家王世贞《登钓台赋》云："渭水钓利，桐江钓名。"说的是姜太公钓利，严子陵钓名，那张志和是钓趣，袁世凯是钓国。四位"渔翁"，各有所钓。

欧阳修云："醉翁之意不在酒，在乎山水之间也。"渔翁之意不在鱼，那在乎什么呢？只有渔翁自己知道了。

卷土重来未可知

——诗人话说楚霸王

项羽是历代诗人吟咏最多的历史人物之一。

司马迁在《史记·项羽本纪》中记载："吾闻之周生曰'舜目盖重瞳子'，又闻项羽亦重瞳子。羽岂其苗裔邪？何兴之暴也！夫秦失其政，陈涉首难，豪杰蜂起，相与并争，不可胜数。然羽非有尺寸，乘势起陇亩之中，三年，遂将五诸侯灭秦，分裂天下，而封王侯，政由羽出，号为'霸王'，位虽不终，近古以来未尝有也。"

"遂将五诸侯灭秦""近古以来未尝有也"，可以看出司马迁对项羽的评价，也说明了将项羽列入本纪的原因。西楚霸王，一代豪杰，历代文人墨客为他写下许多咏怀之诗。会昌元年（841），杜牧赴任池州刺史，路过乌江亭，即现在安徽和县东北的乌江浦时写下《题乌江亭》：

> 胜败兵家事不期，包羞忍耻是男儿。
>
> 江东子弟多才俊，卷土重来未可知。

胜败乃兵家常事，事前难以预料。能够忍受耻辱的才是真正的男儿。江东子弟多是才能出众的人，若能卷土重来，则楚汉相争，谁输谁赢难料。

历史上东山再起、卷土重来、重整旗鼓的大有人在。如"汤系夏台，文王囚羑里，晋重耳奔翟，齐小白奔莒，其卒王霸"。当年商汤被关在夏桀的台里，周文王被囚在羑里，晋国的公子重耳出奔于狄，齐国的公子小白出奔于莒，他们最后都称王称霸。最典型的是越王勾践。《史记·越王勾践世家》云："越王勾践反国，乃苦身焦思，置胆于坐，坐卧即仰胆，饮食亦尝胆也。"越王勾践卧薪尝胆，十年磨一剑，最终灭了吴国。诗人李白在游览越中时写下："越王勾践破吴归，义士还家尽锦衣。宫女如花满春殿，只今惟有鹧鸪飞。"

"中原一败势难回"，这是北宋王安石对楚汉相争的观点。他在《乌江亭》一诗中写道：

> 百战疲劳壮士哀，中原一败势难回。
> 江东子弟今虽在，肯与君王卷土来？

作为政治家的王安石，说出了和杜牧相反的观点。他认为：经过了连年征战，士兵已疲战，百姓已厌战，人心思定，才是当时的社会发展大势。垓下一战，项羽败局已定，大势难以挽回。虽然江东子弟现在仍在，但他们是否还愿意跟楚霸王卷土重来？

靖康元年（1126），金兵入侵中原，靖康二年（1127），掳走徽、钦二帝，赵宋王朝被迫南逃，李清照在路过乌江时，有感于项羽的悲壮，写下：

> 生当作人杰，死亦为鬼雄。
> 至今思项羽，不肯过江东。

直至今天人们仍在怀念项羽，因为他不肯苟且偷生，退回江东。这首诗短短二十个字，却穿越历史的风云，阐明了人生的价值取向：人活着就要做人中的豪杰，死也要为国捐躯，成为鬼中的英雄。爱国激情，溢于言表。

杜牧说，大丈夫能屈能伸，忍辱负重，卷土可重来；李清照说，大丈夫不能苟且偷生，"生当作人杰，死亦为鬼雄"。

项羽是过江东，还是不过江东？是忍辱负重，还是舍生取义？孰是孰非？其实诗人杜牧和李清照是借古讽今，借古咏怀，抒发自己的情感！

明代思想家、文学家李贽有一句话："借他人酒杯，浇自己块垒。"

螳螂不是当车者

——螳臂当车，只是一个传说

每到芒种，螳螂就会出现。

今天是二十四节气之一的芒种。"芒种至，盛夏始"。芒种是丰收的季节，也是忙碌的季节！芒种有三候：一候螳螂生；二候鵙始鸣；三候反舌无声。

《月令七十二候集解》对芒种初候"螳螂生"的释义是："螳螂，草虫也，饮风食露，感一阴之气而生，能捕蝉而食，故又名杀虫；曰天马，言其飞捷如马也；曰斧虫，以前二足如斧也，尚名不一，各随其地而称之。深秋生子于林木间，一壳百子，至此时则破壳而出，药中桑螵蛸是也。"

古人对螳螂的形容是"骧首奋臂"，"骧"是昂首。昔邹阳上书吴王就曾说："臣闻蛟龙骧首奋翼，则浮云出流，雾雨咸集。"螳螂因此也被称为"天马"。李时珍曾记载："螳螂两臂如斧，当辙不避，故得'当郎'之名，俗呼为'刀螂'。"近代昆虫学家、文学家法布尔在《昆虫记》中记载："螳螂天生就有着一副苗条优雅的身材，而淡绿的体色，轻薄如纱的长翼，使它看上去更加美丽。"

螳螂因两则故事而闻名。

一则是"螳螂捕蝉，黄雀在后"。西汉刘向《说苑·正谏》中记载：吴王想要攻打楚国，告诉他的近臣们说："谁敢劝我就处死他！"吴王的一个年轻门客进谏说："园中有树，其上有蝉。蝉高居悲鸣饮露，不知螳螂在其后也；螳螂委身曲附，欲取蝉，而不知黄雀在其傍也；黄雀延颈，欲啄螳螂，而不知弹丸在其下也。"吴王说："你说得很好！"于是就取消了这次出兵。

另一则是"螳臂当车"。《庄子·人间世》云："汝不知夫螳螂乎？怒其臂以当车辙，不知其不胜任也，是其才之美者也。"意思是：你不了解那螳螂吗？奋起它的臂膀去阻挡滚动的车轮，不明白自己的力量全然不能胜任，还自以为才高智盛很有力量。

螳螂因为这两个故事而被定性为：只顾眼前利益，不知天高地厚。

《淮南子》中也有一则关于"螳臂当车"的故事：

"齐庄公出猎，有一虫举足将搏其轮，问其御曰：'此何虫也？'对曰：'此所谓螳螂者也。其为虫也，知进而不知却，不量力而轻敌。'庄公曰：'此为人而必为天下勇武矣！'回车而避之。"庄公说："螳螂要是人的话，一定是天下无敌的勇士啊！"于是命令车夫绕道行驶，让开螳螂。这故事，还有更美妙的结局："齐庄公避一螳螂，而勇武归之。"齐庄公敬重螳螂的义勇，令天下勇士都来投奔。

李白在《上安州李长史书》一文中引用过此典故。开元十七年（729），诗人李白在安州因酒醉未回避李长史的乘驾，冒犯了官威，受到李长史的训责。李白写了一封书信给李长史，解释误撞乘驾的缘由，并深表歉意，将自己的行为比作螳臂当车："青白其眼，蹩而前行，亦何异抗庄公之轮，怒螳螂之臂？"

宋代抗金名臣李纲，也以此典故写了一首有关"螳臂当车"的诗：

> 飘飘绿衣郎，怒臂欲当辙。
> 君王求勇士，嘉尔能仗节。

诗人以螳螂为喻，托物言志，阐述了自己的观点。《宋史·列传》记载，面对金人来犯，朝廷准备派李邺割地议和，李纲义正词严地提出："祖宗疆土，当以死守，不可以尺寸与人。"螳螂是斗士，是勇士，从不惧怕对手，哪怕是比自己大得多的对手。螳螂为何要当车，一个"怒"字道出了原委：螳螂正在路上行走，一辆马车朝它奔驰而来。螳螂高举双臂说："大路在天，各走一边。我虽弱小，也是天地之物；我虽微小，也会发怒。"

有人说，螳螂怒臂欲当辙；也有人讲，"螳螂不是当车者"。清代诗僧成鹭在一首题画诗中写道：

一径幽姿迥不同，漫随红紫笑春风。
螳螂不是当车者，接叶攀条隐绿丛。

螳臂当车、精卫填海，都是明知不可为而为之，可褒贬完全不同。精卫填海往往被比喻为百折不回，坚忍不拔；螳臂当车通常被比方成狂妄无知，不自量力。其实"螳臂当车"只是一个故事，传着、传着，就变成了约定俗成的成语。

此身合是诗人未

——陆游不仅仅是诗人

《辞海》对"陆游"的注释如下：南宋诗人。字务观，号放翁，越州山阴（今浙江绍兴）人。

陆游，南宋诗人，一个爱国的诗人。

在《剑门道中遇微雨》中，陆游发出了无奈的感叹：我这一辈子就只是一个诗人吗？

衣上征尘杂酒痕，远游无处不消魂。

此身合是诗人未？细雨骑驴入剑门。

宋孝宗乾道八年（1172），四十七岁的陆游作为四川宣抚使的幕僚，驻扎在南郑一带，亲自参加戍守边防，并参与筹划进军长安的军事行动，但遭到朝廷中投降派的阻挠。是年底，陆游被调任成都府路安抚司参议官这一闲散的官职。陆游在赴任途中写了这首诗：衣服上沾满了征途上的灰尘和杂乱的酒痕。出门远游，所到之地没有一处是不让人心神黯淡的。我在细雨中骑驴走入剑门关。

陆游一生最想扮演的历史角色是"上马击狂胡，下马草军书"，他绝不甘于做一个诗人、词人。他还有更伟大的抱负想要施展，他最想做的是一个王朝帝国的栋梁。作为历史大势中的一个人物，陆游虽然官卑职小，但一直"位卑未敢忘忧国"，想干一番建功立业、彪炳千秋的大事，他要在千年史册留名。但一个士人的命运却不是自己就能把握的，南宋偏安的命数也仿佛是前定的宿命。一个处于峡谷中的参议官又能干些什么呢？

"此身合是诗人未？"历史上李白、杜甫、辛弃疾等诗人皆有类似的感叹。早在春秋时期，就有"三不朽"的说法："太上有立德，其次有立功，其次有立言，虽久不废，此之谓不朽。"作为一个士人，在"三不朽"中，他们所奉为人生至上、兢兢以求的，是立德与立功。

李白是一个惊才绝艳的诗人，除了"举杯邀明月"，他还有更大的志向。"如逢渭水猎，犹可帝王师"，志在"申管晏之谈，谋帝王之术"，"使寰区大定，海县清一"，试图在政治上一鸣惊人。年轻时他曾到过长安，试着拜谒宰相、公主，求见高官，自荐经世之才。约在唐玄宗开元二十一年（733），李白给韩荆州写了一封自荐信《与韩荆州书》："十五好剑术，遍干诸侯。三十成文章，历抵卿相。虽长不满七尺，而心雄万夫。"结果都未偿所愿。唐玄宗天宝二年（743），李白被封翰林待诏，做了一个奉诏写诗的御用文人。李白自然感到万分失望，最后上疏请归，一走了之，在朝不到两年。此后，他再没有登过朝堂。

杜甫也想"立登要路津""欲陈济世策"，他在京城长安过了十年困守的生涯，分别向朝中的许多权贵投诗干谒，请求汲引，但如同李白一样，都以失望而告终。和陆游同时代的辛弃疾，一心想要带兵打仗、北伐抗金，但只能"却将万字平戎策，换作东家种树书"。

进则儒，退则道，是中国历代知识分子的两重选择。历史对他们的评价是：诗人、词人；诗仙、诗圣。这是一个士人的不幸，却是一个诗人的万幸。

诗歌是流芳百世的精魂。对于李白、杜甫、陆游和辛弃疾而言，他们命中注定只能以官场与疆场之外的另一种方式名垂青史。

"此身合是诗人未？"是的，他们是诗人，他们的诗千古传唱，诗人不朽！

我欲乘风归去

——向风，去有风的远方

在逆风中飞翔，在疾风中昂扬，在清风中荡漾。

最近，三部带"风"的电视剧正在播出，分别是《向风而行》《纵有疾风起》《去有风的地方》。我大致浏览了一下，对众人观感无法做出评论，但觉得三部剧的剧名，还是挺有意思的，含有寓意，颇有回味。

《向风而行》讲述了鹭洲航空客运飞行部副部长顾南亭和飞行员程霄共同经历冲击与考验，一路披荆斩棘、相扶成长、携手筑梦的故事。

剧中女飞行员程霄迎难而上，逆风而行，经历种种磨炼，最终实现人生理想——做一名女机长。正如顾南亭所说："我们公司啊，就有一位从业八年的女飞（行员），每次训练和考核，她的成绩，总是比同批次的男生都好，她遭遇过教员的质疑，职位的降级，乘客的误解，但她始终没有放弃这份职业。我欣赏她的能力，更欣赏她的勇气、热忱和对这份职业的坚持。"

"冲破云霄追逐那光芒／逆风之中挥舞着翅膀"，"飞过蓝天／荆棘与彩虹总会做伴／飞越时间／穿越了山海坦诚无间"，"美丽的穿行在荆棘之间／倔强地飞翔风雨后相见"，这是剧中三首插曲中的歌词，很好地诠释了电视剧的主题。

向风而行，逆风而飞，才能飞得更高、更远。

《纵有疾风起》讲述了唐尘在事业蒸蒸日上的时候，遭遇女友烁冰的"出卖"而不得不宣布破产。他很快投身到二次创业中，在与烁冰相爱相杀、几番博弈之后，终于理解了当初烁冰看似无情的选择。剧中有一句奋斗口号："纵有疾风起，人生不言弃。"

"纵有疾风起，人生不言弃。"此语译自法国诗人瓦雷里《海滨墓园》的一句诗：Le vent se lève, il faut tenter de vivre. 语译"疾风"非常贴切。"疾风"一词在中国古典诗文里多用来描述猛烈的风，如："（禹）沐甚雨，栉疾风，置万国"（《庄子·天下》）；"疾风知劲草，板荡识诚臣"（李世民《赐萧瑀》）；"疾风吹猛焰，从根烧到枝"（白居易《寓意诗五首（其一）》）。

电视剧中有一首英文歌曲 *A Blue Sky Awaits*（《蓝天在等待》），歌词大意是：狂风呼啸，即使没有翅膀我们也能高飞天际；狂风呼啸，蔚蓝的天空翘首以待。歌词应景，切合主题：人生中即使面对严峻的困难、挫折也不要轻易放弃。歌曲表达了面对人生中的困难、挫折始终不言弃，勇敢迎上的精神。疾风知劲草，烈火见真金，即使没有翅膀，我心也翱翔在蔚蓝的天空。

《去有风的地方》讲述了辞职后在云南短住的许红豆，意外邂逅了放弃高薪回乡兴业的谢之遥，并在入住有风小院后，结识了带着不同经历和故事来到这里的租客们的故事。剧中主题曲里有一段歌词："听落雨掉进寂静的森林／看夕阳之下远山的风景／……等海鸟轻轻声唤起涟漪／……风吹起的时候／万里无云／去有风的地方遇见你。"

同名主题曲《去有风的地方》，是一首特别应情应景的歌。小火慢炖，这才是生活。此片在云南大理实景拍摄，美食美景背后连接着人情，亦折射着时代情绪。剧中描述的人物"逃离"大都市烦忧的生活，回到家乡，回到乡村，过自己想过的生活。

去有风的地方，不是简单的"逃离"，而是让心灵去一个有风的地方，身心共度"清风明月好时光"，畅诉衷情"惟有清风明月知"。

何谓"风"，许慎《说文解字》谓："风，八风也。""风"的甲骨文字形就像一只御空飞行的凤凰，因为古代"风"与"凤"是同一个字。"风"的本义是空气的流动。《周易·说卦》："动万物者，莫疾乎雷；桡万物者，莫疾乎风。"

唐代诗人李峤有一首《风》："解落三秋叶，能开二月花。过江千尺浪，入竹万竿斜。"这是一首描写风的小诗，全诗没有出现一个"风"字，也没有直接描写风之外部形态与外显特点，它是从动态上对风的一种诠释和理解，写出了风的力量和神奇。

　　风，无影无踪，是大自然的力量。风，无拘无束，是自由的灵魂。

　　人生有顺风，也有逆风；有微风，也有疾风；有寒风，也有清风。这才是真实的人生。正如电视剧《向风而行》插曲所唱："冲破云霄追逐那光芒，逆风之中挥舞着翅膀……谁说高处不胜寒，我要阳光更耀眼，点燃心底的勇敢，把大千世界俯瞰。"

　　我欲乘风归去，向风，去一个有风的远方……

万条垂下绿丝绦
——春天，遂想起遍地杨柳的杭州

　　这是一种植物，唐宋诗词中多次吟咏，苏轼说它似花还似非花，古人常常以其枝条来赠别。它就是杨柳。

　　杨柳，一种植物，指柳树。"杨柳"一词最早出自《诗经》："昔我往矣，杨柳依依；今我来思，雨雪霏霏。"我国古代的文人中有众多的爱柳之士，爱柳种柳，留下许多逸闻趣事。东晋的田园诗人陶渊明，因在院中种了五棵柳树，故自号"五柳先生"，并专门写了一篇《五柳先生传》："先生不知何许人也，亦不详其姓字，宅边有五柳树，因以为号焉。"唐代文学家柳宗元在柳州任刺史时，和百姓一起种柳树，并写了一首《种柳戏题》诗。柳州刺史柳宗元，柳州城里种柳树，成为千古佳话。

　　清朝学者陈淏子《花镜》载："柳，一名官柳，一名垂柳。本性柔脆，北土最多。枝条长软，叶青而狭长。……花中结细子，如粟米大，扁小而黑，上带白絮如绒，俗名柳絮，随风飞舞。"所谓官柳，即河柳、江柳，多见于华北一带旱地。垂柳即水柳或垂枝柳，盛产于南方之水乡。柳树在我国历史悠久，先秦时已经种植了。

　　杨柳是一道美丽风景。

　　"碧玉妆成一树高，万条垂下绿丝绦。不知细叶谁裁出，二月春风似剪刀。"这是唐朝诗人贺知章的《咏柳》，这首诗为咏柳诗里的名篇。这是一首咏物诗，写的是早春二月的杨柳。诗人运用比喻和拟人的手法，生动地歌咏了早春嫩柳的迷人风姿，赞颂了大自然的鬼斧神工。元代诗人赵雍也有一首诗，其中有两句描写早春的柳："闲倚阑干看新柳，不知谁为染鹅黄。"贺知章写"不知细叶谁裁出"，赵雍则写"不知谁为染鹅黄"。一个是描写"形"，一个是描写"色"，有异曲同工之妙！

"江南腊尽，早梅花开后，分付新春与垂柳。细腰肢、自有入格风流，仍更是、骨体清英雅秀。"这是苏轼《洞仙歌·咏柳》中的词句，描写柳枝婀娜，似少女的细腰。杜甫《绝句漫兴九首（其九）》便有"隔户杨柳弱袅袅，恰似十五女儿腰"之句。垂柳、细柳是杨柳的形态，所以李渔在《闲情偶寄》中说："柳贵于垂，不垂则可无柳。柳条贵长，不长则无袅娜之致，徒垂无益也。"

杨柳是一份心灵寄托。

从《诗经》的"昔我往矣，杨柳依依"开始，无数人就在柳树下离别。重情的人长亭送别时还要折下柳枝相赠，表示挽留之心。唐诗宋词中，杨柳常被用来代指乡愁、离别、送别、不舍之意，如李白《春夜洛城闻笛》中的"此夜曲中闻折柳，何人不起故园情"，白居易《青门柳》中的"为近都门多送别，长条折尽减春风"，苏轼《水龙吟·次韵章质夫杨花词》中的"似花还似非花，也无人惜从教坠"。柳永在《雨霖铃》中云"多情自古伤离别，更那堪、冷落清秋节。今宵酒醒何处？杨柳岸、晓风残月"，道尽了离别后的思念之苦。

咏物诗多有寄托，诗中有人，物中有我。春天里，白居易看见一个荒园没有一人光顾，这柔嫩的柳枝又能属于谁呢？于是诗人写了一首《杨柳枝词》："一树春风千万枝，嫩于金色软于丝。永丰西角荒园里，尽日无人属阿谁？"抒发了对永丰柳的痛惜之情。此诗咏物和寓意相融，有如民歌，明白晓畅，描写生动传神，当时就"遍流京都"。后来苏轼写《洞仙歌·咏柳》，有"永丰坊那畔，尽日无人，谁见金丝弄晴昼"之句，檃括此诗，读来仍然令人有无限低回之感。

杨柳是一个文化符号。

经过诗人们千年的演绎，杨柳早已超越了自身，不仅仅只是一种植物了。人们把它作为春天时江南的一种象征。如诗人余光中在《春天，遂想起》中写道："春天，遂想起遍地垂柳／的江南。"又如诗人洛夫在《白堤》

中所写："替西湖 / 画了一条叫人心跳的眉 / 且把鸟语，长长短短 / 挂满了四季的柳枝 / 啁啾了千多年才把我 / 从梦中吵醒。""遍地垂柳的江南""挂满了四季的柳枝"，这是诗人余光中和洛夫的乡愁，是一个文化符号。

2022年5月，发生了"杭州西湖边七棵柳树被移走换成月季"一事，本来只是更换植物的小事，却引发杭州市民和网友们的热议。网友问："没有了柳树的西湖，还是那个西湖吗？"无论是"西湖十景"中的柳浪闻莺，还是白堤一株杨柳一枝桃，柳树早已成为西湖的一个文化符号。更换的不是一棵树，是改变了一个文化印记。

据说，从1994年开始，杭州白堤共有一百四十六株柳树，老树枯萎，新树接替；不灭不生，不减不增。阳春三月，春风拂面，我荡漾在西湖白堤上，数着道路两旁的杨柳，一株、两株、三株……

菊残犹有傲霜枝

——花虽残，你的笑容仍灿烂

耳边飘过《菊花台》这首歌，我迎着风，哼着自己编的词："菊花残，犹抱香，你的笑容仍芬芳，登高共举觞……"

菊花，花中四君子之一。历代文人喜爱菊花，写下不少赞美菊花的诗篇。文人们喜爱菊花，其中更多的原因是他们在菊花上寄托了很多的情感，菊花代表了他们内心的追求——做隐逸居士、高尚君子。"朝饮木兰之坠露兮，夕餐秋菊之落英"，这是屈原的内心寄托；"采菊东篱下，悠然见南山"，这是陶渊明的精神追求。

> 荷尽已无擎雨盖，菊残犹有傲霜枝。
> 一年好景君须记，最是橙黄橘绿时。

这是苏轼写给好友刘景文的《赠刘景文》。前两句写景，抓住"荷尽"与"菊残"，描绘出深秋的萧瑟景象。"已无"与"犹有"形成强烈对比，突出菊花傲霜斗寒的形象。后两句议景，揭示赠诗的目的。此诗是元祐五年（1090）苏轼在杭州任知州时写的。诗虽为赠刘景文而作，所咏却是深秋景物，没有一字涉及刘氏本人的品行和道德文章。但实际上，诗人巧妙地将对刘氏品格和节操的称颂，不着痕迹地糅合在对景物的描写中。

荷与菊是历代诗家的吟咏对象，有美好的寓意，可是诗人一开始却描绘了荷败菊残的形象，这是为了给一年之中的最好景象——橙黄橘绿——

做铺垫。虽然橙和橘都被提及，但事实上人们更偏重于橘，因为"橘"象征着许多美德。屈原写《橘颂》就赞其"独立不迁""精色内白""秉德无私""行比伯夷"。此诗的结句含蓄地表达了对刘景文的品格和秉性的赞美。

古代文人赏菊、咏菊，是有着含义隽永的文化内容的。南宋诗人、画家郑思肖托物言志，写过一首咏菊的诗：

> 花开不并百花丛，独立疏篱趣未穷。
> 宁可枝头抱香死，何曾吹落北风中。

郑思肖原名之因，宋亡后改名思肖，因"肖"是宋朝国姓"赵"的繁体字的组成部分。字忆翁，表示不忘故国；号所南，日常坐卧，要向南背北。"宁可枝头抱香死，何曾吹落北风中。"菊花盛开后，在枝头逐渐枯萎，花瓣并不凋谢落地，故云"枝头抱香死"。诗句用隐喻手法，是说宁可为坚持气节而死去，不愿屈服于蒙元统治集团，表现了"宁为玉碎，不为瓦全"的凛然正气。这两句诗化用了宋代朱淑真《黄花》的诗句："宁可抱香枝头老，不随黄叶舞秋风。"

北宋诗人黄庭坚在雨中赏景，秋风中一片萧瑟，令人伤感。待他看见菊花正璀璨绽放时，忽然有所触动，吟诵了一首七律《次韵任君官舍秋雨》。"菊花莫恨开时晚，谷穟犹思晴后收。"这是诗中的句子。诗人说：菊花不要怨恨自己开放太迟，当百花凋谢时，盛开的菊花才更显美丽；成熟的稻谷等到天晴之后，才被农家收割。黄庭坚在咏菊中融入了自己的情感。

偶读史书，看到一则逸事。1917年张勋率五千"辫子军"复辟，请十一岁的溥仪重新登基。张勋的复辟闹剧只维持了十二天，但在辜鸿铭心中他是很认可张勋的。在张勋过六十六岁生日的时候，自诩为"卫道士"的辜鸿铭，亲自书写了一副寿联送给张勋。胡适在《记辜鸿铭》一文中，记载了这件往事。胡适在老同学王彦祖的家宴上与辜鸿铭相遇，辜对胡说："去年张少轩（张勋）过生日，我送了他一副对子，上联是'荷尽已无擎雨盖'——下联是什么？"胡一时想不出来，只好问辜，辜自豪地说："下联是'菊残犹有傲霜枝'。"接着他又考胡："你懂得这副对子的意思吗？"胡说："'菊残犹有傲霜枝'，当然是张大帅和你老先生的辫子了。'擎雨盖'是什么呢？"辜说："是清朝的大帽。"引得在场宾客哄堂大笑。"荷尽"，皇上已不存在；"菊残"，王朝已覆灭。但辜的内心还保留着"擎雨盖"和"傲霜枝"。此联是苏轼当年写来勉励朋友刘景文的，却被辜鸿铭拿来与张勋一起"共勉"。

王国维说："一切景语皆情语。"同样的"菊"，同样的一句诗，感受的心境不同，所寄托的情感又有多么的不同。

朝游北海暮苍梧

——徐霞客的人生理想

大千世界，精彩纷呈；芸芸众生，各有所好。

有的喜欢吟诗作画，有的喜欢美味佳肴，有的喜欢花草虫鱼，有的喜欢游山玩水。白乐天云："人各有所好。"曹子建曰："人各有好尚。"说的都是一个意思：人各有自己的喜好。

有人说，史上最会玩的人，当数明末清初的张岱。张岱少年聪明灵气，可曾学书、学剑、学佛、学仙、学节义、学时文，皆不成。于是，他被时人视为玩物丧志的典型，人称"废物、败家子、蠢秀才、瞌睡汉"。尽管被当作"玩物丧志"的纨绔子弟，他仍我行我素，任世人评说，倚着家中诸多长辈的庇护，无忧无虑，率性自然，做着自己喜欢做的事。他以"玩"的境界，著书立说，遂写成《西湖梦寻》和《陶庵梦忆》。

有人说，史上最会玩的人，当数明末清初的李渔。他一生养尊处优。他把泉水用竹片引到灶前，美其名曰"来泉灶"，把果树种在屋檐下，美其名曰"打果轩"，还把家里的窗户做成画轴的样子，正对着西湖，恰似一幅西湖风景画。他设计了一款名叫"就花居"的活动小屋，为在花园中观赏梅花或其他花时使用。到山上观赏就一定要带帐房，里面有取暖和暖酒的炉炭。他以"玩"的心态，著书立说，遂写出一部休闲百科全书——《闲情偶寄》。

有人说，史上最会玩的人，当数明末的徐霞客。徐霞客是一个玩家，一生游山玩水。徐霞客游黄山时，赞美黄山"薄海内外，无如徽之黄山。

登黄山，天下无山，观止矣"，经过不断流传逐渐被后人演变为"五岳归来不看山，黄山归来不看岳"。

徐霞客出身于南直隶江阴（今属江苏）一个富庶之家，祖上都是读书人。他的父亲徐有勉一生不愿为官，喜欢到处游览，欣赏山水景观。徐霞客幼年好学，博览群书，尤钟情于地经图志。徐有勉时常带着儿子徐霞客游山玩水。徐霞客喜欢读一些"闲书"，有一次他在私塾里偷看一本探险游记，塾师一看赶紧向徐霞客的父亲告状，要他管管孩子，这样下去会耽误孩子的前程。徐有勉却说："这是孩子的爱好，追求什么功名啊！"徐霞客的母亲"勤勉达观"，对徐霞客的影响更直接，"弘祖之奇，孺人成之"，积极鼓励徐霞客放心远游。饱学而不求功名，父亲赞同，母亲鼓励。徐霞客在父母的支持下，从二十一岁起便开始外出旅行，直至生命结束。在三十多年的时间里，他先后东渡普陀，北游幽燕，南达闽粤，西北勇攀太华之巅，西南远涉云贵边陲。

与历代贪恋山水风景的文人雅士不同的是，徐霞客的游览不仅仅以观赏美景为目的，同时他还对所到之处的地理、位置、地貌进行了详尽的考察。《尚书·禹贡》里记载着"岷山导江"的说法，后人将其误解为长江的源头是岷江。在没有现代地理学测绘手段的年代，徐霞客凭双脚行走、双眼观测，纠正了前人讹误，更正长江的正源为金沙江。他在《溯江纪源》中写道："故不探江源，不知其大于河；不与河相提而论，不知其源之远。"他以"玩"的精神，著书立说，遂写成六十余万字游记，由他人整理成《徐霞客游记》，被称为"千古奇人"。

《徐霞客游记》开篇《游天台山日记》写道："癸丑之三月晦　自宁海出西门，云散日朗，人意山光，俱有喜态。三十里，至梁隍山。闻此地於菟夹道，月伤数十人，遂止宿。"

"晦"，即农历每月最后一天；"癸丑之三月晦"，即万历四十一年三月三十日（1613年5月19日）。《徐霞客游记》开篇之日——5月19日，于2011年被定为"中国旅游日"。

徐霞客说过这样一句话："大丈夫当朝碧海而暮苍梧！"这也是他这一生矢志不渝地去探寻大江南北的一个真实写照。唐朝吕喦（字洞宾）有一句诗："朝游北海暮苍梧，袖里青蛇胆气粗。"大丈夫当心怀天下，志在四方，徐霞客实现了自己的理想。

"及五更梦中，闻明星满天，喜不成寐"，"观石梁卧虹，飞瀑喷雪，几不欲卧"，"此一宵胜人间千百宵"。一辈子云游四海，把游历的经历感受记下来，徐霞客靠的就是两个字——喜欢。徐霞客的人生启示便是：

　　做自己喜欢的事；

　　穷其一生，做自己喜欢的事；

　　穷其一生，做自己喜欢的事，并把它作为事业来从事。

秋江水落白鱼肥

——吃鱼送鱼的故事

吃鱼，有的喜欢鲜，有的喜欢肥，有的想兼而得之。

白鱼因肥出名。李渔《闲情偶寄》记载："食鱼者首重在鲜，次则及肥，肥而且鲜，鱼之能事毕矣。然二美虽兼，又有所重在一者。……如鳊、如白、如鲫、如鲢，皆以肥胜者也，肥宜厚烹作脍。"李笠翁说，像鳊鱼、白鱼、鲫鱼、鲢鱼等，都突出在肥，肥的适宜炖着吃。

白鱼入馔历史久远，白鱼早在唐代就是向京师进献的贡品。食白鱼美馔，不仅有很好的滋补营养功能，还能治多种疾病。《开宝本草》载："主胃气，开胃下食，去水气。令人肥健。"

历代文人墨客与白鱼结下不解之缘，写下不少赞美的诗篇。"白鱼如切玉，朱橘不论钱"（杜甫《峡隘》）；"青青芹蕨下，叠卧双白鱼"（白居易《放鱼》）；"烂炊香荠白鱼肥，碎点青蒿凉饼滑"（苏轼《春菜》）；"青蓑黄箬裳衣，红酒白鱼暮归"（苏轼《调笑令》）；"过淮浑酒贱，出水白鱼肥"（王冕《南归》）。

南宋诗人李子西的《送白鱼》写道：

> 秋江水落白鱼肥，正是莼鲈入兴时。
> 举网得鱼溪上路，挥毫走兔简中诗。
> 雅知宾幕饶供给，何待侬芹荐敛私。
> 鲁禹楚鱼羞不腆，此诚只有孔门知。

李子西和南宋文学家杨万里、周必大等有很深的交情，互有诗词唱和，如杨万里《临贺别驾李子西同年寄五字诗，以杜句君随丞》《和同年李子西通判》等。这首诗是李子西给朋友送白鱼时所写。李子西说，秋江水落白鱼肥，正是引发怀念故乡之时，齐鲁的炊器，楚江的白鱼，这些并不算丰厚，但其中的诚意只有孔子的弟子知道啊！读到李子西这首《送白鱼》，让我联想起宋人笔记中有两则和吃鱼送鱼相关的故事。

《邵氏闻见录》记载："文靖夫人因内朝，皇后曰：'上好食糟淮白鱼。祖宗旧制，不得取食味于四方，无从可致。相公家寿州，当有之。'夫人归，欲以十奁为献。公见问之，夫人告以故，公曰：'两奁可耳。'夫人曰：'以备玉食，何惜也？'公怅然曰：'玉食所无之物，人臣之家安得有十奁也？'呜呼，文靖公者，其智绝人类此。"

其大意是：文靖夫人入内朝，皇后说："淮水的白鱼是上好的食物，但是祖宗旧制是不能向百姓索取，没有办法获得。你家相公是寿州人，家里应该有吧。"文靖夫人回家后，准备了十箱白鱼准备进献。相公吕夷简（北宋宰相）见了就问怎么回事，文靖夫人告诉了他缘由。吕夷简说："送两箱就可以了。"夫人说："给皇室准备的东西有什么舍不得呢？"吕夷简怅然地说道："皇室都没有的东西，身为臣子家里怎么能有十箱这么多呢？"

从这个"怅然"中，可见吕夷简很清醒，他不但不像夫人那样以为逮住了一次讨好皇后的机会而兴高采烈、受宠若惊，反倒有几分"怅然"。《宋史》评价吕夷简，谓之"屈伸舒卷，动有操术"。

《鹤林玉露》里《进青鱼》一篇记载："秦桧之夫人常入禁中，显仁太后言：'近日子鱼大者绝少。'夫人对曰：'妾家有之，当以百尾进。'归告桧，桧咎其失言，与其馆客谋，进青鱼百尾。显仁拊掌笑曰：'我道这婆子村，果然！'盖青鱼似子鱼而非，特差大耳。观此，贼桧之奸可见。"

意思是：秦桧把持朝政时，全国各地进贡皇帝的贡品，都要先送入相府后，再呈给宫中。一天，秦桧的夫人到内宫，太后说："近日，大尾的子鱼很少见到。"夫人说："臣妾家有，臣妾进献一百尾子鱼给太后。"夫人回到相府后，把这事告诉秦桧，秦桧便责怪她说错了话。与门客谋划后，秦桧命人把一百尾青鱼送入宫中。太后见了，拍手大笑说："我就知道这婆子果然胡说。"《宋史·奸臣传》中对秦桧的评价是"桧阴险如崖阱，深阻竟叵测"。

两则故事都和吃鱼送鱼有关，吕夷简和秦桧都是当朝宰相，而秦桧更是权倾朝野，在面对宫中皇后或太后要吃鱼时，两个人的表现有相似之处，但也不尽然。吕夷简只送两奁白鱼。秦桧送的是青鱼，因为青鱼和子鱼长得十分像，但青鱼比较普遍，一般老百姓能经常吃到。秦桧用青鱼替代子鱼送给太后，避免受到皇室的猜忌。

从吃鱼送鱼这件小事，一代奸臣秦桧心机之深，可见一斑。

药出山来为小草

——药的祖先是音乐吗?

有人说:药的祖先原来是音乐,"乐(樂)"与"药(藥)"同源。

其根据是说仓颉造字时,在"乐(樂)"字上加了"草"就成了"药(藥)"字。"乐"在产生之初,是用来治病的,是"药"的祖先。

乍一听,觉得蛮有理的;但仔细思索,还是有些疑虑。

"药"这个字最早见诸文字是在《诗经》里。《诗经·郑风·溱洧》中有"维士与女,伊其相谑,赠之以勺药"的诗句。上巳节时,溱洧河畔,青年男女游春相戏,赠芍药以表达绵绵情意,寄托恋人之间的思念与约定。《花镜》中也记载:"芍药,古名将离。(注:因人将离别,则赠之也。)""勺药"在这里是花名,并不是药名。"药"字在《诗经》中另一处还有:"匪我言耄,尔用忧谑。多将熇熇,不可救药。"此处"不可救药"一句,药做动词,释为治疗,已是衍义。

芍药在我国的栽培历史非常悠久。据宋代虞汝明《古琴疏》载:"帝相元年,条谷贡桐、芍药。帝命羿植桐于云和,命武罗伯植芍药于后苑。"帝相是夏代的君王,以此来算,芍药距今已有四千多年的栽培历史了。芍药是芍药科芍药属的多年生草本植物,既能供观赏,又能药用,其根能镇痛、镇痉、祛瘀。

郑玄为战国时期成书的《周礼》作注时称,"五药"指草、木、虫、石、谷。自此,"药"才有了药物的含义。许慎《说文解字》释"药"为"治病草"是东汉时的说法。由此可见,芍药之名在先,药物之义在后。药的本义和祖先是芍药及那些能延年益寿的花草。

"药"字在唐宋诗词中，经常是和芍药等花草植物一起出现的，如："终日看本草，药苗满前阶"（岑参《梁州对雨怀麴二秀才，便呈麴大判官时疾赠余新诗》）；"秋韭何青青，药苗数百畦"（高适《宋中遇林虑杨十七山人因而有别》）；"药苗本是山家味，茶具偏于野客宜"（欧阳修《答杜相公惠诗》）；"本无俗事可装怀，药圃花栏应手栽"（吕本中《次韵李伯纪园亭（其二）》）；"秋来何物伴吾真，药菊甘香最可珍"（韩淲《次韵昌甫论菊之结盘者无真意（其二）》）。

"共坐栏边日欲斜，更将金蕊泛流霞。欲知却老延龄药，百草枯时始见花。"北宋政治家、文学家欧阳修在《七言二首答黎教授》中说明了"药"与"花"的关系。诗人说，菊花是能够延年益寿的药，它在百草摧折的时候，才开始开花。此诗也从另一层面论证了"药"字最早的本义是那些能延年益寿的花草。

"药出山来为小草，楸成树后困长藤。"这是南宋诗人陆游《涧松》中的诗句。诗中的"小草"，或是草本植物中弱小者的统称。如《乐府诗集·清商曲辞二·前溪歌之五》中"黄瓜是小草，春风何足叹"里的"小草"或是中药远志苗的别名。晋张华《博物志》云："远志苗曰小草，根曰远志。"

"终日看本草，药苗满前阶""药苗本是山家味""药出山来为小草"，药就是山里的那些草本植物——本草。

再来说一下"乐（樂）"字。

《说文解字》释："乐，五声八音总名。""乐"是个象形字。在甲骨文中，其字形很像"弦附木上"，看上去像古代的琴。到了金文，中间出现一个"白"字，很像是一件调弦器物。"乐"字最初读 yuè，本义为乐器。"乐"字后来引申为"音乐"，又因为用乐器弹奏出的音乐能使人快乐，所以"乐"字又引申为"快乐"，读音变为 lè。

"乐（樂）"与"药（藥）"同源，只是望"字"生义，但恰到好处的音乐对身心是有一定的治愈力的。

古人认为音乐与人体是有关联的，如把五音（宫、商、角、徵、羽）

与人体五脏（脾、肺、肝、心、肾）、五志（思、忧、怒、喜、恐）联系起来。《金匮真言论》认为："宫属土，通于脾；商属金，通于肺；角属木，通于肝；徵属火，通于心；羽属水，通于肾。"五音通五行，对五脏有着不同的影响，因此"音乐者，所以动荡血脉，通流精神而和正心也"。

美好的音乐可以陶冶人的情操，净化人的心灵，给人以美妙的享受。《礼记·乐记》载："乐行而伦清，耳目聪明，血气和平。"又曰："致乐以治心。"同时，又说"郑淫""宋溺""卫烦""齐骄"，"此四者皆淫于色而害于德"。《史记·乐书》曰："故闻此声必于濮水之上，先闻此声者国削。"《韩非子·十过》曰："乃召师涓；令坐师旷之旁；援琴鼓之。……师旷曰：'此师延之所作；与纣为靡靡之乐也。'"

郑卫之音、濮水之音、靡靡之音，皆是不好的音乐。所以说，并不是所有的音乐对身心都有好处。只有美好的、恰到好处的音乐，才有益于身心。"凡是人为的音乐，都应该宁缺毋滥。"

其实，我觉得，谁和谁同源并不重要。多到大自然中去走走，看看花草，听听民谣，开心快乐比什么都好！

惟有葵花向日倾

——向阳，去心灵向往的地方

北宋政治家、文学家司马光《客中初夏》写道：

> 四月清和雨乍晴，南山当户转分明。
>
> 更无柳絮因风起，惟有葵花向日倾。

宋人蔡正孙的《诗林广记》收有此诗，题为《居洛初夏作》，诗下又附录《东皋杂记》的一则资料，亦云"温公居洛阳，作此诗"。因此，此诗应作于宋神宗熙宁四年（1071），司马光因竭力反对王安石变法，被迫离开汴京，不久客居洛阳，编撰《资治通鉴》之暇，诗人常常喜欢观赏大自然的风光。这是一首寓情于景，状物抒怀的托物言志诗。诗人通过对初夏时节的景色描写，尤其是对于柳絮和葵花之间的对比，表达诗人自己的志向。他说的是：我不是那随风飞扬的柳絮，我的一片忠贞之心，亦如一株向日的葵花。

"葵"，在古人诗词中经常会出现它的身影。如："新葵郁北牖，嘉穟养南畴"（陶渊明《酬刘柴桑》）；"野酌劝芳酒，园蔬烹露葵"（李白《赠闾丘处士》）；"山中习静观朝槿，松下清斋折露葵"（王维《积雨辋川庄作》）；"葵藿倾太阳，物性固难夺"（杜甫《自京赴奉先县咏怀五百字》）；"请君有钱向酒家，君不见，蜀葵花"（岑参《蜀葵花歌》）。

唐宋诗词中出现的"葵"，只是一种菊科草本植物和蔬菜。此"葵"和向日葵没有太大关系。明人文震亨《长物志》载："葵花种类莫定，初夏，花繁叶茂，最为可观。一曰'戎葵'，奇态百出，宜种旷处；一曰'锦葵'，其小如钱，文采可玩，宜种阶除；一曰'向日'，别名'西番莲'。"

文震亨说，葵花的种类不确定，初夏时花繁叶茂，最具观赏性。一种叫"戎葵"，另一种叫"锦葵"，所以司马光所描绘的"葵花"应是"戎葵"或"锦葵"。向日葵是美洲原产的植物，传入我国大致是明朝中期，到文震亨的时代，向日葵已经不稀罕了，至少他是见过的，所以他说，有一种叫"向日葵"，别名"西番莲"。

清康熙二十七年（1688），陈淏子在《花镜》中，第一次使用向日葵这个名称："向日葵一名西番葵，高一二丈。叶大于蜀葵，尖狭多刻缺。六月开花，每干顶上只一花，黄瓣大心。其形如盘，随太阳回转：如日东升则花朝东，日中天则花直朝上，日西沉则花朝西。"

向日葵，因花序随太阳转动而得名。又名向阳花、朝阳花、转日莲，等等。向日葵的花常朝着太阳，这一客观意象给诗人和画家增添了诸多想象。

英国诗人威廉·布莱克在《啊，向阳花》中写道："向阳花啊！你等得累了吧，／你计数着太阳的步伐；／你渴望甜蜜的、黄金的住处，／……我的向阳花所向往的地方。"这是布莱克写意诗歌中的一首名诗，它预言了人类社会的更新，表达了人类对美好理想社会的热烈追求和向往。诗里的"向阳花"是一切渴望美好理想社会的人类精神的象征。

诗人洛夫在《向日葵》中写道："太阳俯身／对一株小小的向日葵说：／我给你光，给你体血／……因而／你报答我以／千年的仰望／向日葵的头／转了三百六十度／又反转了三百六十度／之后问道：／太阳，你在哪里？"洛夫用太阳和向日葵对话的方式，从另一个视角状物抒怀。

诗人余光中在凡·高百年祭时写了三首《向日葵》，其中一首写道："金发橘面，仰向七月硫黄的天空／菊花族的家谱里，唯你／酷似你阳刚的父亲／大气炎炎下有谁竟敢／正面逼视赤露的太阳？"凡·高是用燃烧的颜色，画出了燃烧的向日葵。

凡·高创作了十多幅《向日葵》。在凡·高看来，向日葵象征着一种激情，象征着一种生命的永存。油画中的向日葵堪称是凡·高的化身。他以《向日葵》中的各种花姿来表达自我。他用全部精力追求了一件世界上最简单、最普通的东西，那就是太阳。

凡·高的向日葵色彩明亮，层层叠叠的色彩，给人震撼。向日葵中间的芯特别大，花瓣特别小。很多笔触是向上提起的，造成花朵怒放的感觉。这是因为，凡·高画向日葵的时候，内心有很多想要往外迸发的东西，他用果实成熟的向日葵，把自己当时的心境外放出来。

诗人歌咏向日葵，画家礼赞向日葵，有的是因为它的色彩像太阳的颜色，有的是因为它的笑脸像阳光灿烂，有的是因为它的生命向阳而唱。向日葵中有他们的内心寄托，诗中有人，画中有我。向日葵是画家灵魂燃烧时描画的笑，是诗人心灵绽放时追求的光。其实，无论是向日葵（向阳花），还是葵花，都只是诗人或画家的内心寄托。

记得多年前，我写过一首《向阳花》，其中有一段：

晨曦的云儿
红着脸
在太阳的耳边轻轻地说
那天只因你
往我心里看了一眼
从此，我
绽放出最美最灿烂的笑
这一笑已千年。

给一点阳光就灿烂。向阳，去心灵向往的地方。

云在青天水在瓶

——云轻盈·水宁静·花温馨

小说《大明王朝1566》开篇描述：

在重重纱幔的通道里传出了声音，是嘉靖皇帝在吟诗：

"练得身形似鹤形……"在通道连接大殿的第二重纱幔间，嘉靖帝大袖飘飘地显身了。

所有的人都立刻静静地跪了下来，没有即刻山呼万岁，在等着嘉靖将后面的几句诗吟完。

嘉靖向中间的御座走去，接着吟道："千株松下两函经。我来问道无余说，云在青天水在瓶。"念完，他已经走到了御座边，没有坐下，只是用一只手扶着御座一侧的扶手，漠漠地望着跪在地上的人……

…………

嘉靖笑道："朕刚才念的是唐朝李翱的《问道诗》。朕最喜欢就是最后一句'云在青天水在瓶'……"

禅机深奥，君心难测。据说大明首辅、一代帝师严嵩用心揣摩了一辈子，直到嘉靖下诏将他罢职，削籍为民，家产被抄，奸党与家人一一治罪，他被囚禁时，才参透。

嘉靖皇帝吟的这首诗，是唐代思想家、文学家李翱所作的《赠药山高僧惟俨》，又称《问道诗》。

此诗在禅宗中有如此一段公案流传：

李翱素来崇敬药山惟俨禅师，一日前去拜访，当时禅师正在读经，并未理睬他。侍者提醒禅师："刺史来访。"禅师依然未动，继续读经。

过了许久，李翱终于按捺不住，愤愤地说了一句："见面不如闻名。"便想拂袖而去。禅师冷冷地回道："刺史何以贵耳贱目？"意思是说：你听说我了不起，就想来见我，亲眼见到了，又觉得不怎么样。重耳朵所闻，而轻眼睛所视。

这句话，让李翱心头一震，他便转身拱手作揖，问道："如何是道？"

禅师以手指了指天，再指了指地，问李翱："懂吗？"李翱说："不懂！"禅师就说："云在青天，水在瓶。"李翱听了之后，豁然开悟，顶礼拜谢，并说了一偈：

> 练得身形似鹤形，千株松下两函经。
> 我来问道无余说，云在青天水在瓶。

其意在赞叹禅师如鹤之仙风道骨、超俗绝尘，坐于松下阅读佛经，意态安闲自在。而我前来问道，禅师并不多言，只以一偈"云在青天水在瓶"警示，道尽深邃佛理。

"云在青天水在瓶"充满了禅机，我似乎听到了云和水对话的声音：

> 我是一片云，你是一滴水，得失从缘，心无挂碍。
> 你在青天，我在瓶中，追求没高低，快乐最重要。
> 瓶中的水，你是否理解云朵的梦想与辛酸？高处多风雨。
> 青天的云，你是否知道瓶中水的快乐和烦恼？推己及人。
> 瓶中，水聚水散，终有乘风成云；天上，云卷云舒，也有一日飘入瓶中成一滴水，何必执念？
> 无论在青天的，还是在瓶中的，都是水的化身，最终都将归为一体，十方诸如来，同共一法身。

"云在青天水在瓶"——美则美矣，妙则妙矣。我凭窗轻坐，看见了：云轻盈、水宁静、花温馨，天朗又气清……

　人间佐料——请给我加一勺诗吧

人间

诗话

新年试笔欲题诗

——元旦赋诗迎春日

"四气新元旦，万寿初今朝。"

此语出自南朝梁人萧子云的诗《介雅》，这是"元旦"一词最早在诗中出现。"元"，始也。"元"，原指"人头"，人的头部是整个身体最高的部位，所以"元"又引申为"开始""第一"。"旦"字是个象形字，上面的"日"代表太阳，下面的"一"代表地平线。太阳从地平线上冉冉升起，象征着一日的开始。人们把"元"和"旦"两个字结合起来，就引申为新年开始的第一天。"元旦"在现代汉语里指的是"公历新年的第一天"。

古代的元旦，自汉朝起定在正月初一，是为一年的岁首。更早的时候，"元旦"也叫"元日"。每逢元旦，文人墨客或感慨，或抒怀，或言志，以真诚的情感抒写新的一天。这天所作的第一篇诗文，称作新年试笔或元旦（日）试笔。其实，元旦试笔，不仅仅限于诗文。只要是有感而发，作文、写字、画画等等，都可以叫作元旦试笔。这一天，文人墨客还喜欢写春联，写吉字，称作"元旦书红"。元旦试笔和元旦书红，都是希望一年有个好的开端，所谓元日试笔迎春日，元旦书红万事吉。

"爆竹声中一岁除，春风送暖入屠苏。"这恐怕是中国古代有关元旦最有名的诗句了。从古至今，文人墨客留下了不少"元旦试笔"。宋代诗人戴复古《新岁》云：

新年试笔欲题诗，老去才衰得句迟。

春事未容桃李觉，梅花开到北边枝。

诗人戴复古感慨：新一年的开始，我打算开笔写诗。想写一首好诗句，可是年老才衰，变得迟钝了。春天已悄悄来临，桃李虽没有察觉，但梅花已经开满了枝头，连北边都开花了。梅花是迎春的早花，向阳花木易为春，现在梅花开到北边枝，这是春天的眷顾，迟开的梅花也很香。

宋代诗人姚勉在《元日试笔》中云："今岁新元最喜晴，宿阴都化作清明。气从地角天涯转，春向梅边柳上生。鹓路五更锵剑佩，虎关半夜出弓旌。群贤傥在新除目，欢喜山中饱菜羹。"

诗人姚勉感叹：五更剑鸣，半夜出兵，收复国土，剪除妖魔，此时我就是回到冰雪的山林，每天吃野菜也是高兴的。有人评价姚勉，称其"磊落有奇节"，这《元日试笔》写的不仅仅是一首诗，更是诗人忧国忧民的情怀。

宋代舒岳祥在《庚辰元旦试笔》中云："数我初生岁，今为第二年。光阴六十过，行辈几人全。试把新诗写，闲将好梦圆。儿孙扶出拜，苏酒让渠先。"

舒岳祥是南宋遗民诗人，在他六十岁的时候，宋朝灭亡。他本可以享受荣华富贵，但他没有向权贵低头，不向权贵谄媚，颠沛流离，回归故里，在生活困顿的情况下不失其志。这是诗人六十一岁的元旦，甲子轮回，又是新的一年，他不慕浮华，以教书为业，安贫乐观。

明代诗人、书画家文徵明在《元日试笔》中云："云霞骀荡晓光和，手折梅花对酒歌。暮齿不嫌来日短，霜髭较似去年多。东风渐属青阳候，流水微生绿玉波。鸟弄新音晴昼永，相看不饮奈春何。"

诗人文徵明感悟，新的一年来了，青山绿水依旧，人却在将老未老之间，此时此景，与其嗟叹韶华易逝，还不如把酒趁春风，"相看不饮奈春何"。

明代诗人陈献章在《元旦试笔》中写道："天上风云庆会时，庙谟争遣草茅知。邻墙旋打娱宾酒，稚子齐歌乐岁诗。老去又逢新岁月，春来更有好花枝。晚风何处江楼笛，吹到东溟月上时。"

天云欢聚、稚子齐唱，晚风轻拂、百花齐放，笛声悠扬、明月初上，诗人陈献章所描绘的元旦是一幅"乐岁图"。

　　今天是元旦，一元复始，万象更新。"老去又逢新岁月，春来更有好花枝"，我漫步在良渚美丽洲，赋《调笑令·元旦》一首：

　　　　元旦，元旦。岁月欢歌璀璨。
　　　　美丽洲里赋诗，欲唱新春美词。
　　　　词美，词美。且看青山绿水。

窗含西岭千秋雪

——窗棂，一个美丽的画框

摄影和"窗"有关。

摄影用取景框（窗）取景，用框架（窗式）构图。所谓框架（窗式）构图，即用框架将画面主体框起来，框架作为陪体存在。生活中有很多可以用来作为框架的元素，比如窗户、门框、洞口、树枝等，都可以作为天然的取景框架，从框架里捕捉景色。

梁实秋说："窗子就是一个画框，只是中间加些棂子，从窗子望出去，就可以看见一幅图画。"唐代诗人杜甫可谓构图大师，有诗为证：

两个黄鹂鸣翠柳，一行白鹭上青天。

窗含西岭千秋雪，门泊东吴万里船。

从摄影取景来说，"窗含西岭千秋雪，门泊东吴万里船"是典型的框架构图。

用"窗"和"门"做天然的取景框架，从"框架"里欣赏到"西岭千秋雪"和"东吴万里船"，捕捉到"黄鹂鸣翠柳"和"白鹭上青天"的瞬间。这是杜甫的一首绝句，但从摄影角度来看，这是两幅摄影作品。

诗人们的眼光是相似的。"鸟向檐上飞，云从窗里出。"这是南朝梁文学家、史学家吴均从窗牖里看到的风光。"来日绮窗前，寒梅著花未。"这是唐代诗人、画家王维从窗户里欣赏到的景色。"浮云倒影移窗隙，落木回飘动屋山。"这是北宋文学家王安石从窗口捕捉到的瞬间。

诗人们把"窗子"作为一个画框，用诗的语言，让我们欣赏其中的景物，历历如绘。诗书画影是不同的艺术类型，在对象、工具、手法各方面均不相同。诗词是情感的抒发，绘画是意象的描绘，书法是线条的舞蹈，摄影是光影的描述。虽属不同类别，但艺术是相通的，因为都要有一双捕捉"美"的眼睛。

清代文学家张潮《幽梦影》云："窗内人于窗纸上作字，吾于窗外观之，极佳。"张潮用短短十七个字，生动地描绘了一幅美好的画面：一所老房子，木格窗子，窗棂上糊着素纸，一个人在室内的窗前，正在素纸上作字，专心致志；室外，一个人在远处静观，在欣赏此人作字，心无旁骛。这实在是一幅有趣的画面，宛如一幅摄影作品。

你站在窗前作字，我站在窗外看你，而此时，张潮在远远地欣赏；或许在窗外欣赏的，就是诗人自己⋯⋯

此时此景，让我联想起卞之琳的一首《断章》："你站在桥上看风景，看风景人在楼上看你。明月装饰了你的窗子，你装饰了别人的梦。"

《断章》是一首长诗中的一个段落，它集中描写了两组平行的生活意象：你站在桥上看风景，你是主，风景是客。但别人在楼上看风景，此时你也成为风景，于是轮到别人是主，你是客了。明月装饰了你的窗子，你为主，明月为客。它表现了诗人从刹那的感觉中提升起的哲理与智慧。

我喜欢用框架（窗式）构图。经常有人开玩笑说"你离摄影大师也许就差一个前景框架"，虽然是句玩笑话，但也有其意义在里面。用框架构图可以突出主体、增加层次、渲染氛围。有一次，在一个景点拍摄，我想以拱门作为"框架"，门内的建筑为景物，但游客们在景前拍照留念，一直捕捉不到机会。于是，我退后几步，以一个正在拍照，穿红毛衣的小女孩为前景，拱门为中景，黄色琉璃瓦建筑为远景⋯⋯

我寻思，此时我在拍摄，我是主，风景是客；你在远处观赏，我又成了你的客，别人的景。也许，你我都是匆匆的过客，不变的唯有风景。

春江水暖鸭先知

——正是一年春好处

看了电影国庆三部曲之《我和我的父辈》，影片由四组短片组成，其中第三个故事《鸭先知》描述的是发生在20世纪70年代末的上海往事。

在教室里，一个小孩子在朗读他写的作文《我的爸爸》：

> 他告诉大家以后打电话可以不用电话线，火车没轮子也能跑，黄浦江上一定会有大桥，浦东会盖很多高档。有邻居不服气，说他大白天的说胡话。"这叫春江水暖鸭先知。"
>
> "鸭什么？"
>
> "鸭先知！"
>
> "明白了，你就是那只鸭子。"（邻居们哄堂大笑。）
>
> 那天以后，我爸爸就得了一个外号，就叫"鸭先知"。

这就是影片的一个片段。

在药厂上班的赵平洋经常能察觉事情的动向，被邻里称为"鸭先知"。他却因为太有"先见之明"，家里囤满了滞销的药酒，成天被老婆追着骂。偶然看到电视台的人拍采访，他有了拍电视广告的想法。费尽千辛万苦，他终于在1979年1月28日让药酒登上了电视，成为中国大陆第一支电视广告，他的药酒因此成为畅销产品，赵平洋成了名副其实的"鸭先知"。

儿子说："其实神奇的不是他，而是我们每一个人。"赵平洋说："春江水暖鸭先知，我们要做，就要做那一只敢于下水游泳的鸭子。"

只有敢想，敢做，敢闯，才能"鸭先知"！

"春江水暖鸭先知"出自苏轼的《惠崇春江晚景》：

　　　　竹外桃花三两枝，春江水暖鸭先知。

　　　　蒌蒿满地芦芽短，正是河豚欲上时。

这是一首题画诗。元丰八年（1085），苏轼在汴京为惠崇所作，原诗共两首。惠崇是宋朝著名的画家、僧人，《春江晚景》是他的名作。苏轼因为懂画、会画，所以他紧紧抓住《春江晚景》的画题画意，仅用桃花初放、江暖鸭嬉、蒌蒿满地、芦芽短嫩等寥寥几笔，勾勒出一幅生机勃勃的早春二月景象。

康熙年间学者、诗人毛奇龄曾批评苏轼这首诗："春江水暖，定该鸭知，鹅不知耶？"其实岂是鸭子先知水暖？一切水族之物，皆知冷暖。诗人这样写是为切合画上风物，也是诗的语言，与唐代诗人张谓的"花间觅路鸟先知"，有异曲同工之妙。

"春江水暖鸭先知"，不仅反映了诗人对自然的细微观察，还凝聚了诗人对生活的哲理思索。鸭下水而知春江暖，可与"一叶落而知天下秋"相媲美，具有见微知著、举一反三的道理，这是实践出真知的隐喻。在诗中，诗人虽是说"鸭先知"，其实，他告诉我们：只有敢下水，只有在乍暖还寒时敢下水，不管是鸭还是鹅，才能知春暖。

人人尽说江南好
——享受慢慢变老的滋味

"春天，遂想起 / 江南，唐诗里的江南……江南 / 小杜的江南 / 苏小小的江南 / 遂想起多莲的湖，多菱的湖……"这是余光中《春天，遂想起》中的诗句。

江南，是唐诗宋词里的江南；唐诗宋词，触目就是江南。

"江南好，风景旧曾谙。日出江花红胜火，春来江水绿如蓝，能不忆江南？"这是诗人白居易对江南的描述和喜爱，成了江南的最佳"推广语"。

"孤山寺北贾亭西，水面初平云脚低。几处早莺争暖树，谁家新燕啄春泥。乱花渐欲迷人眼，浅草才能没马蹄。最爱湖东行不足，绿杨阴里白沙堤。"这是诗人白居易所写的《钱塘湖春行》，诗中字里行间，流露着喜悦轻松的情绪和对西湖春色细腻新鲜的感受。当诗人即将离开杭州时，他不禁感叹："未能抛得杭州去，一半勾留是此湖。"

"东南形胜，三吴都会，钱塘自古繁华。烟柳画桥，风帘翠幕，参差十万人家。……有三秋桂子，十里荷花……"这是柳永的《望海潮》，词人将江南的繁华旖旎写到了极致。

要说把江南烟雨和江南女子的"小家碧玉"写得淋漓尽致的是韦庄的《菩萨蛮》：

> 人人尽说江南好，游人只合江南老。春水碧于天，画船听雨眠。 垆边人似月，皓腕凝霜雪。未老莫还乡，还乡须断肠。

每个人都说江南好，所以来到这儿的游人都想在这里慢慢变老。春天的湖水清澈，甚至比天空还要蓝美，还可以在披彩的乌篷船里听着雨声入眠……在诗人眼中，江南是皓腕凝雪。画船听雨眠，这是诗人写给江南的情书。

江南是一幅四时不同的水墨画。春天是"千里莺啼绿映红，水村山郭酒旗风"，夏天是"接天莲叶无穷碧，映日荷花别样红"，秋天是"青山隐隐水迢迢，秋尽江南草未凋"，冬天是"十月江南天气好，可怜冬景似春华"。

千年后，现代作家叶圣陶为江南写意："想起了藕就联想到莼菜。在故乡的春天，几乎天天吃莼菜。莼菜本身没有味道，味道全在于好的汤。但是嫩绿的颜色与丰富的诗意，无味之味真足令人心醉。"诗人席慕蓉说："你若曾是江南采莲的女子，我必是你皓腕下错过的那一朵……"在诗人眼中，江南是采莲人的笑语，是莼菜在春天里的诗意。

人人尽说江南好，但鲁迅对江南却有另一番见解。1935年9月1日在写给萧军的私人信件中，鲁迅向他透露了自己的一个偏爱："我不爱江南。秀气是秀气的，但小气。"鲁迅还宣称："我最讨厌江南才子，扭扭捏捏，没有人气，不像人样，现在虽然大抵改穿洋服了，内容也并不两样。"鲁迅对南人和北人的性情特征还做出点评："据我所见，北人的优点是厚重，南人的优点是机灵。但厚重之弊也愚，机灵之弊也狡……"

鲁迅对南人和北人性情特征的点评是辩证的、精准的。其实不管南人还是北人，人的性格性情具有两面性和多重性，譬如说一个人的性格性情是"精致、精细、精明"，其实这只是一个人的性情特点，没有优劣，关键是把握好度。如"精致"，是指这个人的生活形态精致，有情趣，是美好的意思，但精致过头就是做作了。又如"精细"，是指做事细心、仔细，值得肯定，但"精细"过分就有点刻意了。再如"精明"，是说为人处世精明能干，应是褒义的。鲁迅在《忆韦素园君》说："我最初的记忆是在这破寨里看见了素园，一个瘦小，精明，正经的青年。"但如果说一个人"太精明"，那就是贬义了，即"机灵之弊也狡"。所以孔子说："过犹不及!"

鲁迅不喜欢江南，并不是不爱江南。在他的笔下，鲁镇、百草园、三味书屋、乌篷船、黄酒、外婆家的桥，还有两棵枣树，等等，江南水乡绍兴的风土人情油然而生，充满生机，也寄予了他对故乡，对亲人，对江南的一片深情。在他看来，应站在现代人生的价值立场上认识江南，认识江南文化，尤其是认识其中的那些不适应现代人生、现代文明的地方，这样才能让人们认识到江南、江南文化的真面目，把握其中的内在意蕴。

"人人尽说江南好，游人只合江南老。"我喜欢江南，我喜欢唐诗宋词里的江南，我喜欢在诗一般的日子里慢慢变老……

春色都将付海棠

——海棠真无香？

春分时节，海棠花开了。

海棠花姿潇洒，花开似锦，自古以来是雅俗共赏的名花，素有"花中神仙""花贵妃""花尊贵"等美称。

历代文人墨客与海棠结下不解之缘，书写了很多题咏海棠的佳作。如郑谷《海棠》言："秾丽最宜新著雨，娇饶全在欲开时。"何希尧《海棠》云："著雨胭脂点点消，半开时节最妖娆。"李清照《如梦令》言："试问卷帘人，却道海棠依旧。"朱淑真《海棠》说："胭脂为脸玉为肌，未赴春风二月期。"

南宋诗人杨万里的《海棠坞》写道：

> 细雨初怜湿翠裳，新晴特地试红妆。
>
> 无人会得东风意，春色都将付海棠。

诗人写出了海棠在雨中、雨后的清新美丽，无人懂得东风意，春色都授予海棠，表现了对海棠花的喜爱。

《花月令》曰："三月，海棠睡。"

宋释惠洪《冷斋夜话》记载："上皇登沉香亭，诏太真妃子。妃子时卯醉未醒，命力士从侍儿扶掖而至。妃子醉颜残妆，鬓乱钗横，不能再拜。上皇笑曰：'岂是妃子醉，真海棠睡未足耳。'"这是唐玄宗对杨贵妃酒醉未醒的赞美——这哪里是妃子醉，简直是海棠没睡醒的样子。

"东风袅袅泛崇光，香雾空蒙月转廊。只恐夜深花睡去，故烧高烛照红妆。"这是苏轼的七绝《海棠》。诗中引用"海棠睡未足"的典故，诗人不仅是把花比作人，也是把人比作花，为花着想，深切巧妙地表达了爱花惜花之情。"只恐夜深花睡去"，这一句写得痴绝，是全诗的关键句。此句转折一笔，写赏花者的心态。当月华再也照不到海棠的芳容时，诗人顿生满心怜意：海棠如此芳华灿烂，不忍心让它独自栖身于昏昧幽暗之中。此刻他满心里只有这花儿璀璨的笑靥，其余的种种不快都可暂且一笔勾销了，这是一种"忘我""无我"的超然境界。

元朝诗人刘秉忠在《临江仙·海棠》中也有类似描述："海棠贪睡著，留得一枝春。"其实，花在夜间是不睡的。日本著名小说家川端康成在《花未眠》中写道："凌晨四点醒来，发现海棠花未眠。"于是作者发出感慨："自然的美是无限的，人感受到的美却是有限的。"这里面包含着对自然永恒的敬畏与对个体生命短暂的哀叹。面对一朵夜间盛放的海棠花，"我""更觉得它美极了。它盛放，含有一种哀伤的美"。

花睡去、花未眠，不同视角、不同描述，给我们不同的人生感悟。

海棠无香，这是作家张爱玲讲的。

张爱玲说，人生有三大憾事。其一，鲥鱼多刺；其二，海棠无香；其三，《红楼梦》未完。人生有憾事，哪来十全十美？正如苏轼所说："人有悲欢离合，月有阴晴圆缺，此事古难全。"

海棠无香，真的吗？

黄庭坚《海棠》云："海棠院里寻春色，日炙嫣红满院香。"诗人看到了春色，闻到了香味。李渔在《闲情偶寄》中说："使尽无香，则蜂蝶过门不入矣，何以郑谷《咏海棠》诗云'朝醉暮吟看不足，羡他蝴蝶宿深枝'？有香无香，当以蝶之去留为证。"李笠翁的意思是：如果海棠完全没有香气，那么蜜蜂和蝴蝶就会过门而不入了，海棠有香无香，蜜蜂为我们做证。蜜蜂是天生的嗅觉专家，它们通过触角感应空气中的花粉气味，然后追随着花粉的气味找到花朵，从而采食花蜜。昆虫学家研究表明：蜜蜂的嗅觉能力和狗不相伯仲。为此，李笠翁感叹："噫，'大音希声''大羹不和'，为什么一定要像兰花、麝香那样气味扑鼻熏人，才说有香气呢？"

　　海棠无香，其语出自宋释惠洪的《冷斋夜话》，书里提到他的叔叔彭渊材有"五恨"：一恨鲥鱼多骨，二恨金橘带酸，三恨莼菜性冷，四恨海棠无香，五恨曾子固不能诗。张爱玲"三恨"中的"两恨"出自此处，她又另加了一恨"《红楼梦》未完"。后来彭渊材得知昌州海棠独香，他的憾事少了一桩，喜不自禁。

　　明末画家文震亨《长物志》记载："昌州海棠有香，今不可得；其次西府为上，贴梗次之，垂丝又次之。"昌州古称海棠香国，在唐代已盛名远播。宋代汪元量有诗云："我到昌州看海棠，恰逢时节近重阳。人言好种亦难得，只有州衙一树香。"

　　由此可见，不是海棠无香，是昌州海棠独香；不是海棠无香，是此海棠非彼海棠；不是海棠无香，是你的嗅觉闻不到它的香。

为有源头活水来

——一草一木皆有理

宋儒程颐云:"一草一木皆有理,须是察。"

王安石在《游褒禅山记》中说:"古人之观于天地、山川、草木、虫鱼、鸟兽,往往有得,以其求思之深而无不在也。"在许多普通事物上,通过仔细观察,常能领悟很深的道理;在许多普通人的言语中,通过细心聆听,常可以发现超人的智慧。如"烹小鲜"可以悟出治国的智慧,"养树木"可以知晓养民的道理。

《老子》曰:"治大国,若烹小鲜。"所谓"烹小鲜"的治国之道,到底是何种手段?清末民国间学者马其昶引汉初《毛诗故训传》里的话,力证老子本意为:"烹鱼烦则碎,治民烦则散,知烹鱼则知治民。"这句话对老子那个时代人们烹煎小鱼的方法做了阐释:原来古人下锅烹煎小鱼不能老翻动,否则小鱼就全弄碎了。结合老子的无为而治思想,"治大国,若烹小鲜"一语中,老子所要表达的治国之道就很明确了,就是治理一个国家,不宜翻来覆去,须不扰民、不折腾。

唐代文学家柳宗元《种树郭橐驼传》说:"吾问养树,得养人术。"这句话在原文中全句是:"问者曰:'嘻,不亦善夫!吾问养树,得养人术。'传其事以为官戒也。"文章通过对郭橐驼种树之道的记叙,说明"顺木之天,以致其性"是"养树"的法则,由种树的经验说到为官治民的道理。为官治民不能"好烦其令",不能繁政扰民。

《礼记》曰:"致知在格物,物格而后知至。"所谓"格物",即推求事物的原理。"格物致知"，意即通过对自然界事物的观察体验，进而归纳，类推事物的性理。了解了这一点，我们就会发现，这世界上的每一件事物，若用心去感悟，都有值得我们学习的地方。

只要有心，处处是景；只要有思，事事可悟。如有些诗词，字面上看起来是咏物或写景，云淡风轻，只是一幅不相干的图画，实际上暗含寓意，有很深的哲学道理，有人称之为哲理诗。"哲理诗"一词来自西方，起源于古希腊。未创"哲理诗"之名前叫"说理诗"。所谓哲理诗，是诗人借助景物描写和生动形象的比喻，将诗的形象性、抒情性和事物发展演变的规律性有机结合，即"情趣"与"理趣"的有机融合，总结人生智慧，表达哲学理趣，给人优美的艺术享受。我国历史上擅长写哲理诗的圣手很多，如刘禹锡、白居易、苏轼、王安石、朱熹、杨万里等等。其中，南宋理学家、思想家、哲学家朱熹可以说是这方面的代表，他写的诗充满意趣、理趣和情趣。

朱熹继承了二程关于格物的说法，并建立了更系统的格物穷理说，他通过对"格物致知"的阐释，表述了自己的认识论思想。他写的诗寓物说理，充满理性思考，蕴含哲学道理，如"向来枉费推移力，此日中流自在行""只看云断成飞雨，不道云从底处来""等闲识得东风面，万紫千红总是春"，等等。他的《观书有感（其一）》云：

半亩方塘一鉴开，天光云影共徘徊。
问渠那得清如许？为有源头活水来。

此诗表面上看似为一首写景诗，描绘了湖边池塘的景色，其实是一首寓理趣于形象之中的哲理诗，表达的是观书时心通神悟，对义理的一种顿悟。诗以池塘为喻，说明了为学之道，必须不断积累，不断地吸收新的营养。在不间断的运动、变化和发展中，事物在不断自我更新中存在下去。同样，人也只有不断学习、不断积累、不断超越，才能使自己永葆先进和活力，就像水源头一样。治学如此，其他亦是如此。这首诗是哲学，所以中国的哲学都在诗里。朱熹虽是写一方池塘，实际的意思是，要我们懂得治学之道、人生之理。说理而不露说理的痕迹，这是朱熹的高明之处。

做学问，譬如活水；养人术，如同养树；治大国，若烹小鲜。一草一木皆有至理，如能豁然贯通，便终知天理。

宋儒程颢曰："万物静观皆自得，四时佳兴与人同。"

学诗浑似学参禅

——前面好青山，舟人不肯住

古人云："学诗浑似学参禅。"

清代文人张潮说："诗僧时复有之，若道士之能诗者，不啻空谷足音，何也？"意思是：能够作诗而出名的和尚经常可以见到，但能够作诗的道士，却如同空山里的脚步声一样稀罕，这是什么原因呢？

原因是，诗和禅是相通的。

"禅"是佛教"禅那"的简称，梵语的音译。佛教传入中国后，在中国产生一个佛教宗派——禅宗。禅是一种玄虚意向，是虚幻的，禅，无所不在，无时不有，禅无所求。

诗是文学的一种体裁，是文学的重要样式之一。古语说"诗无达诂"，那意思是说诗并没有任何一种确凿不移的唯一解释，每个人都有其自己的理解和感受。

一个"禅无所求"，一个"诗无达诂"，诗和禅的意境融合在一起，于是出现了禅诗。所谓禅诗，顾名思义，是指与念佛、参禅相关的诗，应是富含禅理诗意的诗词作品。我国历代写禅诗的圣手极多，如寒山、拾得、李白、杜甫、白居易、王维、苏轼等等。

北宋诗人吴可七言绝句组诗《学诗诗》云：

学诗浑似学参禅，竹榻蒲团不计年。

直待自家都了得，等闲拈出便超然。

学诗浑似学参禅，头上安头不足传。

跳出少陵窠臼外，丈夫志气本冲天。

学诗浑似学参禅，自古圆成有几联？

春草池塘一句子，惊天动地至今传。

吴可在其《藏海诗话》里说："凡作诗如参禅，须有悟门。"他把自己对这一问题的见解写成诗，开了宋代以这种形式论诗的先河。三首诗，首句都是"学诗浑似学参禅"，浑似，即完全像。

这三首诗深得诗禅精髓，抓住了诗禅的"浑似"之处，引导读者领悟作诗之道。三首诗从三个不同的侧面讲述了作诗的道理：第一首讲诗禅相似之处；第二首说不要因袭前人；第三首举具体例子，形象地告诉人们，什么叫"圆成"，即"圆满"。吴可的这组诗融合了北宗所讲的"渐修"和南宗所讲的"顿悟"。宋人韩驹在《赠赵伯鱼》中有这样四句也可以参看："学诗当如初学禅，未悟且遍参诸方。一朝悟罢正法眼，信手拈出皆成章。"

曹雪芹也是禅诗圣手，他在《红楼梦》第四十八回中描述了香菱向黛玉学诗的情节，黛玉告诉香菱："词句究竟还是末事，第一是立意要紧。若意趣真了，连词句不用修饰，自是好的，这叫做'不以词害意'。"黛玉又说："你若真心要学，我这里有《王摩诘全集》，你且把他的五言律读一百首，细心揣摩透熟了，然后再读一二百首老杜的七言律，次再李青莲的七言绝句读一二百首。"小说中黛玉力推王摩诘，即王维。王摩诘是禅宗信徒。禅宗常讲"无我、无住、无着"，摩诘诗极富禅味。如："空山不见人，但闻人语响。""人闲桂花落，夜静春山空。""行到水穷处，坐看云起时。"唐人司空图在论诗中说："不著一字，尽得风流。"不用文字明确表达，就能显示生活的美妙。

作诗怎能不著一字，又怎能不著一字而尽得风流呢？此话充满了诗意和禅理。记得弘一法师有句禅语："前面好青山，舟人不肯住。"丰子恺取其意画了一幅漫画：青山绿水，小桥人家，乌篷小舟，舟子（船夫）摇橹，游客独赏。一片好山好水，但舟子却只管摇橹却不肯驻留。

舟子心无系。

舟子丝毫不为两岸风光所迷恋，这深深触动了丰先生的心思，难怪要带着深深的惋惜题款："前面好青山，舟人不肯住。"小小的一幅画，其中留有多少空间，多少遐想，充满了诗意和禅理。

唐代诗人孟浩然有一首诗《问舟子》："向夕问舟子，前程复几多。湾头正堪泊，淮里足风波。"其大意是：黄昏时候，我询问划船人："前面还有多少路程？"船夫说："河湾处正好停船，淮河里浪高风紧。"

那一天，梦见我坐在船上，问船夫："前面好青山，何以不肯住？"

船夫笑答："山间无一物，你我皆过路。"我又问："青山何日老？"船夫抬头看看我，摇摇头，手指西边的太阳。然后，只管低头摇橹，不再作答。醒来，记下梦中情景：春风三月初，湖翠映白鹭。向夕问舟子，摇橹不相顾。山间无一物，你我皆过路。前面好青山，舟人不肯住。

有位禅师写过一首诗偈："一片白云横谷口，几多归鸟尽迷巢。"黄昏时分，忙碌一天的群鸟归巢休息时，正好飘来一朵白云横隔在谷口，小鸟们只要相信自己大胆地飞过去便到家，结果是它们就这样找不到回家的路。世上万物，看看倒不妨事，若执着地要住、要占有、要属于，那也许就如那朵白云，挡住了小鸟回家的路。

生活就是诗，诗就是生活。同样，当下即是禅，禅就在眼前，禅是生命的自在。

桃花依旧笑春风

——花卉也有鄙视链

偶然看到一句话："有人的地方就有江湖，有江湖的地方就一定存在鄙视链。"真的吗？如果花卉也有鄙视链，桃花会处于哪一端呢？

花，是大自然给予人间最好的馈赠。美丽、芬芳、绚烂，五颜六色，千姿百态。桃花盛开时，繁茂绚丽，殷红烂漫，单枝成景，数朵如画。但也有人认为它太"闹"，有喧嚣之感；也有人觉得它太"艳"，有妖媚之态。以各地市花为证，桃花要比梅、兰、菊的地位低，处在鄙视链的下端。

从20世纪80年代，各地纷纷评选市树市花。中国各直辖市、特区、省会城市的市花，以月季、玫瑰为市花的各有五个城市，以梅花、菊花、丁香、石榴花、荷花、杜鹃、山茶花为市花的各有两个城市，以白玉兰、君子兰、茉莉花、紫荆花、木棉花、木芙蓉、格桑花、朱槿、三角梅等为市（区）花的各有一个城市。没有一个城市以桃花作为市花。再如浙江十一个地市，以桂花为市花的有三个城市，以茶花为市花的有三个城市，以兰花、百合花、杜鹃花、普陀水仙、石榴花为市花的各有一个城市，同样没有一个城市以桃花作为市花。

其实，在魏晋以前，桃花可以称得上是国花。李渔《闲情偶寄》记载："凡言草木之花，矢口即称桃李，是桃李二物，领袖群芳者也。"李笠翁说，人们只要说到草木的花，开口就会说桃李，桃李可以称得上是群花的领袖了。在中国文化里，桃花一直具有吉祥如意和辟邪正气的象征意义，"桃"，其花灵秀，其果长寿，受到人们广泛的称赞和热爱。

先秦佚名《夸父逐日》记载："夸父与日逐走……弃其杖，化为邓林。"夸父与太阳赛跑，一直追赶到太阳落下的地方；他感到口渴，想要喝水，就到黄河、渭水喝水。黄河、渭水的水不够，他就往北去大湖喝水。还没到大湖，他因口渴而死。而他丢弃的手杖，就化成桃林。"邓林"即桃林。为何"夸父逐日"是杖化邓林，而不是"梅林""杏林"呢？因为在中国文化里，"桃"具有特殊意义。夸父在延长生命的绝对长度上，因无法超越时间而失败了，但夸父最终实现了他的愿望，杖化邓林是他信念的持续存在，邓林是人类生命的常青树，为此，陶渊明称赞夸父是"余迹寄邓林，功竟在身后"。

　　"芳草鲜美，落英缤纷"，人们"甘其食，美其服，安其居，乐其俗"，"童孺纵行歌，斑白欢游诣"……多么美妙的天堂！这是陶渊明笔下的桃花源。菊花是陶渊明的酷爱，那陶渊明为什么写的是《桃花源记》，而不是《菊花源记》呢？春天是万物复苏、蓬勃生长的季节。世外桃源的生机盎然、欣欣向荣，人们自给自足、自得其乐的安定和谐，与陶渊明心中的理想高度契合，所以只能是《桃花源记》。

　　"桃之夭夭，灼灼其华"出自《诗经·周南·桃夭》。什么叫美？先秦人的观念是"桃之夭夭，灼灼其华"——艳如桃花。据说，这是一首在婚礼上一定要唱和的诗，宾客齐诵此诗为新婚夫妇贺，庄重典雅，非文明古国，不能如此。诗人流沙河说，他还记得自己的童年时代（也就是20世纪30年代），在结婚仪式上，有"礼生"（类似现代的婚礼主持人）吟诵这首诗，配合着演奏的音乐，非常专业。

　　"山上层层桃李花，云间烟火是人家"（刘禹锡《竹枝词九首（其九）》），"桃花春色暖先开，明媚谁人不看来"（周朴《桃花》），"桃花一簇开无主，可爱深红爱浅红"（杜甫《江畔独步寻花七绝句（其五）》），"双飞燕子几时回，夹岸桃花蘸水开"（徐俯《春游湖》），"桃源只在镜湖中，影落清波十里红"（陆游《泛舟观桃花五首（其二）》），古代文人赋予深情的含义和寄托，歌咏美丽绚烂的桃花。但最为人熟知的桃花诗，莫过于崔护的《题都城南庄》：

去年今日此门中，人面桃花相映红。

人面不知何处去，桃花依旧笑春风。

　　一段一见钟情的爱情故事，描写得如景如画，美轮美奂。一树花，一首诗，一段情，让人刻骨铭心。三月的西湖，微风徐徐，杨柳依依，桃花灼灼，游人纷纷。时光荏苒，岁月变迁，我漫步在湖边，且行且吟：

两岸芬芳烂漫开，粉红映衬美人腮。

谪仙舟上方离去，崔护门前又走来。

颜色更胜丹杏蕊，幽香不减疏枝梅。

晴风荡漾花深处，湖畔桃源几梦回。

此心安处是吾乡

——我是春天里的蒲公英

有人说，蒲公英从来是被人轻忽的。其实不然，你听，人们纷纷唱着赞美蒲公英的歌：

"没有雨的春天，没有你的流年，我不怕迢迢路远，我不怕浩浩人烟，我要随着风飘落在你的脚边……落到哪里都是天涯"（叶蓓《蒲公英》）；"小学篱笆旁的蒲公英，是记忆里有味道的风景……说好要一起旅行，是你如今唯一坚持的任性"（周杰伦《蒲公英的约定》）；"我是个小小的蒲公英，出发要到远方旅行，我是个勇敢的蒲公英，我要到一个有爱的地方"（刘若英《蒲公英》）；"要做勇敢的蒲公英，随风飘哪里，就算曲折，我们依然不放弃，抬头看天空的星星，明亮而坚定"（范玮琪《蒲公英》）。

还有罗大佑、张韶涵等歌手都唱过《蒲公英》的歌曲。人们为什么爱唱蒲公英？因为在蒲公英身上，寄托了人们的情感和憧憬。

蒲公英是一种菊科多年生草本植物。蒲公英的别名有婆婆丁、凫公英、鹁鸪英、金簪草、华花郎等，因它贴地而生，开出黄花来，又名黄花地丁。早春时节，叶丛中间抽一茎，头状花序，种子上有白色冠毛结成的绒球，花开后随风飘到新的地方孕育新生命。蒲公英喜欢阳光照射，生长于不引人注目的路旁、田野和山坡。

"蒲公英儿童"，此语出自瑞典谚语。人们借用蒲公英的顽强、坚韧、百折不挠的生命，比喻那些茁壮成长、不畏逆境的儿童。2017年，美国儿科医生托马斯·博伊斯博士撰写《兰花与蒲公英》一书，书名就源自这句谚语。

《兰花与蒲公英》是博伊斯博士编写的教育学笔记。因为作者的妹妹玛丽曾是天赋异禀的兰花型少女，却因为父母的婚姻危机而患上罕见的精神疾病，从此一蹶不振，而作者和弟弟却因为是蒲公英型儿童而幸免于难。作者在第一章"双童记"中写道："我对这门科学的投入，源于我和妹妹玛丽之间天差地别的人生道路。我们俩的人生起点如此一致，童年发展也几乎相同，结局却有天壤之别。我是蒲公英型儿童，而她是兰花型儿童。这就是双童记。"

作者在自序中写道："家庭里、班级中以及社会上的大多数儿童，或多或少地与蒲公英有几分相似——无论身处何处，他们都能生机勃勃地成长。这些儿童数量占大多数，和蒲公英一样，他们都因为与生俱来的坚强与坚韧而蓬勃健康。然而也有一些儿童，更像是兰花，若是没有得到足够的照拂，他们便会渐渐枯萎；但若是得到充满怜悯与善意的照顾，他们也会像兰花那样，开出珍贵、美好、精致、优雅的花朵。"博伊斯博士所说的"蒲公英儿童"，在"基因与环境相互作用"下形成了"蒲公英性格"。蒲公英，不怕迢迢路远，不怕浩浩人烟，落到哪里都是天涯。

"试问岭南应不好，却道：此心安处是吾乡。"这是苏轼《定风波·南海归赠王定国侍人寓娘》中的词句。"问汝平生功业，黄州惠州儋州。"这是苏轼《自题金山画像》中的诗句。诗人苏东坡在乌台诗案之后，饱尝贬谪他乡之苦，领受颠沛流离之累，多次流放，九死一生。苏轼的命运就像蒲公英一样，被命运的风吹着向前走，从黄州到惠州，再到天涯海角的儋州。而苏东坡却说"也无风雨也无晴"，始终乐观、豁达。

小时候，最喜欢掐一株蒲公英，放在嘴边轻轻一吹，蒲公英飞絮随风飘扬，飘向自由的天空。蒲公英，飘到哪儿都是家。春天到了，我看见在空中飞翔的蒲公英，听见它们唱着歌：我是春天里的蒲公英，迎风飞翔要远行；我是大自然的蒲公英，要去，比远方更远的地方旅行！

一山放出一山拦

——上山难，下山更艰难

苏轼游览庐山时说："不识庐山真面目，只缘身在此山中。"形象地说明要认识事物的真相与全貌，必须超越狭小的范围，摆脱主观成见，要有全局观。

王安石登飞来峰时说："不畏浮云遮望眼，自缘身在最高层。"告诉人们只有站得高，才能看得远，高度决定眼界。

杨万里过松源时说：

莫言下岭便无难，赚得行人错喜欢。

政入万山围子里，一山放出一山拦。

这首《过松源晨炊漆公店》是杨万里于宋光宗绍熙三年（1192）在建康江东转运副使任上外出时，创作的组诗作品《过松源晨炊漆公店六首》中的第五首。此诗借助生动形象的景物描写，描绘山区行路的真实感受：不要说从山岭上下来就没有困难，骗得前来爬山的人空欢喜一场。好比行走在群山的包围之中，你刚爬过一座山，另一座山立刻出现，阻拦去路。

因为上山艰难，人们便往往把下山看得容易和轻松。"莫言"二字，像是自诚，又像是提醒别人。"赚得行人错喜欢。""赚"字富于幽默。行人心中下山的轻松，与实际上的艰难形成鲜明对比。这首诗通过一个常见的现象，说明了一个具有普遍意义的深刻道理，诗人告诉我们：人生如登山，上山难，下山更艰难。

《西游记》中，唐僧师徒一路翻山越岭、跋山涉水，经历重重困阻，经受种种考验，取得真经，欢天喜地，返回东土，结果又经历最后一难——第八十一难：五方揭谛赶上送唐僧师徒的八大金刚，将唐僧师徒坠落在通天河西岸，令他们过不了河。此时老鼋来了，连人带经书都驮上了。等游到近东岸时，老鼋问唐僧有没有帮它问佛祖何时得人身的事。唐僧忘了，无言可答，却又不敢欺，打诳语，沉吟半晌，一声不响。于是老鼋潜得无踪无迹，连人带书地把他们扔通天河里了。此难是唐僧忘了对老鼋的承诺，是唐僧欠老鼋的人情债。所以后来晒经时有了缺漏，弄破了一本。悟空笑道："盖天地不全，这经原是全全的，今沾破了，乃是应不全之奥妙也，岂人力所能与耶！"天地本不全，不全也有不全的美，岂是人力所能为也！

《西游记》对八十一难的具体描写，各有寓意，或取譬自然，或象征社会，或影射历史，或直指人心，表明了人生总会经历诸多磨难才能不断成长，不同的人生必须经历不同的考验才会成功。正如司马迁所说："盖西伯拘而演《周易》；仲尼厄而作《春秋》；屈原放逐，乃赋《离骚》；左丘失明，厥有《国语》；孙子膑脚，《兵法》修列；不韦迁蜀，世传《吕览》；韩非囚秦，《说难》《孤愤》。《诗》三百篇，大氐贤圣发愤之所为作也。"

一山放出一山拦，历经九九八十一难，唐僧师徒终于修得正果。

飞流直下三千尺

——望洋兴叹，独自感慨

观赏过多处瀑布，要说最著名的还是庐山瀑布，因为历代诗人歌咏庐山瀑布的诗最多。最有名的，当数李白的《望庐山瀑布》：

日照香炉生紫烟，遥看瀑布挂前川。

飞流直下三千尺，疑是银河落九天。

至德元年（756），即安禄山发动叛乱翌年，五十五岁的李白离开宣城，辗转后到达庐山。他在庐山住了大半年时间，据说在那儿共写了二十四首诗。他以庐山瀑布为主题，写过几首体裁不同的诗。其中一首为《庐山谣寄卢侍御虚舟》："我本楚狂人，凤歌笑孔丘。手持绿玉杖，朝别黄鹤楼。……金阙前开二峰长，银河倒挂三石梁。香炉瀑布遥相望，回崖沓嶂凌苍苍。"还有一首《望庐山瀑布》传唱度颇高，用任何语言来解读都是徒劳的。

《唐诗鉴赏辞典》把李白的这首《望庐山瀑布》与中唐诗人徐凝的《庐山瀑布》进行了比较：

宋人魏庆之说："七言诗第五字要响。……所谓响者，致力处也。"（《诗人玉屑》）这个看法在这首诗里似乎特别有说服力。比如一个"生"字，不仅把香炉峰写"活"了，也隐隐地把山间的烟云冉冉上升、袅袅浮游的景象表现出来了。"挂"字前面已经提到了。那个"落"字也很精彩,它活画出高空突兀、巨流倾泻的磅礴气势。很难设想换掉这三个字,这首诗将会变成什么样子。

中唐诗人徐凝也写了一首《庐山瀑布》,诗云:"虚空落泉千仞直,雷奔入江不暂息。千古长如白练飞,一条界破青山色。"场景虽也不小,但还是给人局促之感,原因大概是它转来转去都是瀑布、瀑布,显得很实、很板。比起李白那种入乎其内、出乎其外,有形有神,奔放空灵,相去实在甚远。无怪宋苏轼说:"帝遣银河一派垂,古来唯有谪仙词。飞流溅沫知多少,不与徐凝洗恶诗。"(《戏徐凝瀑布诗》)话虽不无过激之处,然其基本倾向还是正确的。

徐凝诗若按照"七言诗第五字要响",也相去甚远。

徐霞客在《游庐山日记》中,从另外一个角度描述了香炉峰瀑布的壮丽景色:"惟双剑崭崭众峰间,有芙蓉插天之态;香炉一峰,直山头圆阜耳。从楼侧西下堑,涧流铿然泻出峡石,即瀑布下流也。……瀑布轰轰下坠……自巅至底,一目殆无不尽。"

我第一次读李白的《望庐山瀑布》,不是在语文课本上,而是在一部电影中。20世纪80年代初,有一部家喻户晓的电影《庐山恋》。其中有个场景:男女主角坐在庐山峰峦间,此时,镜头摇向远方,只见一条白练遥挂在山峦之间。女主角问:"据说李白在此留下过著名的诗篇?"男主角说:"是的。"便开始朗诵李白的《望庐山瀑布》。

我第一次登庐山是在20世纪90年代。记得那一年,应朋友之约前往登庐山,我背着近十千克重的摄影包,一路攀登,一路拍摄。俗话说得好,"远路无轻担",快接近顶峰时,我气喘吁吁,想停下来休息一会儿。同伴不断给我加油鼓劲,于是,我一鼓作气,登上了五老峰,凭栏远眺,层峦叠嶂,云海飞瀑,如陈继儒《小窗幽记》所言:"瀑布天落,其喷也珠,其泻也练,其响也琴。"此时诗心萌发,就像人们看到大海时,情不自禁地感叹"大海啊,大海!"一样。

我想吟一首诗,可是正如李白在登上黄鹤楼时所说"眼前有景道不得,

崔颢题诗在上头"。此时是，李白有诗在上处，我只能望而兴叹，自言
自语：

　　从高山之巅，大河之源，
　　唱着歌谣，寄着思念。
　　一路飞奔，一路长啸，
　　惊风挟雷，舞雨飞烟。
　　疑是银河直泻，宛如大海倒悬，
　　溅起万丈巨雾，织成丽彩绚虹。
　　化作珍珠点点，汇成小溪弯弯，
　　奔向大海，从亘古到永远。

春来江水绿如蓝

—— you are my blue（你是我的布鲁）

　　五颜六色，我都喜欢；如要选择，我选蓝色。

　　在古汉语中，"蓝"并非颜色，而是一种可色染布帛的植物。《诗经·小雅》中有"终朝采蓝，不盈一襜"之句，这里的"蓝"就是一种可以用来染色的蓼蓝草。

　　《通志》把蓝草分为三种："蓼蓝如蓼染绿，大蓝如芥染碧，槐蓝如槐染青。三蓝皆可作淀，色成胜母。"《天工开物》载："凡蓝五种皆可为淀。茶蓝即菘蓝，插根活。蓼蓝、马蓝、吴蓝等皆撒子生。"古人用青指代蓝绿，并不是他们眼神不好，分不清蓝色和绿色，而是上古时代将蓝绿作为一个整体范畴的颜色进行定义。形容天空之蓝也多用"青"来表示，如庄子在《逍遥游》中言"背负青天而莫之夭阏者，而后乃今将图南"。

　　大约自唐代开始，蓝色逐渐从"青"字中分离出来，成为正式的表示颜色的名词。如白居易《忆江南》曰："江南好，风景旧曾谙。日出江花红胜火，春来江水绿如蓝。能不忆江南？"这里的"绿如蓝"就是深蓝色的江水。杜甫有诗言"上有蔚蓝天，垂光抱琼台"，这里的"蔚蓝天"就是深蓝色的天空。王安石《渔家傲》云："平岸小桥千嶂抱。柔蓝一水萦花草。茅屋数间窗窈窕。尘不到。时时自有春风扫。"这里的"柔蓝"是柔和的蓝色。陆游《岁晚》言："小坞梅开十二三，曲塘冰绽水如蓝。儿童斗采春盘料，蓼茁芹芽欲满篮。"这里的"水如蓝"是指池水之蓝。黄庭坚《诉衷情》云："山泼黛，水挼蓝，翠相搀。歌楼酒旆，故故招人，权典青衫。"

"山黛、水蓝、翠挽、青衫"，诗人对青蓝色的描绘是如此的细致、雅致。

　　蓝色不只是一种颜色，还是一份诗意。中国传统色彩是以婉妙、雅致、鲜妍为特点的，而那些笔墨难以形容的色彩，更是都有着自己独特而美丽的名字，藏着如画的意境。如天青色，"雨过天青云破处，这般颜色做将来"。有人说这是宋徽宗所描绘的，也有人说是周世宗梦见的。不管是谁，"天青"就是一种蓝色。有人说，春天的杭州西湖山水，是天青色的。皎月色，听起来是皎洁中透出的银白色，其实是指月亮周围的夜色——深深的蓝色。又如青莲色，诗仙李白号"青莲居士"，他写了不少有关青莲的诗句："戒得长天秋月明，心如世上青莲色"，"了见水中月，青莲出尘埃"。青莲是蓝紫色，蓝中略微泛红。再如竹月色，唐代张籍曾咏"竹月泛凉影，萱露澹幽丛"。竹月就是淡淡的蓝白加了一点紫，多么富有诗意。

　　蓝色不仅是一种颜色，更是一种心情。蓝色是浩瀚无际的天空和大海的颜色，天高任鸟飞，海阔凭鱼跃。天空和大海是宽厚的，它们喜爱鸟儿和鱼儿在怀抱中尽情飞翔和遨游。蓝色是天空和海洋的象征，也代表天空和海洋那无限宽大的心胸。蓝色更是一种梦想。九天揽月，五洋捉鳖；飞越太空，遥望地球。中国人实现了这个梦想。

　　蓝色不仅是一种颜色，还是一种美好。天蓝，是因为女娲炼石补天，才有了美丽嫦娥的居所；地蓝，是因为大禹终生治水，才有了华夏民族的栖息地；天地蓝，是因为盘古开天辟地，扫清混沌的阴霾，才有了如诗如画的家园。神舟七号宇航员翟志刚在太空出舱时，俯瞰地球，发现地球是一个蔚蓝色的美丽的星球。蓝色，是地球的颜色。它是宇宙中的一颗，它给予人生命、智慧和美丽的自然环境，它广阔、无拘无束、任人翱翔。如今，在这个蓝色星球上，我们的家园，青山常在、绿水长流、空气常新，一片生机盎然。

　　我喜欢端坐在蓝天下，穿着青衫，朗诵荀子的《劝学》："青，取之于蓝，而青于蓝；冰，水为之，而寒于水……"

　　我喜欢漫步在大海边，穿着海魂衫，吟唱《你是我的布鲁》："世界那么多、那么多颜色／喜欢的不多，喜欢的太难得／喜欢了不适合，找到了怎么舍得丢掉呢／you are my blue（你是我的布鲁）……"

二月二日新雨晴

——溪中游弋，草间徜徉

今天是中国民间的一个传统节日。

李商隐说这一日在"江上行"，白居易说这一天是"新雨晴"，贺铸说这天是"挑菜节"，古人称这一天是春耕节。这就是二月初二，龙抬头。

传说此节起源于三皇之首伏羲氏时代。伏羲氏"重农桑，务耕田"，每年二月二这天，"皇娘送饭，御驾亲耕"，自理一亩三分地。后来黄帝、唐尧、虞舜、夏禹纷纷效法先王。到周武王，他不仅沿袭了这一传统做法，而且还把它当作一项重要的国策来实行，于二月初二，举行重大仪式，让文武百官都亲耕一亩三分地。这便是龙头节的历史传说。

从节气上说，农历二月初二一般处在"雨水""惊蛰"和"春分"之间，中国南方很多地方已开始进入雨季。惊蛰在立春、雨水之后，是春季的第三个节气，也是干支历卯月的起始。农谚曰："二月二龙抬头，大家小户使耕牛。"家家户户开始忙春耕，争取一年的大丰收。龙抬头，又称春耕节、农事节、青龙节、春龙节、挑菜节等，是中国民间传统节日。

二月二，这一天是春耕的开始。

"二月二日江上行，东风日暖闻吹笙。花须柳眼各无赖，紫蝶黄蜂俱有情。万里忆归元亮井，三年从事亚夫营。新滩莫悟游人意，更作风檐夜雨声。"这是李商隐的七律《二月二日》。大中八年（854）二月二日，诗人在四川沿着江上散步，和暖的春风吹过，听到从田野飘来的音乐声。这音乐声是民间过二月二青龙节的欢快声。此时，诗人不禁感叹，"万里忆归元亮井，三年从事亚夫营"，我在万里之外想念家乡，已经在军营三年而无法回乡，抒写了欲归不能的苦闷和无奈。

二月二，这一天是挑菜节。

"二日旧传挑菜节，一樽聊解负薪忧。向人草树有佳色，带郭江山皆胜游。"这是北宋词人贺铸在二月二日即席而赋的诗句。二月二在宋朝是民间流行的挑菜节。这一天，仕女争相出郊拾菜，而士民百姓则游观其间。绿草如茵，佳人有约，欢声笑语，热闹非凡。宋人周密在《武林旧事》中记述南宋二月初二这一天，宫中有"挑菜"御宴活动。

《二月二日挑菜节大雨不能出》是北宋文学家张耒写的七言绝句，诗的题目较长，却将写诗的背景交代清楚了。诗人云："久将菘芥芼南羹，佳节泥深人未行。想见故园蔬甲好，一畦春水辘轳声。"二月初二下雨了，不能出去挑菜，想到家乡的蔬菜肯定长得很好，仿佛又听到那春水辘轳的声音。春日里，一场雨，滋润万物，到处生机勃勃，怎能不让人欣喜。

二月二，这一天是踏青郊游的好日子。

每年二月二前后，正是春雨淅沥的时候。此时正月已过，气温逐渐转暖，空气更加湿润。大地田野上，一片生机盎然，此时"天街小雨润如酥，草色遥看近却无"。

"众皆赏春色，君独怜春意。春意竟如何，老夫知此味。""似诃隔年斋，如劝迎春醉。"这是白居易《和梦得洛中早春见赠七韵》中的诗句。白居易和刘禹锡同龄，晚年都居住在洛阳，经常互通书信，相邀同宴。早春二月，乍暖还寒，此时两人已年迈，不能像年轻人一样，经受得了早春的寒冷。"何日同宴游，心期二月二"，我和你约在二月二去踏青赏花，那个时候，春风和暖，春花如醉，我们一起把酒临风，赋诗唱和。

二月二日新雨晴，草芽菜甲一时生。

轻衫细马春年少，十字津头一字行。

上面这首白居易的《二月二日》，为我们展现了一幅春游图：二月二日新雨初霁，小草和蔬菜都冒出了嫩芽，一派春意盎然的景象。洛阳郊外十字渡口，一群身着轻衫牵着骏马的少年行走在绿杨荫里。这首诗抒写诗人踏青见闻，雨后清新的空气，绿意的大地，一派春意盎然的诗情画意。此时，尽管白居易年老体迈，但诗人的心是年轻的，他把这一天所见的景象，用诗的语言描绘下来，让千百年的二月二，有了一脉挥散不去的唐风，是少年的，是青春的，是诗人白居易的。

　　"雨晴""草芽""轻衫""细马""年少""一字行"，多么美好的画面：

　　　　一帘新雨
　　　　淅淅沥沥
　　　　给云儿洗了脸换了妆

　　　　一缕阳光
　　　　点缀装饰
　　　　二月二日的一扇窗

　　　　一时春光
　　　　草间徜徉
　　　　鸟儿在蓝天放声高唱

　　　　一群少年
　　　　骑着骏马
　　　　穿着充满笑靥的闪光衣裳

　　　　一行诗章
　　　　随风飞扬
　　　　在林间、在渡口、在绿杨——

世人尽学《兰亭》面

——艺术追求"与众不同"

今天是农历三月初三，上巳节。这是古代举行"祓除畔浴"活动中最重要的节日，人们结伴去水边沐浴，称为"祓禊"，此后又增加了祭祀宴饮、曲水流觞、郊外游春等内容。

三月初三，让我想到的是一千六百余年前的那一场"醉"、那一篇"序"。那便是中国历史上最有名的"序"——《兰亭集序》。

东晋穆帝永和九年（353）三月初三，王羲之与谢安、孙绰等四十一位文人墨客，在山阴兰亭"修禊"，会上各人作诗。当参加聚会的人们准备把那一天吟诵的三十七首诗汇集成一册《兰亭集》，推荐主人王羲之为之作序时，王羲之在"天朗气清，惠风和畅"，酒酣耳热之际，提起一支鼠须笔，在蚕茧纸上一气呵成，写下一篇《兰亭集序》，作为他们宴乐诗文的序言。那时的王羲之不会想到，这份一蹴而就的手稿，以后成为被代代中国人记诵的名篇，而且为以后的中国书法提供了一个至高无上的坐标，成为"天下第一行书"。这次雅集上写的诗早被人遗忘，而此篇"序"，却成为经典绝唱。

据说，兰亭聚会后第二天，王羲之醉后醒来，看见那份《兰亭集序》手稿，觉得不甚满意，有漏字，有改写，有涂抹，有不足，于是重新书写了几篇，但再也达不到那份手稿的境界。这就是书画艺术的魅力，也是美学的本质——即兴之美，"保留创作者最饱满也最不修饰、最不做作的原始情绪"。

王羲之的杰作《兰亭集序》，历来学书者无不奉其为圭臬，终生临习不辍。黄庭坚《跋兰亭》指出："《兰亭》虽是真、行书之宗，然不必一笔一画以为准。"黄庭坚《题杨凝式书》曰：

世人尽学《兰亭》面，欲换凡骨无金丹。
谁知洛阳杨风子，下笔便到乌丝栏。

黄庭坚认为世人学书，只求与《兰亭集序》形似，而忽视承学其功力、情性、韵趣。要脱去"凡骨"，必然会缺少"金丹"，借以作比，说明世人不得其法，忽视其神，不可能脱胎换骨，使自己的书艺产生质的飞跃。杨风子，即五代书家杨凝式，当年他放浪不羁，佯狂装病以自晦，被世人称为"杨风子"。"乌丝栏"指纸或绢上黑线所画的竖行界格。《兰亭集序》所用纸上有"乌丝栏"，黄庭坚借"乌丝栏"以指代这部书法作品。谁知杨凝式不拘于形似，下笔就达到《兰亭集序》的境地，深得晋人神韵。

第一次欣赏到《兰亭集序》是在20世纪70年代初。那年我花了一个月的零用钱——五角钱，购得一本上海书画社出版的《唐人摹兰亭序墨迹三种》。记得帖内附了一张"补充说明"的小字条，大意是该帖内容反映了封建士大夫阶级闲情逸致和消极悲观的情绪，要加以批判，但在书法艺术上尚可作借鉴参考。那时刚读初中，帖中的文字内容看不懂，之后多次请教我的中学语文老师。老师给我讲解王羲之的笔法特点，并在帖上用铅笔轻轻地标上逗号、句号，一边断句，一边讲解，一边吟诵。

临习《兰亭集序》多年，虽已临到点画形似，自以为功夫已到家，其实并没有真正掌握精粹。正如黄庭坚所言："世人尽学《兰亭》面，欲换凡骨无金丹。"清人王澍说："临古不可有我，又不可无我。两者合之则双美，离之则两伤。"又如清人姚孟起所说："字可古，不可旧；尘则旧，尘净则古，古则新。"王澍和姚孟起所说的"古"乃审美特征之"古朴"，不可囿于古人之迹而不得"古"，如能从学古中得"古"，又能把古人的精华吸收过来，变成自己的，则此"古"也即是"新"。苏轼在《评草书》中写道："书初无意于佳，乃佳尔。"这句话的意思是指学习书法不要刻意求佳，要放松随意，自然能达佳境。这句话更是提出了书法创作中大象无形的最高境界，这是直指灵性的高层次的阐发。

苏轼、黄庭坚的书论，给人的启示是：学习《兰亭集序》不能只求形似，更要追求神韵；既要继承，更要创新，要在心摹手追的基础上，跳出其形，脱胎换骨，与众不同。

老松皆作虬龙起

——诗是无形画，画是有形诗

在《中国诗词大会》节目中，上海琉璃艺术博物馆创始人杨惠姗担任"画中有诗"的民间出题人。她用琉璃脱蜡铸造的形式创作了一件名为《青松凌云》的精美琉璃作品，提示的关键词是"虬"，结果难住了所有人。

《辞海》对"虬"的注释如下：①传说中的一种龙。《楚辞·离骚》："驷玉虬以乘鹥兮，溘埃风余上征。"王逸注："有角曰龙，无角曰虬。"②盘曲如虬龙。杜牧《题青云馆》诗："虬蟠千仞剧羊肠。"

写松树，含"虬"字的诗句有："错落千丈松，虬龙盘古根"（李白《赠宣城赵太守悦》），"闲在高山顶，樛盘虬与龙"（元稹《松树》），等等。

参赛选手如答"错落千丈松，虬龙盘古根"，既描绘古松，又含"虬"字，我觉得也是对的。不过，标准答案是宋代曾几所写的"幽人所住空山里，老松皆作虬龙起"。此诗句出自曾几的七律《谢柳全叔县丞寄高丽松花》：

> 幽人所住空山里，老松皆作虬龙起。
> 但知树底听松风，不见风前落松子。
> 三韩华萼手自开，其间琐碎如婴孩。
> 请因贾客诏君长，二十余年无使来。

幽隐之士居住在空山里，老松如虬龙般盘曲耸立着。这道题是画中有诗。诗情，常与画意并提。诗与画，总是相得益彰。比起诗词，画作似乎更为直接，而不少人品赏画作之后，又将眼前的画作吟成了诗，又有了自己的感受，这样的艺术鉴赏，也实在是赏心悦目，令人沉醉的。

古代很多文人，既是诗人，又是画家，如唐代诗人王维是神韵诗派的大师，又是南宗画派的始祖。王维有一首《画》："远看山有色，近听水无声。春去花还在，人来鸟不惊。"这就是一幅画，有色，却无声，然而赏画的人，却在无声中听到了春天的声音，在花儿怒放中，看到了春天的生机。是诗也是画，是画也是诗。

据说当年宋徽宗赵佶经常以一两句诗词为题，来考欲入翰林图画院的画师。宋徽宗考的不仅仅是画工，更重要的是画师的创意。

有一次，宋徽宗用宋代文人赵令畤的诗句"竹锁桥边卖酒家"为题考画师，最让他满意的答卷是画中没有酒馆，只有一根挑起酒帘的竹梢，在竹林掩映下若隐若现。这幅画的作者就是"南宋四家"之一的李唐。李唐的高明之处在于"露其要处而隐其全"，他把诗的意境融入画里。

另一个题目是"踏花归去马蹄香"，用视觉表现香气，这是个难题。但有一位画家画了几只蝴蝶，飞舞着追逐马蹄，非常巧妙。

接着宋徽宗又给画师出了一道难题，以"深山藏古寺"这句诗作一幅画。"深山"好画，"古寺"也好画，可这个"藏"怎么画呢？有一个画师画了一个老和尚在崎岖的山路上，背着竹篓在采药。有和尚就有寺，能采药的地方，自然是深得不能再深的山了。

诗人流沙河说："这位大画家（王维）取景十分高雅，毫无俗气。平平常常的场景，人家不取的，他取。他所取的场景全都融有他的心境在内。他不写'纯'风景，他把自己的人生观都写到风景里去了。"苏轼说："味摩诘之诗，诗中有画；观摩诘之画，画中有诗。"这才是诗画的最高境界。

何妨吟啸且徐行

——想唱就唱，想啸则啸

古人喜欢"啸"。

翻阅古诗文，你经常会看见"啸"字。如"长啸""吟啸""啸歌""啸傲"等等。"啸傲东轩下，聊复得此生"（陶渊明《饮酒（其七）》）；"独坐幽篁里，弹琴复长啸"（王维《竹里馆》）；"划然长啸，草木震动，山鸣谷应，风起水涌"（苏轼《后赤壁赋》）；"半夜一声长啸，悲天地，为予窄"（辛弃疾《霜天晓角·赤壁》）。

何谓"啸"，《说文解字》谓："啸，吹声也。"《毛诗郑笺》云："啸，蹙口而出声也。"简而言之，即是吹口哨之态。《辞海》中对"啸"有一种解释为：撮口发出长而清越的声音。

最早有记载的"长啸"——《诗经》中的诗句。"啸"之起源，可以追溯到商周时期。《诗经·召南·江有汜》云："江有沱，之子归，不我过。不我过，其啸也歌。"《诗经·王风·中谷有蓷》云："有女仳离，条其啸矣。"《诗经·小雅·白华》云："啸歌伤怀，念彼硕人。"

最有故事的"长啸"——阮籍遇孙登而啸。阮籍是"竹林七贤"之一，善于长啸。《晋书·阮籍传》记载，阮籍去拜访苏门山上隐居的孙登，跟他谈玄论易，说了半天，孙登置之不理，阮籍长啸一声，准备离去，孙登说话了："不妨再啸一声。"阮籍再啸，清韵响亮，可是孙登又不理他了。阮籍无奈下山，行至半山腰，忽闻山上有"鸾凤之音，响乎岩谷"，原来是孙登在山顶上长啸，此时长啸胜过千言万语。

最坦荡不羁的"长啸"——"天门一长啸，万里清风来"。唐玄宗天宝元年（742），李白游泰山，写下了六首赞美泰山的组诗，这是其中一首的诗句。站在泰山南天门，一声长啸，万里清风都随之呼应。在激昂的啸声里，我们体味到诗仙李白"仰天大笑出门去，我辈岂是蓬蒿人"的那种坦荡不羁、巍然之气。

最慷慨悲愤的"长啸"——"抬望眼、仰天长啸，壮怀激烈"。宋高宗绍兴二年（1132）前后，岳飞站在楼台高处，凭栏远眺。他看到那已经收复却又失掉的国土，想到了重陷水火之中的百姓，不由得"怒发冲冠""仰天长啸""壮怀激烈"。他大声呼喊："莫等闲、白了少年头，空悲切。""待从头、收拾旧山河，朝天阙。"

最从容淡定的"长啸"——"莫听穿林打叶声，何妨吟啸且徐行"。宋神宗元丰五年（1082），这是苏轼贬谪黄州后的第三年。这一天诗人和朋友游沙湖，途中突然下起了飘泼大雨，雨点穿过树林，打在叶子上，没带雨具的苏轼全身被淋透，然从容淡定的他并没有被这场大雨影响了心情，而是拄着拄杖，踩着草鞋，披着蓑衣，在雨中"吟啸"，且歌且行。

最浪漫的"长啸"——在山巅上高声呼喊："我爱你，嫁给我吧！"有一年秋季，我和小伙伴一起登北高峰。到达山顶，凭栏远眺，忽见一个小伙子单膝跪地，左手持花，右手拿着戒指，面对姑娘，在山巅上高声呼喊："×××，我爱你，嫁给我吧！"几秒钟，从山那边传过来："我——爱——你，嫁——给——我——吧！"在旁的游客也跟着喊："嫁给他！""嫁给他！"一会儿，从远处传来"嫁——给——他！""嫁——给——他！"，声音不断在空中回荡。青山做证，绿水为凭，这份浪漫成为永恒的瞬间。

清代学者张潮说："古之不传于今者，啸也，剑术也，弹棋也，打球也。"张潮认为，长啸是古代盛行而没有流传到现在的几种技艺之一。古人把"啸"看作是一种艺术，是没有歌词的音乐。东晋江微《陈留志》中"阮嗣宗善啸，声与琴谐"，反映出古人的长啸声中有优美的旋律，具有很高的艺术性。我猜想，这就如现在的美声唱法，抑扬顿挫、高低错落、婉转缠绵。

随着时代变迁，岁月流逝，唐代之后，"啸"的意义更为广泛，形式也多种多样。此时"啸"多指大声地发出高而长的声音，是人们表达情感的一种方式。此时的"啸"并没有深奥的技法，就如在山巅上高声呼喊："我爱你，嫁给我吧!"

记得有这样一句歌词："想唱就唱，要唱得响亮。"是的，我们不妨向古人学习，放飞你的心情，挥洒你的热情，想唱就唱，唱得响亮，想啸则啸，啸得嘹亮。

删繁就简三秋树

——越简单·越极致·越有味

有人说，简约而不简单。

"删繁就简三秋树，领异标新二月花。"这是郑燮（号板桥）题的书斋联。意思是：以最简练的笔墨表现最丰富的内容，以少许胜多许。譬如画兰竹易流于枝蔓，应删繁就简，如三秋之树，瘦劲秀挺，没有细枝密叶。要另辟蹊径，不随波逐流，似春天的二月花，一花引来百花开。

这里，郑板桥提出了一个绘画理论——化繁为简，也就是"大道至简"。看上去简单普通的东西，往往蕴含着绝大的艺术匠心和功力。万物之始，大道至简，衍化至繁。所谓"极简"，就是把简单发挥到极致，极尽素雅，处处留白，却承载着丰富的回味和韵味。

在日常生活中，有不少事情，看似简单，实则不易。古人云："知之非艰，行之惟艰。"即，说起来容易，真正做起来是难的，简约而不简单。

"云里烟村雨里滩，看之容易作之难。"这是南宋书画家、诗人李唐《题画》中的诗句。诗人说，看那云烟袅绕的村庄和雨水滂沱的河滩，山村时隐时现，滩水湍急，欣赏画中美景很容易，谁知道画好它有多少艰难。王安石在评价唐代诗人张籍的乐府诗之所以"妙入神"的时候，曾写道："看似寻常最奇崛，成如容易却艰辛。"诗画一家，书画同源，自古以来的艺术都是相通的。元代诗人、画家王冕在《墨梅图》上有一首题画诗很有名：

吾家洗砚池头树，个个花开淡墨痕。

不要人夸好颜色，只流清气满乾坤。

王冕喜欢梅花，以墨笔画梅，不渲染明艳的色彩，并且为《墨梅图》题诗，表达心中志趣。王冕所绘梅花，枝干用浓墨线条勾勒而成，梅朵均用淡墨点染而就，因而神清骨秀、疏淡清逸。诗人盛赞梅花的高风亮节，梅花并不以艳丽的色彩博得人们的赞美，只愿散发缕缕清香充溢在天地之间。所以王冕以淡墨画梅，大面积留白，把极简发挥得淋漓尽致。水墨画是中国传统绘画之一，也是国画代表。简单的笔墨，勾勒出万象云烟。或浓或淡，或干或湿，化繁为简；水墨之道，在于意境，在于自然，追求"画外之象"和"味外之旨"。

有人说："摄影是减法的艺术。"因为眼前的景色是杂乱无章的，摄影师要从中选择，用取景框来圈定要表达的主题。同样的景色，如何取、怎样取，效果完全不一样，这就是人们常说的"摄影眼"。其实要具备"摄影眼"很简单，当你拍摄一张照片时，照片中展现的画面要简单、主体要突出。一张照片，只讲述一个故事，突出一个主体，表达一种思想，这样拍出来的作品才有可看性。即，化繁为简，让主题表达更加凝练。

音乐也是如此。白居易在《琵琶行》里描写琵琶弹奏的声音："大弦嘈嘈如急雨，小弦切切如私语。嘈嘈切切错杂弹，大珠小珠落玉盘。"当形容暂时停顿的情况时说："冰泉冷涩弦凝绝，凝绝不通声暂歇。别有幽愁暗恨生，此时无声胜有声。"苏轼在《赤壁赋》中描述吹洞箫的声音："其声呜呜然，如怨如慕，如泣如诉，余音袅袅，不绝如缕。"

多年前，听到一首曲子Daughter of Heaven，中文名《天国的女儿》，整首歌只有一个字"啊"。作家豆豆在《遥远的救世主》一书中，描述了女主人公在听到此曲时的感受："这是一种什么声音啊，时而像露珠的呢喃，时而像岩浆的涌动，时而让人幻入远古的星空倾听天女的咒语，时而让人在潮水般恢宏的气势里感受生命的悲壮和雄性的本色，向往豪迈人生……"这就是音乐上无言之美的境界和滋味。

一天，和书友交流读书心得，书友说："less is more.（少即是多。）"这是建筑大师路德维希·密斯·凡德罗提出的建筑设计理念。少即是多，不是简单得像白纸一张，让你觉得空洞无物，根本就没有设计，而是化繁为简。"极简"不是"极其简单"，而是极致而简约，"简比繁需要付出更多的努力，一旦做到就能创造奇迹"。如建筑大师贝聿铭，他用尽一生，只为极致设计。他用最简单的几何形体创造最丰富的空间内容，他的每个设计都能成为那个城市的标志。

著名美学家朱光潜有一个著名的美学观点——无言之美。朱先生说，拿美术来表现思想和情感，与其尽量流露，不如稍有含蓄；与其吐肚子把一切都说出来，不如留一大部分让欣赏者自己去领会。换句话说，说出来的越少，留着不说的越多，所引起的美感就越大、越深、越真切。

化繁为简、少即是多、无言之美，不仅是一种艺术追求，更是一种人生态度和人生智慧。作家三毛在诗歌《远方》中写道："我一点一点脱去了／束缚我生命的／一切不需要的东西／在那个时候，海角天涯／只要我心里想到，我就可以去／我的自由终于／在这个时候来到了……"脱去束缚生命的一切不需要的东西，就是极简主义在人生态度中的体现。一切不需要的东西，若是强加，便成了束缚。现在有个网络新词"断舍离"，意思是，果断舍弃掉那些不想要的，不喜欢的，不适合的，让生活变得简单、清爽和纯粹。苏东坡云："一日无事以当贵，二日早寝以当富，三日安步以当车，四日晚食以当肉。"生活就这么简单！

书友说，接纳自己，识别初心，去繁归简。所以，什么都不想了。去做瑜伽，去漫步，去吃好吃的食物，去感受美丽的文字，去爱身边的人。

我说，"言有尽而意无穷"。所以，什么都不说了……

直待凌云始道高

——向下扎根，向上攀登

诗人往往能从大自然中取景抒情，以小喻大，托物言志。

南宋诗人杨万里看见小池时说："小荷才露尖尖角，早有蜻蜓立上头。"翻山越岭时说："政入万山围子里，一山放出一山拦。"夏夜纳凉时又说："竹深树密虫鸣处，时有微凉不是风。"读后让人回味与领悟其中的人生哲理。他还有一首诗，是写小溪的：

> 万山不许一溪奔，拦得溪声日夜喧。
>
> 到得前头山脚尽，堂堂溪水出前村。

此诗是南宋诗人杨万里在淳熙七年（1180）赴官广州，经过江西赣州桂源铺时即景而成。诗人描述了溪流从来也没有被真正阻止过，必将穿过千山万岭，顺流来到平川，最终汇成畅行无阻的河流。

见微知著，以小见大。韩非子说，这是圣人的本领。小溪最终将汇流至大海，世人一般没有这种眼光。

> 自小刺头深草里，而今渐觉出蓬蒿。
>
> 时人不识凌云木，直待凌云始道高。

这是唐代诗人杜荀鹤的感慨。松树刚出土时深藏于草中，如今人们才发觉它已经比那些野草高出了许多。人们初时不识得这是凌云的树木，直到它高耸入云，才说它高。

南怀瑾说："这一首诗是哲学……虽是写一棵松树，实际的意思是要我们懂得人生。"老子说："合抱之木生于毫末。"他们阐述了事物发展变化的规律，形象地证明了大的东西无不从细小的事物发展而来。但世人只看结果，不晓得有前因才有后果，不晓得透过现象看本质。

一棵树在幼小的时候，如果你不知道它的种类，是不知道它今后能长得有多高的；一棵树在成长的时候，你看不见它的根伸得有多深，也不知道它将来能长得有多高；一棵树即使长高了，在树林中也看不出它究竟有多高，只有走出树林，从远处看才知道它有多高。

也就是说，看一棵树长得有多高，要跳出表面往深处看，看它的根扎得有多深；看一棵树有多高，要跳出眼前从远处看，看它在整片树林中有多高。同样，看那些藏在岁月深处的"树木"，也是如此，这就是人生，这就是哲学。记得尼采说过一句话："其实人跟树是一样的，越是向往高处的阳光，它的根就越要伸向黑暗的地底。"又如泰戈尔所说："根是地下的枝，枝是空中的根。"

杨万里讲的是小溪，杜荀鹤说的是小松。

小溪说：大山虽然想阻止我前行，但是我穿过崇山，绕过峻岭，向西迂回，向东交汇；尽管蜿蜒曲折，但我一路欢唱，一路奔流，最终汇入大海。

小松说：小时虽然我和野草一样高，但是我不断向下扎根，数九寒天，百草枯萎，我顶风抗雪，不断长高，向上攀登，终将与凌云试比高。

柳暗花明又一村

——一波三折才是真正的人生

我写毛笔字是有"童子功"的。

小时候，从描红模子开始，到后来临写诸家法帖，一直笔耕不辍。记得童时临摹的第一本帖是柳公权《玄秘塔碑》的选字本，此帖的第一个字是"之"，每次临写都从"之"字开始。日积月累，这个"之"字写得最好，尤其是"之"的捺画。逆锋起笔，把锋束紧，至颈部稍提，然后渐按渐行，笔画渐粗，至捺部铺毫，最粗，结束处又将锋收紧，有粗细曲折之形，有"一波三折"之意。

"一波三折"最初出自王羲之《题卫夫人〈笔阵图〉后》。《笔阵图》是西晋大书法家卫夫人所写、现存最早的楷书教学指南，王羲之是卫夫人的学生，《题卫夫人〈笔阵图〉后》是作为学生对老师这篇教学指南的"读后感"。在文章中，王羲之说"每作一波，常三过折笔"。"一波"即一捺，"三过折笔"即一捺要有三折。三折必须用顿、提、按三个基本动作去完成。

一笔三过折，能使笔力沉着、内含，不至外放无度。一波三折的意思后来被渐渐扩展开来，不再光指一捺而言了。姜白石（夔）的《续书谱》说："一点一画皆有三转，一波一拂皆有三折。""三转"就是"三折"，全句的意思是：点、横、撇、捺等笔画都不可没有"三过折"的笔意。譬如在写"横"的时候不能写得太平太直，而要写出波澜曲折的效果，才更有感染力。

书法有"一波三折"，音乐有"一唱三叹"。古代宗庙里唱祭祀歌曲，一个人唱，三个人随之发出赞叹声来应和。后来多用以形容音乐、诗文婉转，寓意深刻而富有韵味，令人赞赏不已。

"一波三折"又用来形容文章的结构。清末民初著名文学家、翻译家林纾曾赞扬欧阳修的名篇《泷冈阡表》道："至崇公口中平反死狱，语凡数折：求而有得是一折，不求而死有恨句又一折，世常求其死句又一折，凡造句知得逆折之笔，自然刺目。""策论"讲究起承转合，欧阳修和"三苏"都是公认的写策论高手。尤其是苏轼，时人有"苏文熟，吃羊肉；苏文生，吃菜羹"的说法，指苏轼的策论波澜起伏，意象万千，对士人的科场考试有指导作用。

"峰回路转"是中国古代园林景观的布局构思。在苏杭园林中，你每走几步路，就可以看到一番景致——步移景变，其趣在"一波三折"，其妙在"曲径通幽"。如欧阳修所言："峰回路转，有亭翼然临于泉上者，醉翁亭也。"又如陈继儒《小窗幽记》所说："花关曲折，云来不认弯头。草径幽深，落叶但敲门扇。"又如李渔《闲情偶寄》所言："径莫便于捷，而又莫妙于迂。"

"一波三折"的美学意义在于由直到曲，从封闭到开敞。山峦是起伏的曲线，河川是流动的曲线，舞蹈是肢体的曲线，音乐是音符的曲线，世界上最美的线条是曲线！这是自觉追求统一物的对立面在矛盾中转化，达到艺术上的深厚、隽永、回味无穷的意境情趣。

"一波三折"的内涵不断延伸，运用到生活中，形容曲折的经历，好事多磨。《菜根谭》曰："一苦一乐相磨炼，练级而成福者其福始久。"《诗经》云："如切如磋，如琢如磨。"人需要在艰苦的环境中磨炼，形成坚韧不拔的品格，这样得来的幸福才能持久，才能打造一个更加美好的人生。人的一生犹如一块璞玉，必须经过细致打磨，才能雕琢出一块美玉，从而让它成为一件晶莹剔透的艺术品。

"一波三折"的人生意义在于告诫人们任何事物的发展都是前进性和曲折性的统一。《易经·系辞》云："曲成万物而不遗。"天地万物生成变化都是迂回曲折、无往不复的。人生本就是一波未平，一波又起，在前进中有曲折，在曲折中向前进，是一切新事物发展的途径。

一帆风顺是美好的祝愿，一波三折才是真实的人生。如一首歌所唱：
"一波还未平息，一波又来侵袭，一波还来不及，一波早就过去。"如陆游
所说："山重水复疑无路，柳暗花明又一村。"

千里江陵一日还

——荆州 · 郢都 · 南郡

清代诗人龚自珍说："人以诗名，诗尤以人名。"同样，地以诗名，诗也以地而名。一首诗，会让人们记住一座城市和一个诗人。

阅读唐宋诗词时，我们常常会见到一些地名，如长安、姑苏、江陵、兰陵、金陵、武陵、楼兰、锦官城等等，这些地名本身蕴含着故事，散发着诗意，诗人写的诗句又给这些地名抹上一缕传奇和美丽的色彩。

"春风得意马蹄疾，一日看尽长安花"（孟郊《登科后》）；"兰陵美酒郁金香，玉碗盛来琥珀光"（李白《客中行》）；"黄沙百战穿金甲，不破楼兰终不还"（王昌龄《从军行七首（其四）》）；"晓看红湿处，花重锦官城"（杜甫《春夜喜雨》）；"清晓长歌何处去，武陵溪上看桃花"（陆游《小艇》）。

"姑苏城外寒山寺，夜半钟声到客船。"这是唐人张继《枫桥夜泊》中的诗句。在一个夜晚，落魄失意的诗人张继来到了姑苏城外，写下了这首发自肺腑的诗，不料却一夜成名，也让姑苏这个名字家喻户晓。一首诗，传唱了千年，让人记住了历史名城姑苏和唐朝诗人张继。

20世纪90年代初，一首取意于唐诗《枫桥夜泊》的歌曲《涛声依旧》传唱大江南北："月落乌啼，总是千年的风霜／涛声依旧，不见当初的夜晚……"2013年正月，著名诗人余光中来到姑苏后，有感而发，写了一首《枫桥夜泊》："寒山寺被姑苏城／关在了城外／已经夜半／却关不住钟声清远／……乌啼霜满天，几点／失眠的渔火，对着／同样无寐的枫桥。"诗人描述的情绪是乡愁。

在古诗词中，江陵是经常出现的一个地名。

荆州，古名江陵、郢都、南郡，是一座古老文化与现代文明交相辉映的滨江城市。江陵，因"地临江""近州无高山，所有皆陵阜"而得名。它地处长江中游，江汉平原西部，南临长江，北依汉水，西控巴蜀，南通湘粤，古称"七省通衢"。从春秋战国到五代十国，先后有三十四代帝王在此建都，历时五百一十五年。由于独特的地理位置和文化传承，历史上有大批文人墨客曾在江陵吟诗作赋：

"江陵去扬州，三千三百里"（南北朝无名《懊侬歌》）；"朝发白帝暮江陵，顷来目击信有征"（杜甫《最能行》）；"岘首晨风送，江陵夜火迎"（孟浩然《送韩使君除洪州都曹》）；"江陵城西二月尾，花不见桃惟见李"（韩愈《李花赠张十一署》）；"江陵橘似珠，宜城酒如饧"（白居易《和思归乐》）；"江陵昔相遇，幕府称上宾"（苏轼《刘莘老》）。

最著名的要数李白的七言绝句《早发白帝城》，一句"千里江陵一日还"，使江陵美名载誉海内外。这首诗被选入语文课本，人们耳熟能详，但也许并不完全知道此诗背后的故事。

天宝十四载（755）十一月，"安史之乱"爆发。玄宗逃往四川，下诏以第十六子永王李璘为四道节度使、江陵郡大都督。野心勃勃的永王以平定"安史之乱"为号召，率师东下，实际是要乘机扩张自己的势力。永王兵过九江时，征李白为幕僚，诗人准备加入，他的妻子劝阻他。李白在《别内赴征三首（其二）》中说，"出门妻子强牵衣"，并问他什么时候回来。李白则说："归时傥佩黄金印，莫学苏秦不下机。"此时李白自认建功立业、报效国家的机会到了。

谁知道，李白糊里糊涂地卷入了争夺皇权的斗争，结果永王兵败被杀，追随他的党羽多遭刑戮，李白身陷囹圄，罪名是"附逆作乱"。面临困境，李白的众多朋友不仅见死不救，更有人高呼着要判李白死刑。杜甫描写当时李白的处境是"世人皆欲杀，吾意独怜才"。李白在浔阳监狱被关了数月，朝廷的判决终于下达，李白被流放夜郎。唐肃宗乾元二年（759）春天，李白被押解着仓皇南去，船舶行至古白帝城，接到朝廷的赦书。得知消息的李白惊喜交加，掉转船头之际，一首诗已回荡在长江两岸：

朝辞白帝彩云间，千里江陵一日还。
两岸猿声啼不住，轻舟已过万重山。

我思忖，当年李白写《早发白帝城》时应是这样的场景和心情：

晨曦揉着眼睛
云儿披上彩衣
轻舟　伴随着我的心
由白帝城一泻而下，向风而行

我得知被赦免的消息
又喜又惊
一声声——长啸
吓得两岸的猿猴不停哀鸣

我一阵狂喜，一番狂饮
半醉半醒，
一夜到了
江陵

灯火钱塘三五夜

——今晚，提着灯笼去看灯

今天是元宵节，又到赏灯观月的美好时光。

"十万人家火烛光""千门开锁万灯明""东风夜放花千树"，元宵赏灯的习俗唐代以来就有。历代文人墨客留下许多描绘元宵赏灯的诗文，从中国古典名著对元宵的描写，可见当年赏灯的盛况。

《水浒传》中有三处描写元宵灯会的。一处是第三十三回《宋江夜看小鳌山　花荣大闹清风寨》。一处是第七十二回《柴进簪花入禁苑　李逵元夜闹东京》。梁山泊一百零八位英雄刚排好座次，宋江说自己从小在山东长大，不曾去过京师，元宵将至，想去京师看看。于是，元宵节前宋江带几个兄弟到京师开封。只见"家家门前扎缚灯棚，赛悬灯火，照耀如同白日，正是楼台上下火照火，车马往来人看人"。街道上"鼓乐喧天，灯火凝眸，游人似蚁"。还有一处是第六十六回《时迁火烧翠云楼　吴用智取大名府》。

《西游记》第九十一回《金平府元夜观灯　玄英洞唐僧供状》，对元宵节的描写比《水浒传》里的描写更加细致，对每一种灯、布置、人的神态等都做了描述。

这一天，唐僧师徒四人一路艰辛去往西天大雷音寺拜佛求经，途经天竺国外郡（即金平府）慈云寺的时候，当时正值正月十三日，临近元宵节，被宝刹众僧款留，唐僧无奈，遂俱住下。元宵节晚上，唐僧与弟子及该寺多僧进城看灯，正是：

三五良宵节，上元春色和。花灯悬闹市，齐唱太平歌。又见那六街三市灯亮，半空一鉴初升。那月如冯夷推上烂银盘，这灯似仙女织成铺地锦。灯映月，增一倍光辉；月照灯，添十分灿烂。观不尽铁锁星桥，看不了灯花火树。

　　接着吴承恩详细描述了雪花灯、梅花灯、绣屏灯、画屏灯、核桃灯、荷花灯等二十二种花灯的样式。红妆楼上，人们并着肩，携着手；绿水桥边，"闹吵吵，锦簇簇，醉醺醺，笑呵呵"。赏灯人的形态被描绘得淋漓尽致。"万千家灯火楼台，十数里云烟世界。""满城中箫鼓喧哗，彻夜里笙歌不断。"

　　《红楼梦》有诸多篇章描写元宵、中秋和灯笼。小说开篇第一回写到的节日就有元宵节，在这个因"灯"而起的节日中，英莲因为看"灯"而被改变命运，变成了香菱，度过了悲惨的一生。

　　最显富丽堂皇、富贵风流的数"荣国府归省庆元宵"，元春回家的日子定在元宵节，贾府专门为元春建造了一处省亲别墅——大观园。这一夜，"园内各处，帐舞蟠龙，帘飞彩凤，金银焕彩，珠宝争辉，鼎焚百合之香，瓶插长春之蕊"。"只见院内各色花灯闪灼，皆系纱绫扎成，精致非常。""只见园中香烟缭绕，花彩缤纷，处处灯光相映，时时细乐声喧，说不尽这太平气象，富贵风流。"那晚，大观园里灯笼造型各异、精彩纷呈，制作的材料有水晶玻璃、螺蚌羽毛、通草、绸绫、纸绢等等。真所谓"诸灯上下争辉，真系玻璃世界，珠宝乾坤"，就连"贾妃在轿内看此园内外如此豪华，因默默叹息奢华过费"。

　　想到元宵必会想到灯笼，灯笼是和元宵紧密联系在一起的。

　　灯笼是由灯和笼构成的。中国有灯是在秦朝时，司马迁《史记·秦始皇本纪》中有秦始皇入葬时"以人鱼膏为烛，度不灭者久之"的鲸油烛。而灯笼应是在西汉发明纸之后，用纸或纱来包火，为火烛穿上丰富多彩的外衣，改变了火与光的面貌，真是古人巧妙的想象和美妙的发明。灯笼，是一种照明用具，更是一件艺术品。

　　最让人遐思、期盼的灯笼恐怕还是元宵节的花灯了。汪曾祺在《故乡的元宵》里说："不过元宵要等到晚上，上了灯，才算。元宵元宵嘛。我们那里一般不叫元宵，叫灯节。"

故乡的一切都是美好的回味，杭州是苏东坡的第二故乡。熙宁七年（1074），苏轼离开杭州到密州任职。次年元宵佳节，他怀念在杭州度过的岁月，于是写下《蝶恋花·密州上元》：

灯火钱塘三五夜，明月如霜，照见人如画。帐底吹笙香吐麝，更无一点尘随马。　　寂寞山城人老也！击鼓吹箫，却入农桑社。火冷灯稀霜露下，昏昏雪意云垂野。

全词用粗笔勾勒的手法，描绘了杭州上元节和密州上元节的不同景象，流露了作者对杭州的思念和初来密州时的寂寞心情。苏东坡和白居易一样，"未能抛得杭州去，一半勾留是此湖"。

华灯绽放，新月初上，大地披上了银装。一阵阵笑语从窗外飘来，推窗向下一望，只见一群小孩提着各种灯笼，一路欢跳着，前往小区的公园去看灯。

今晚，我也要提着灯笼去看灯……

铁马冰河入梦来

——一幅万马奔腾的画卷

你见过万马奔腾的场景吗？

如海潮般势不可当，如暴雨中勃然奋飞的海燕，天河牧马波澜壮阔，骏马四蹄翻腾，长鬃随风飞扬，成群的马像离弦之箭，飞驰在一望无际的草原上，气势磅礴，十分壮观！这是在《新闻联播》上看到的新疆举办的第三十届"天马节"开幕式场景。

看到马，我想起唐宋诗人笔下的骏马。唐宋诗人与马结下不解之缘：诗人相聚时，"相逢意气为君饮，系马高楼垂柳边"（王维《少年行四首（其一）》）；喜悦时，"春风得意马蹄疾，一日看尽长安花"（孟郊《登科后》）；迷惘时，"山回路转不见君，雪上空留马行处"（岑参《白雪歌送武判官归京》）；远行时，"游说万乘苦不早，著鞭跨马涉远道"（李白《南陵别儿童入京》）；悠闲时，"乱花渐欲迷人眼，浅草才能没马蹄"（白居易《钱塘湖春行》）。

僵卧孤村不自哀，尚思为国戍轮台。

夜阑卧听风吹雨，铁马冰河入梦来。

这首《十一月四日风雨大作二首（其二）》是绍熙三年（1192）诗人陆游在家乡闲居时所作。诗人穷居于荒村之中，年迈力衰，然而"老骥伏枥，志在千里"，纵然身不能行，梦中也要去践行自己报效国家的理想。在寒冷冬夜的风雨声中，他心驰神往的是在疆场上杀敌卫国。

"铁马"，披护着铠甲的战马，也就是重装骑兵。诗人陆游对"铁马"有着一种特殊的情结。"忽闻雨掠蓬窗过，犹作当时铁马看"是在《秋雨渐凉有怀兴元》中的感叹；"楼船夜雪瓜洲渡，铁马秋风大散关"是在《书愤》中的感触；"夜听簌簌窗纸鸣，恰似铁马相磨声"是在《弋阳道中遇大雪》中的感慨。与他同时代的诗人辛弃疾也发出同样的感慨——"金戈铁马，气吞万里如虎"。

说到马，我想起徐悲鸿笔下的奔马。徐悲鸿最擅画马，他笔下的奔马给人以生机和力量，表现了令人振奋的积极精神，为现代中国画标志性成就之一。徐悲鸿画的马笔墨酣畅，奔放处不狂狷，精微处不琐屑，骏马英姿，形神俱足。有的腾空起飞，有的蹄下生烟；有的回首顾盼，有的一往直前，仿佛破纸而出。

徐悲鸿的一幅《奔马图》描绘由远而近飞奔而来的骏马，其肌肉强健，腹部圆实，头略右倾，鼻孔略大，正腾空而起，昂首奋蹄，鬃毛飞扬，精神抖擞，意气风发。画幅右侧有题跋："辛巳八月十日，第二次长沙会战，忧心如焚，或者仍有前次之结果之，企予望之，悲鸿时客槟城。"从《奔马图》的题跋上看，此画作于1941年秋季第二次长沙会战期间。正在马来西亚槟榔屿举办艺展募捐的徐悲鸿听闻国难当头，心急如焚，连夜画出《奔马图》。徐悲鸿画的马也是"铁马"，是铮铮铁骨的"铁马"。

少时曾经临摹过徐悲鸿的奔马。邻居小伙伴阿华有两张徐悲鸿奔马的印刷品，我借来反复对临。先在宣纸上用软炭勾勒出马的形态轮廓，然后用毛笔将马的全身用淡墨勾出，用浓焦墨点出马的瞳孔，并留出高光；用浓墨侧锋落笔画鬃毛和马尾，先重后轻，渐出干笔……多年后我总结出画马的技法：渲染和勾勒并用，先勾勒后渲染；正锋和侧锋相间，以正锋为主；浓墨和淡墨相宜，以浓墨为要。

"天马节"的开幕式还在举行……

在昭苏草原，万匹马由远及近呼啸而来，那动人肺腑的马嘶响彻天空，如钱江潮涌，如黄河波涛，这是一幅万马战犹酣的壮丽画卷。

淡妆浓抹总相宜

——适合你的才是最好的

是淡妆好看，还是浓抹漂亮？

苏东坡告诉你，适合的才是最好的，只要"相宜"都美丽。

　　水光潋滟晴方好，山色空蒙雨亦奇。

　　欲把西湖比西子，淡妆浓抹总相宜。

苏轼于神宗熙宁四年（1071）到七年（1074）在杭州任通判期间，曾写了大量歌咏西湖景物的诗。这首《饮湖上初晴后雨二首（其二）》是最脍炙人口的一首。晴天，西湖水波荡漾，光彩熠熠；下雨时，远处的山笼罩在烟雨之中，时隐时现。如果把西湖比作西施，那么淡妆也好，浓抹也罢，都是那么地适宜。

从此，人们常以"西子湖"作为西湖的别称。苏轼本人对这一比喻也很得意，曾在诗中多次运用，如《次韵刘景文登介亭》诗有"西湖真西子，烟树点眉目"句，《次前韵答马忠玉》诗有"只有西湖似西子，故应宛转为君容"句。后人对这一比喻更深为赞赏，常在诗中提到，如武衍在《正月二日泛舟湖上》诗中就说："除却淡妆浓抹句，更将何语比西湖？"对西湖来说，晴也好，雨也好，对西子来说，淡妆也好，浓抹也好，都无改其美，而只会增添其美。

"淡妆浓抹总相宜"关键在"相宜"。所以贺知章说："千年万岁不凋落，还将桃李更相宜。"王安石说："烟云厚薄皆可爱，树石疏密自相宜。"陆游说："黄瓜翠苣最相宜，上市登盘四月时。"王冕说："莫厌缁尘染素衣，山间林下自相宜。"

所谓"相宜"，就是情有独钟。每个人有自己的喜好，譬如"浓淡"：有人喜欢浓得化不开的工笔重彩，有人喜欢淡得清又雅的水墨写意；有人喜欢浓郁辛辣的白干，有人喜欢醇和圆润的红酒；有人喜欢芳香浓郁的咖啡，有人喜欢清新淡雅的绿茶。当年曲艺界南北两位"大咖"的喝咖啡和吃大蒜之争，一时间，沸沸扬扬，众说纷纭。其实，这就如"浓淡"，两者因人而异，不能简单地以是或非、好或恶、雅或俗来评判，只要自己喜欢就好。

所谓"相宜"，就是合适合宜。而这种"适合"有更多的主观色彩。譬如一双鞋合不合适，只有自己试过了才知道，只是试过也是不够的，还需要穿着它走一段路，才知道脚和鞋是否相宜。饭菜可不可口，只有亲自尝了才知道。有人味重，有人味淡；有人嗜辣，有人喜甜。曹植给杨德祖写信说："人各有好尚。兰茞荪蕙之芳，众人所好，而海畔有逐臭之夫。"所以，人间事合宜为要，合理次之。

所谓"相宜"，就是恰到好处。《清稗类钞·饮食类》："过生则嫩，过熟则老，必如初写《黄庭》，恰到好处。"袁枚《随园食单》说："熟物之法，最重火候。有须武火者，煎炒是也，火弱则物疲矣。……道人以丹成九转为仙，儒家以无过、不及为中。司厨者，能知火候而谨伺之，则几于道矣。"袁枚这里说掌握好火候，就好比道人炼丹，儒家守中，即火候有度，守中有序。这种"守中"的思想不仅体现在用火之上，其实袁枚最想表达的理念是遵循自然、遵从食物的本性。

万事万物，恰到好处，即是妙处。

若问我对"浓淡"的喜好，那么我喜好沙孟海的雄强挥洒，喜欢林散之的飘逸天成，其中有"浓"也有"淡"，有"收"也有"放"，有"紧"也有"松"。书法如是，人生际遇亦如是。淡，是一种生活态度；浓，是一种生活方式。浓淡收放自相宜，岁月璀璨多丰姿。

欲寄彩笺兼尺素

——追忆那遥远美丽的书信

现在，还有人在写信吗？

"小时候 / 乡愁是一枚小小的邮票 / 我在这头 / 母亲在那头"，这是诗人余光中《乡愁》里的诗句，是写给家乡、写给母亲的思念。

"我不是爱那一角模糊的邮印， / 我不是爱那满幅精致的花纹， / 只是缓缓地 / 轻轻地 / 很仔细地揭起那绿色的邮花； / 我知道这邮花背后， / 藏着她秘密的一吻。"这是诗人刘大白《邮吻》中的诗句，是一封恋人间的情书。

"据说大哥的旧棉袍用冰制成 / 冬至以前就开始以火去烤 / 化水的过程是多么长啊 / 其余的日子 / 都花在拧干上 / 而妈妈那帧含泪的照片 / 拧了三十多年 / 仍是湿的"，这是诗人洛夫《家书》中的诗句。

书信，西人称之为"最温柔的艺术"，在我国古代书信有很多别称，如简、牍、柬、笺、札、尺素等等。《三希堂法帖》收集了自魏、晋至明代末年共一百三十四位书法家的三百余件书法作品。其实，它们在当时就是日常的书信，是简单的问候，如王羲之《快雪时晴帖》："羲之顿首：快雪时晴，佳。想安善。未果，为结，力不次。王羲之顿首。山阴张侯。"

行书四行，二十八字。书信大意是，雪后天气放晴，佳妙。想必你可安好。事情没有结果，心里有点郁结，不详说。王羲之拜上，山阴张侯启。这是王羲之在大雪初晴时以愉快心情对亲朋友人的问候。那个叫张侯的收到这封信札，想必是幸福和赞叹的，他看完后舍不得丢弃，存留下来，经过一代一代临摹，变成今天的法帖，被古人称为"天下法书第一"，与王献之《中秋帖》、王珣《伯远帖》被乾隆合称为"三希"，且此帖列于首位。唐太宗曾搜集王羲之作品，《十七帖》是其中一卷，共收有二十九通其十四年间写给好友益州刺史周抚的书信。

一纸家书报平安，小字红笺寄思念。书信，承载了无尽的情感寄托与牵挂，在交通不发达、通信不方便的古代，这份思念、这份情感弥足珍贵。从前书信、车马慢，从写信、寄信到收信，古诗词中凄美动人的句子不胜枚举。

"鸿雁向西北，因书报天涯"（李白《千里思》）；"复恐匆匆说不尽，行人临发又开封"（张籍《秋思》）；"红笺寄与添烦恼，细写相思多少"（王安石《谒金门》）；"云中谁寄锦书来，雁字回时，月满西楼"（李清照《一剪梅》）。

"烽火连三月，家书抵万金。白头搔更短，浑欲不胜簪。"这是杜甫《春望》中的诗句。试想：在国家破碎，长安沦陷，战火连绵之际，诗人翘首以盼三个月，终于等到一封书信，知道家人平安。此时，这封家书，抵得上万两黄金啊！

"昨夜西风凋碧树，独上高楼，望尽天涯路。欲寄彩笺兼尺素，山长水阔知何处。"这是晏殊《蝶恋花》中的词句。晏殊在《清平乐》中又写道："红笺小字，说尽平生意。鸿雁在云鱼在水，惆怅此情难寄。"想给我的心上人寄一封信，但是高山连绵，碧水无尽，不知道我思念的人在何处。红笺小字，道尽我平生相慕相爱之意。鸿雁高飞在云端，鱼儿在水中游来游去，让我这满腹惆怅的情意难以传寄。

诗人写给思念的人用的信纸都是精心选择的，如彩笺、红笺。古人用的信纸，留在诗情画意里，我们已无法具体考究了，但近现代文人喜爱笺纸，可从《北平笺谱》略见一斑。《北平笺谱》是鲁迅与郑振铎合作编选出版的传统水印木刻笺纸集。此书于1933年12月份印成，书共六册，分博古笺、花卉笺、古钱笺、罗汉笺、人物笺、山水笺、花果笺、动物笺、月令笺、指画笺、古佛笺、儿童画笺等。从中可见当年信笺之丰富多彩。

鲁迅在写给郑振铎的书信中说："先生所购之信笺，如自己不要，内山书店云愿意买去，大约他自有售去之法，乞寄来。"从鲁迅这封信中可以看出，这信笺不仅实用，还具有收藏价值。

当年，丰子恺、施蛰存、周作人等文人都喜欢自绘自印笺纸。一枚做足文章的笺纸，表达某种志趣寄托，也是伸张个性的一种表现。有的书画家喜欢用北京的荣宝斋和上海的朵云轩的信笺，用这种笺纸书写的书信，不仅仅是一封信函，也是一件艺术品。有的作家和音乐家给恋人写情书，是写在五线谱上面的，这是非常特别的一种表白，也是书写情书的一种特别的表现方式。

不少文人与恋人、亲人间的书信，汇编成册就成了书。"这一本书，是这样地编起来的——"这是鲁迅在《两地书》序中的开场白。《两地书》是鲁迅和许广平的书信集。鲁迅说："这一本书，在我们自己，一时是有意思的，但对于别人，却并不如此。其中既没有死呀活呀的热情，也没有花呀月呀的佳句；文辞呢，我们都未曾研究过'尺牍精华'或'书信作法'，只是信笔写来……"

《爱眉小札》是徐志摩与陆小曼的书信集，《傅雷家书》大部分内容是傅雷夫妇与长子傅聪间精神接触和思想交流的实录。

时光流转，白驹过隙。写信，作为一种传统的通信手段，正在智能时代凋零，一则微信、一条短信、一段视频，随时可以沟通，当今世界真成了"天涯若比邻"。

书信是青春一首美丽的恋曲，是人生一道璀璨的风景。我寻思，我最近写信是什么时候？想了很久，很久，好像是在20世纪90年代吧……

如今我想写一封信，写给谁，写什么呢？

轻罗小扇扑流萤

——你微小，然而你并不渺小

萤火虫在院子里飞舞，炎热的大暑来了。

《月令七十二候集解》说："腐草为萤。曰丹良，曰丹鸟，曰夜光，曰宵烛，皆萤之别名。离明之极，则幽阴至微之物亦化而为明也。《毛诗》曰：熠耀宵行。另一种也，形如米虫，尾亦有火，不言化者，不复原形，解见前。"

萤火虫是一种能够发光的昆虫，是大暑时节标志性的小生灵。历代文人墨客写下不少描绘和赞美萤火虫的诗篇。唐代诗人杜牧在《秋夕》中描绘了少女们扑虫嬉戏的情形："银烛秋光冷画屏，轻罗小扇扑流萤。"李白在《咏萤火》中以务虚的笔法为萤火虫定位："若飞天上去，定作月边星。"孟浩然在《秋宵月下有怀》中怀着感叹之情写道："秋空明月悬，光彩露沾湿。惊鹊栖未定，飞萤卷帘入。"

唐代政治家、诗人虞世南写过一首五言绝句《咏萤》：

> 的历流光小，飘摇弱翅轻。
>
> 恐畏无人识，独自暗中明。

这是一首清新淡雅的咏物诗，作者借咏流萤表达了物虽小而不碍其光华的哲理，同时又借物自喻，寄寓身世之感。诗中前两句描写萤火虫飞翔的形态和发光的姿态："的历流光小，飘摇弱翅轻。"一"小"、一"弱"和一"轻"，衬托出了萤火虫的弱小。紧接着后两句由表及里，代入到萤火虫的内心："恐畏无人识，独自暗中明。"尽管身小光弱，但萤火虫却顽强执着地用这微光展现自己的存在，令人肃然起敬。

《老子》云："道常无名、朴。虽小，天下莫能臣。"意思是说，道是无名而质朴的，虽然很小不可见，但是天下谁也不能降服它，令其称臣。萤火虫虽微小是虫，无旺盛的生命，无灿烂的光芒，却不哀叹自己的弱小，而是以内在的力量，欢乐地展开翅膀。作为快乐的生灵，它与天上的太阳、月亮一样，执着追求，发光于天地间。人生在世，就应该像萤火虫那样尽力放射出自己的光茫，以理想和信念点亮自己的生命历程，燃尽那微弱而不渺小的生命之光。正如泰戈尔在《萤火虫》一诗中所赞美的："你微小，然而你并不渺小，／因为宇宙间一切光芒，／都是你的亲人。"

"萤火虫，点灯笼，／飞到西，飞到东。／飞到河边上，小鱼在做梦。／飞到树林里，小鸟睡正浓。"

萤火虫在院子里游移。忽前忽后，时高时低……

人间至情

若言琴上有琴声

——在回望中，回放那些优美的旋律

一直希望自己会一门乐器。

有几段和乐器有关的往事，一直历历在目，如同一串串音符跳跃着、跳跃着，在讲述着它们的故事……

我最接近学会的乐器是口琴。记得初一的暑假，住在我家对门的阿婆家来了一个小男孩——阿舸。他是阿婆的外孙，上海人，到杭州过暑假。阿舸白白瘦瘦的，戴一副眼镜，文质彬彬，和我年龄相仿，兴趣相投，一来二往我们成了好朋友。阿舸常到我家来玩，有时玩迟了，就待在我家，一起吃饭，一起午睡。阿舸会吹口琴，而且吹得很好，和声、颤音、用两个口琴转调等等都会。每次吹口琴时，阿舸深吸一口气，上下移动嘴唇，手掌轻轻拍打着琴身，吹出一长串跳跃的滑音——"我们都是神枪手，每一颗子弹消灭一个敌人；我们都是飞行军，哪怕那山高水又深。"我随着他奏的曲调，哼起了《游击队之歌》。

"让我试试。"我对着口琴轻轻地吹，口琴不发出任何声音。我用力吹，"呜"，口琴发出一声难听的声音。"怎么会这样呢？""口琴要含在双唇中间，慢慢送气。吹——吸气，吹——吸气。""噢，我知道了。"

就这样，阿舸教我吹口琴，我教他刻图章。一个暑假很快过去了，我能正确吹出七个音阶，并能吹一两个曲段。晚上在路边纳凉时，我仍不停地吹着……尽管我学会了吹口琴，可是总吹不出阿舸的那种感觉，后来，慢慢地把它丢在一边了。

大学第一学年，系里组织文艺演出。我班节目有独幕话剧、小组唱和小提琴演奏。两个女生，一个男生，个子都差不多高，三个同学微笑着走到台前，对观众一鞠躬。只见他们用左手托起小提琴的琴头，用下巴和脖子夹住小提琴，右手拿着弓轻轻地放在弦上。还没出声，场上已掌声一片了。这是这次文艺演出唯一的一个器乐节目。当年他们拉的是什么曲子，我早已忘了，但三个同学登台亮相这一场景，左手拨弦、右手拉弓，一举手、一投足所散发出来的那种优雅，至今仍在眼前。

20世纪80年代初，家里买了一台唱机。大哥买了一张唱片，反复播放："幸福的花儿心中开放，爱情的歌儿随风飘荡，我们的心儿飞向远方……"这是1980年中央人民广播电台评选出"听众最喜爱的十五首歌曲"中的一首——《我们的生活充满阳光》。

一天，母亲播放一张唱片，没有歌词，只有旋律，我平生第一次被这如天籁的声音震撼了。我不禁在心里惊叹，天哪！世上竟然有如此美妙的乐曲：一时欢快，如林中的云雀，在晨曦中啾鸣；一时悠扬，如湖畔的轻舟，在晚风里荡漾；一时缠绵，如含苞的花朵，在春雨中呢喃；一时悲伤，如萧瑟的落叶，在秋风中哭泣；一时愤怒，如暴雨前的狂风，在夜空中怒吼……这是小提琴协奏曲《梁山伯与祝英台》。一曲《梁祝》，被盛中国演绎得如泣如诉，哀婉缠绵，成为陪伴一代人的时代旋律。

一把琴弓，拉动的是生命之弦，心灵之弦。记得苏轼在《琴诗》中写道：

若言琴上有琴声，放在匣中何不鸣？
若言声在指头上，何不于君指上听？

此诗从字面上看是说，如果说琴可以自己发声，那么为什么把它放在盒子里就没了乐声？如果说声音是由手指头发出的，那么为什么不能凑近指头直接听到乐声呢？苏轼在这首诗中思考的是：琴是如何发出美妙声音的？琴要通过手指来拨动，更要用心灵来拨动，才能奏出扣人心弦的旋律。诗人戴望舒说："心即是琴。"

孔子闻韶乐"三月不知肉味";韩娥曼声长歌,齐人"垂涕相对,三日不食";陶渊明"但识琴中趣,何劳弦上声";欧阳修"乃知在人不在器也。若有心自释,无弦可也"。说的都是一个意思,即,音乐的美妙,要用心灵去演奏,用心灵去倾听。

时间一晃几十年过去了,只知阿舸考上了复旦大学。在大学读书时,我们还有书信来往。后来,"别后不知君远近","渐行渐远渐无书",也就渐渐不再联系了。大学同学偶有聚会,我大多没有参加。我思忖,不知阿舸是否还在吹口琴,那三个同学是否还在拉小提琴。

有人说,音乐的耳朵不是人人都有的。我想说,音乐的耳朵并不一定是与生俱来的。我呢,虽然最终没有成为奏乐者,但始终是一个爱乐者。

总把新桃换旧符

——又到迎新贴春联

散步，杭州人叫"荡一圈"，北方人称"遛弯儿"。

"荡"，就是四处走走、游荡，犹如小船在水中荡漾，优哉游哉。荡一圈，回家。既有动作，又有情绪，多么形象具体。

我喜欢每天在小区"荡一圈"，经过各家各户门口，免不了东看看，西望望。见到熟人，互相打个招呼："早上好！""吃过了？""还没呢。"走着走着，发现尽管各家户型不一，风格不同，但每家的门庭前有一个共同点，那就是：一绿一红。

"绿"是门前都种上一些植物。有的是一片绿，郁郁葱葱；有的是一丛绿，葱葱茏茏；有的是一抹绿，青青翠翠。充满了春意和生机。

"红"是有的在屋檐下悬挂着灯笼，有的在窗户上贴着大大小小的"福"字，有的在门楣上贴着春联，充满了喜庆和活力。大多数人家都贴"福"字。有的倒贴"福"字，意为福"到"；有的正贴，意思是"开门迎福"。其实正贴、倒贴都无所谓，这只是人们心中的祈福，心到即福到。

大多数门上还贴着春联。春联，又叫"春贴""门对""桃符""对联"。对联最主要的特征就是上下联的字数、句数以及平仄对仗。如果从对仗来追溯它的渊源，那历史就更长了。如秦汉瓦当中刻有"千秋万岁""长乐未央"等对语；诗歌中有对偶，如《诗经》里的"青青子衿，悠悠我心"，"昔我往矣，杨柳依依；今我来思，雨雪霏霏"，等等。

春联由古代的桃符演化而来，缘起于五代十国时期。据史书中的记载，后蜀主孟昶曾经令学士张逊在桃木板上题词。张逊写完后，孟昶发现不对仗，便提笔写道："新年纳余庆，嘉节号长春。"这便是中国历史上最早的一副"春联"。但是此时，文献里并没有出现"春联"的字样，人们依然称之为桃符。之后的很长一段时间里，人们都保留着挂桃符的习俗。有诗为证：

爆竹声中一岁除，春风送暖入屠苏。

千门万户瞳瞳日，总把新桃换旧符。

这是北宋文学家王安石的七言绝句《元日》，此诗描写新年元日热闹、欢乐和万象更新的动人景象。"总把新桃换旧符"，既是写当时的民间习俗，又寓含除旧布新的意思，抒发了作者革新政治的思想感情。

春联真正出现是在明朝朱元璋时期，帝都金陵，除夕传旨，公卿士庶家，门上须加春联一副。于是大街小巷处处贴满了春联，为春节增添喜庆的气氛，表达美好的祝愿，此习俗沿用至今。

在小区里游荡，常看到的门联有："欢天喜地度佳节，张灯结彩迎新春""万户桃符新气象，群山霞彩富神州""虎年万业时风顺，盛世千家气象新""竹柏门庭喜，田园意味长""厚德载福，和气致祥"。横批是"春满人间""万象更新""欢度春节"等等。这些春联都是印刷品，主要是为春节增添一些喜庆的气氛。我走着、走着，眼睛一亮，看到一副春联："茶能醉人何必酒，书能香我不须花。"此联是书家所写，字有点林散之的味道。内容也蛮有情趣的，想必此家主人喜欢品茗，喜欢读书。每次游步到此，我便放慢了脚步……

现在的春联没太大意思。春联的词句，不外一些吉祥颂祷之语，人们不太在乎内容，而是在意喜庆的气氛，在意给居室增添一片春色。过去的文人很在意内涵，或集句，或自书，张贴在门上，悬挂在堂前或书房。清人梁绍壬《两般秋雨盦随笔》的《集对》一篇讲了一则逸事："家大人尝集一楹联云：'大儿孔文举，小儿杨德祖；前身陶彭泽，后身韦苏州。'以东坡诗对祢衡传，天然比偶，惜无人能当此语者。"此联妙偶天然，人多诵之。

　　著名艺术家徐悲鸿曾写过一副对联："直上青云揽日月，欲倾东海洗乾坤。"寄托了他欲乘风破浪、勇攀高峰的志向。马一浮曾赠予著名画家、散文家丰子恺一副对联："星河界里星河转，日月楼中日月长。"表述了对方自强不息、奋力著作的精神。著名艺术家齐白石书写的"老树著花偏有志，春蚕食叶倒抽丝"，著名作家老舍自撰的"报国文章尊李杜，攘夷大义著春秋"，分别表达了他们的情趣和志向。

　　记得20世纪80年代末，我曾随画师董先生到沙孟海先生龙游路的居所。进门只见堂前一副对联："小窗多明使我久坐，白云如带有鸟飞来。"落款是："集易林句为楹帖，后见清人所集上句与我偶同，下句彼云'出门有喜，与君笑言'，拙集似胜过之。丙寅早秋沙孟海写于西湖寓斋。"此联系从《易林》一书中摘出的集句，意思是：窗子明亮，让我内心欢喜；长坐于前，外面白云好似白练，天空中有鸟款款飞来。该联体现了一种宁静祥和而美妙的心境，犹如一幅画展现在你的面前。在纪念沙孟海诞辰一百二十周年的作品展上，我再次欣赏到此副对联。

　　走着、走着，又看到一副春联："逸情老我书千卷，淡意可人梅一窗。"——这是我家的春联。"噼里啪啦""噼里——啪啦"，从远处传来紧一阵、缓一阵的爆竹声，我知道新年将近，又到迎新贴春联的时候了。

回家随处得相亲
——静静感受幸福时光

> 家是冬天的一炉火／雨中的一把伞／家是秋天一件衣／生日里一碗面／家是寂寞时一句话／枕下的老照片／家是黑夜一盏灯……

耳边飘过《暖暖的家》这首歌，春节的脚步轻轻地走来，忙碌的人们开始收拾行囊，收拾心情，带着一年的收获和对家的渴望，踏上归途——回乡回家、欢度春节。

"家"是什么？丰子恺说："这里是我的最自由、最永久的本宅，我的归宿之处。"汪曾祺说："家人闲坐，灯火可亲。"冰心说："'家'是什么，我不知道；但烦闷——忧愁，都在此中融化消灭。"

家是心灵的港湾，是灵魂的归宿。家是一首永恒的诗，写在思乡人的心间。自古以来，无数文人墨客咏唱过游子的思乡之情。家，是心里永远的牵挂。"想得家中夜深坐，还应说着远行人。"这是白居易在邯郸冬至之夜思家的感叹。家，是无怨无悔的陪伴。"老妻画纸为棋局，稚子敲针作钓钩。"这是杜甫在江村一家团聚时的幸福时刻。家，是兄弟团聚时的欢乐。"妻子好合，如鼓瑟琴。兄弟既翕，和乐且湛。宜尔室家，乐尔妻帑。是究是图，亶其然乎？"这是《诗经·小雅·常棣》描写兄弟宴饮之乐的场景。

此时，我邀游在诗词历史的长河，邂逅了无数古代文人墨客，情不自禁地和他们对话：

问：家是什么？

答：家在梦中何日到。

问：您老家在哪？

答：家住鄜城小洞天。

问：有多久没回家了？

答：少小离家老大回。

问：具体有多少年了？

答：离家三十五端阳。

问：今年您和谁一起回家乡？

答：青春作伴好还乡。

问：回家是怎样的心情？

答：一鞭清晓喜还家。

问：想家吗？

答：飘零感此思回家。

问：家里还有哪些亲人？

答：千里还家见爹娘。

问：回家想做些什么？

答：回家随处得相亲。

问：此时此刻您最想说的一句话是什么？

答：居人思客客思家。

…………

　　"家"是什么？家是看在眼里甜蜜蜜，捧在嘴里香喷喷，握在手中暖洋洋，放在心上沉甸甸。家就是一家人在一起吃一个团圆饭。《暖暖的家》的歌声在飘荡，我走在回家的路上，哼着曲，唱着自己编的词：

　　回家的路短又长

　　短的是距离，长的是思乡

　　收拾好心绪，换上了新装

心中的渴望，热泪盈眶

回家的路甜又香
甜的是思念，香的是盼望
充满了笑语，飘溢着芬芳
美好的回味，心中珍藏
…………

忙趁东风放纸鸢

——把笑声和心情放飞蓝天

惊蛰时节，春气萌动，应该出去走走。

今天是二十四节气之一的"惊蛰"。这是春季里一个明媚的日子，阳光温柔，风儿和煦，鸟儿的歌唱此起彼伏。我沿着美丽洲公园边走边看，边看边走，欣赏春天中的人们。

有的在草地上铺一张垫子，席地而坐；有的搭一个帐篷，半依半躺；有的在两棵树间架一个吊床，优哉游哉。公园里有荡秋千的、放风筝的、打扑克的、玩泥巴的、捞鱼虾的、遛小狗的、吹口琴的、追蝴蝶的，还有卖糖炒栗子、油炸臭豆腐的……

沿着湖边漫步，忽见水中有几只鸭子在游嬉，我脱口而出："春江水暖鸭先知。"

我停下了脚步，看人们荡秋千。人们把长绳拴于高大的树杈上，女孩坐在上面，前后摆动，在空中起飞荡漾，把长长的辫子甩到空中，把明朗的笑声撒向蓝天。

我停下了脚步，看人们放风筝。风筝，杭州人称"鹞儿"，放风筝叫作"放鹞儿"。有这样一句俗话流传在老杭州的记忆里："二月二，城隍山上放鹞儿；鹞儿飞得高，回来吃年糕，鹞儿飞得低，回来抱弟弟。"春风和煦的三月，在公园、在广场，孩子们手牵着一根线，风筝在天空飞舞，有蜻蜓状、蝴蝶形的，种种形状，五颜六色，点缀着蓝天，成为杭州城里一道美丽的风景。

现在的小孩放的风筝大多数是买来的。那时，我们都是自己制作的，一把剪刀、一瓶糨糊，几张桃花纸，几片薄竹篾，就可以制作了。薄薄的竹篾搭建成一个骨架，接口处用线绑牢。纸是蒙糊风筝的主要材料，桃花纸质薄、色白，富有韧性，把纸糊在骨架上，再系上线。

有的小伙伴手很巧，制作的风筝外形如小鸟，如蝌蚪，如蝴蝶，并被涂上喜欢的色彩，镶上花边，或者系上丝带，挂上纸环。我只能做最简单的长方形或三角形的。在纸上画上两只大眼睛，贴上一些可粘连的纸环，套结成两条长长的尾巴，风筝便可以放飞了。在广场、在路边，测一下风向，然后一阵猛跑，将手中的风筝放飞到天上。若风力不足时请小伙伴帮忙，将风筝线拉长约十米，面向逆风，双手拇指和食指轻扶着风筝后面的骨架，拿着不动，待阵风一来，将风筝轻拉脱离小伙伴之手，边跑边放线，直到风筝冉冉升起，挂在天空……

传统的中国风筝技艺包括"扎、糊、绘、放"，制作有技术，放飞有学问。放风筝的技巧，在"一抽一放"之间，即风力正盛的时候可以多放线，让风筝高飞；风力减弱时就收一些线，让风筝稳住。不管风筝飞得有多高、多远，这根线牢牢掌握在放风筝的人手上。"一抽一放""一张一弛"，放风筝是如此，人生亦是如此吧。我制作的风筝很简单，很普通，只要能飞起来，不在乎飞得有多高，我就感到高兴。其实放风筝，放的是心情。风筝在天空飞舞，就好像载着我的一片童心飞上了天，把怡然的心情放飞蓝天。

我停下了脚步。草长莺飞二月天，花是主；杨柳风吹醉春烟，我似客。我——席地而坐，荡漾在春风里，沐浴在阳光中。泥土的气息，花草的气息，使人一嗅到就知道春天已经来了。小孩们趁着东风放风筝，我趁着春天放飞心情。此时我吟起高鼎的诗《村居》：

草长莺飞二月天，拂堤杨柳醉春烟。
儿童散学归来早，忙趁东风放纸鸢。

报得三春晖
——您是夜空中最亮的那颗星

灯光下
藤椅边
母亲荡漾着灿烂的脸

眯着眼，轻柔的手
一针一针又一线
缝的是对孩儿的千语和万言

一针一针
又一线
缝的是对孩儿的牵挂和惦念

一针一针又一线
缝的是春天的阳光和
温暖

这是母亲当年在灯下为我缝衣服的场景，至今历历在目，永不漫灭。此景此情，就如唐代诗人孟郊在《游子吟》中所描写的："慈母手中线，游子身上衣。临行密密缝，意恐迟迟归。谁言寸草心，报得三春晖。"

每个人心中的母亲，都是温暖的、慈祥的。我的母亲出身书香门第，从小受过良好的教育。中学毕业后投笔从戎，参加抗美援朝，从部队转业后一直从事医务工作。母亲娴静恬淡，爱好文学，喜欢摄影，能写一手漂亮的仿宋体。记忆中，母亲经常会给我们唱歌，唱得最多的是苏联歌曲《喀秋莎》："正当梨花开遍了天涯，河上飘着柔曼的轻纱；喀秋莎站在那峻峭的岸上，歌声好像明媚的春光……"

尽管时间过去了几十年，母亲婉转动听的歌声仍在耳边回响。母亲给我留下印象最深的是那双温暖温柔的手，最让我难以忘怀的是母亲和我无数次的牵手。这些记忆影像随着时间推移，不是模糊、依稀，而是越来越清晰，常常萦绕在我心里，仿佛就在昨日。

那一年，我读初中，临习书法已有几年，投稿参加杭州市首届中小学生书法展，作品在杭州书画社展出。母亲得知后，高兴地说："星期天，我们一起去看。"这天早晨，阳光明媚，惠风和畅，母亲白皙纤细的手牵着我，从公园的这头漫步到公园的那一头——从六公园到一公园。沿途的梧桐树高高的，枝枝蔓蔓，遮天蔽日，杨柳依在梧桐树旁，柳絮迎风飞舞，犹如纷纷雪花；成群的小鸟叽叽喳喳叫着，穿梭来往在枝头。母亲和我一路走着，一路说笑着。到了展馆，我拉着母亲的手，径自走到我的作品前，伫立了一会儿，随后母亲挽着我的手在展厅里走了一圈，又回到我的作品前，指着我的作品说："柳骨颜筋，写得真好……"

那一年，我即将参加高考。每当我挑灯夜读时，母亲煮好牛奶，加一勺白糖，盛在玻璃杯里，端到我的书桌旁，温柔地抚摸一下我的头，说："休息会儿，趁热喝。"有时走到我身后，用手指按捏一下我的肩颈。有时拉着我的手，笑着说："休息会儿，妈妈陪你去湖边走一圈。"母亲温柔的手牵着我，穿过小巷，走过大街，来到湖边。夜晚的西湖，清风轻拂，皓月当空，一颗最大最亮的星在天空中闪烁着，在她的下面，闪耀着一颗颗小的星星，在眨眼，荡漾，飘忽，航行。母亲左手挽着我，右手指着天空，微笑着说："今晚的星光，如远远的街灯明了……"

那一年，我在西湖白堤拍照。春天的西湖，桃花竞相绽放笑颜，或浓郁，或淡雅，或热烈，或婉转。春风吹拂，花瓣飘飘洒洒，分外美丽。我正弯着腰，低着头在取景，觉得我的后背被谁拍了一下，回头一看，啊！是母亲，我和母亲在白堤上不期而遇。只见母亲穿着一件红色毛衣，披着一件米色的夹克衫，胸前挂着相机，虽已年过古稀，却精神矍铄，微卷花白的头发随风飘摇着。我看见母亲，又惊又喜，笑着说："咋这么巧，姆妈您也在拍照。"母亲用那温暖的手拉着我，手指着那盛开的桃花，笑盈盈地对着我说："桃花开得真好，给妈妈拍一张。"我端起相机，按下快门，一切美好被定格在时光里：那一树树、一团团、一簇簇的桃花，绽放在春的枝头，与蓝天辉映，和白云相伴，母亲站在桃树旁，脸上带笑，眼中有光……

渐渐地、渐渐地，母亲已到耄耋之年，头发渐白，身体渐衰。2013年9月，母亲身患重病。那天送母亲去医院，母亲面容瘦削，鬓发斑白，一双布满了褶皱的手紧紧攥着我，那双曾一次又一次牵着我的手，已由昔日的纤细柔软变成了苍凉苍老。以前是母亲牵着我，欢歌笑语，如春风轻拂；现在是母亲攥着我，步履蹒跚，像蜗牛前行。母亲一手拄着拐杖，一手挽着我，含着笑，坚强地说："不要担心，妈妈，会好的。"刹那间，我的双眼噙满了泪水。

可是，可是，两个月后，母亲永远离开了我。每一想到此，我不禁落泪，满脸都是大海的滋味。今天又逢母亲节，一个让我寄托无限思念的日子。

夜晚，走到露台，凭栏仰望，一轮明月高挂在万籁俱寂的天边，一池银光月色洒溢在大地山川。遥望星空，我看见天空中一颗微红的、丰润的、最大最亮的星，长着丝丝睫毛，带着浅浅微笑，闪烁着、闪烁着……

清明时节雨纷纷

——一个让我潸然泪下的日子

清明，既是二十四节气之一，又是一个祭奠扫墓的日子。

扫墓，即为"墓祭"，是对祖先的思时之敬，慎终追远，其习俗由来已久。《大清通礼》云："岁，寒食或霜降节，拜扫圹茔。其日主人夙兴，率子弟素服，诣坟茔。执事者具酒馔，仆人备刈剪草木之器，从，既至，主人周视封树，仆人剪除荆草。"扫墓祭祖习俗在先秦以前就有，由于南北风俗各异，有些地方扫墓不一定是在清明之际。唐代以前北方一些地方扫墓主要在寒食节与寒衣节，到唐宋后清明扫墓才开始在全国范围盛行。冰心在《寄小读者·通讯二十三》中写道："清明扫墓，虽不焚化纸钱，也可训练小孩子一种恭肃静默的对先人的敬礼。"

记得我第一次扫墓，是在20世纪70年代初，那时我只有十岁多点。那天清明，父亲带着我和大哥给爷爷扫墓，同行的还有叔伯及堂兄弟。爷爷的墓在杭州郊区留下荆山岭上，父亲向朋友借来一辆小货车，我们一行十多人席地而坐，拥挤在小货车的车斗里。车上备着一张毛毯，过交警岗时，把毛毯遮盖在头上。就这样一会儿掀开，一会儿又遮上，经过近两个小时的颠簸，终于到了荆山岭。

沿着山间小路，拾阶而上。父亲带我们先到"坟亲"家。"坟亲"，就是生活居住在附近，平时代为照拂看管坟墓的当地农民，有的与城里的墓主认了"亲"，相互走动，就像亲戚一样。父亲热情好客，常邀请坟亲到我家来做客，坟亲来时带点当地的土产，父亲回赠他水果或糖果，直到爷爷的坟迁到公墓之后，才渐渐不再走动。

到了坟亲家，父亲把装有酬金的一只信封递与坟亲，坟亲给叔伯们沏上新茶，一番寒暄后，便带我们去爷爷的墓地。于是，父亲和叔伯们开始陈设祭品，点燃香烛，依次跪拜，烧纸钱锡箔。祭品是各家分别准备的，有红烧鱼、红烧肉、卤鸡蛋、豆腐干、黄豆芽烧油豆腐、青团、蛋炒饭等等，还有橘子等水果。祭扫完毕，把酒洒在坟前的地上。中午吃饭了，坟亲从家里端来一锅热乎乎的白粥，父辈们坐在小板凳上，我和堂兄弟们坐在草地上吃青团、卤鸡蛋、红烧肉……

"老爸，爷爷的墓到了，我们下车吧。"儿子一句话，把我从遥远的回忆中唤醒。天空中飘着冷冷的雨，吹着凉凉的风，我撑着伞，手持着祭品，妻子和儿子捧着花篮，沿着石阶缓缓而行。来到父亲的墓前，我默默地伫立，凝视着墓碑上父亲的画像，父亲的音容笑貌就在眼前……

父亲是一个很会持家的人。

记得20世纪60年代，我家从菜市桥搬到龙翔桥一带的蕲王路星远里，弄堂上有高高的拱门，黛瓦灰墙，木门木窗木地板。我家住在二楼，楼梯高高的、宽宽的，母亲牵着我的手走进我家新居——六十多平方米的一间房，还有十平方米的阳台。

不久，父亲自己动手用纤维板把房间一隔为二，又对阳台做了封窗改造，在进房间的走道上，竖起一块木板，拉上布帘，这样就有了单独的"卫生间"。在阳台里搭了一个小阁楼，作为储物间。记得有一次和小伙伴们玩"躲猫猫果儿"，我躲进小阁楼，小伙伴找了半天都找不到，后来听到母亲在叫我，原来我在小阁楼里睡着了。不到一年的时间，我家从一居室变成了三居室，还有"储物间"和"卫生间"。我和大哥住在明媚的"阳光房"，每天早晨阳光从窗棂落进来，洒在床上，映在墙上，整个屋子暖暖的。

在完成居室改造后，父亲开始布置家里的环境。客厅里悬挂上一幅题为《报春梅花》的国画，茶几上摆了一盆山水盆景，朝小巷的窗台上养了一些花草。走进小巷，抬头向上看，我家的窗前花团锦簇、姹紫嫣红——风景这边独好。

父亲是一个很有情趣的人。

父亲喜欢旅游、摄影，一家人经常出去游玩、拍照。父亲自己制作了"暗房"，每当冲洗照片时，关上门窗，拉上窗帘，换上红色灯泡。点亮灯时，整个房间好像披了一层薄薄的红纱，一缕缕、一丝丝洒满了整个家。红晕映在父母的脸上，凸显出父亲专注的眼神，衬托出母亲期待的眼光。显影液、定影水散发出一股淡淡的味道，弥漫了整个房间，烘托出一个安静温馨的夜。父亲管放大和显影，我管定影，大哥晾照片，母亲欣赏倩影，从隔壁房里传来阿太哄小妹睡觉的声音……

我站在墓前，想着当年的往事。儿子一边把香递给我，一边说道："老爸，给爷爷上香吧。"我们默默地点香、上香、祭拜……默默地伫立在墓前，我凝视着父亲的画像。此时，才真正感受到："清明时节雨纷纷，路上行人欲断魂"，"棠梨花映白杨树，尽是死生别离处"。

清明，一个祭奠的日子，一个让我潸然泪下的日子……

三更灯火五更鸡

——口头禅里有大智慧

我和大哥从小是阿太一手带大的。

阿太是奶奶的小姨，父亲的小外婆，大家都尊称她"亲爹爹"。阿太受过良好的教育，年轻时在上海、青岛是见过大世面的，二十七岁时丈夫离世，没有子女，也没有再嫁。从20世纪60年代初，直至她荣归天家，她和我们一起生活了将近三十年。

俗话说："家有一老，如有一宝。"确实如此，阿太是我家的宝。那时父母亲上班，经常加班加点，全家一日三餐、穿衣磨鞋、日常开销，皆由阿太操劳。不仅如此，阿太用她的言传身教，引导和培育我们健康成长。记得童时，阿太有几句口头禅经常挂在嘴边："扫地扫壁角，抹桌抹四角"，"早起三光，迟起三慌"，"吃饭时吃饭，睡觉时睡觉"。

小时候打扫卫生，我只用笤帚在堂前比画几下，角角落落不扫；抹桌子只是将家中那张方桌的中间一揩，三下两下卫生搞好了。这时，阿太就会对我说："扫地扫壁角，抹桌抹四角。"记得这句话阿太对我说了很多遍，直到我扫壁角、抹四角了，才不说了。从前不觉得这话有什么了不起的地方，长大以后，随着年龄增长，越来越觉得这句寻常的话有哲理，这不正是人们所说的"于细微处见精神"，"一屋不扫何以扫天下"吗？这是阿太在培育我从小要养成良好的习惯，做事要注重细节。扫地抹桌看似是小事，但人生其实是由一串串琐碎小事组成的，"如果说'大事'是脊椎，小事则是构成脊椎的每一个骨节"。《老子》云："图难于其易，为大于其细。天下难事，必作于易；天下大事，必作于细。"天下所有的"大"事总是由"小"事而来，"多"总是由"少"积累而成。所以，处理难事要从容易之处入手，做成大事要从细微之事做起。

每天早晨阿太起得最早，搞卫生，做早饭。每当阿太催我起床时就说："早起三光，迟起三慌。"我揉揉眼睛，嘴里嘟哝着："什么'三光三慌'的。"那时不知什么意思，只知道是催我起床，不让我睡懒觉。多年后我偶读史书才知道，清代文人石天基的札记中便有此句："人至清晨，精神倍加，此时读书，大有进益，此时做事，极有功劳，况家内杂事，又须早办。谚云：'早起三光，迟起三慌。'"所谓"三光三慌"，其意是：早上起得早，有充足的时间把该做的事情做好，光光彩彩；起得晚，容易手忙脚乱，把该做的事情落下，慌慌张张。俗语说："一年之计在于春，一日之计在于晨。"讲的就是此理。后来我渐渐起得早了，养成了好习惯，每天早晨起床锻炼，几十年如一日。

小时候不安心吃饭，想着玩，睡觉时又和大哥闹着玩，每当此时，阿太会严肃地说："吃饭时吃饭，睡觉时睡觉。"于是我就好好吃饭，乖乖睡觉。长大以后，我才懂得阿太这句话的内涵：一切事情要顺其自然，一切事情要依照规律，什么时候做什么事，并把这件事做好。"吃饭时吃饭，睡觉时睡觉，读书时读书，游玩时游玩。"一张一弛、心无旁骛、专心致志，集中精力做好每一件事，这就是修行的态度，也是我们应该采取的生活态度。其实，生活就是修行，所谓修行在日常，不离三餐不离床。

唐朝名臣、书法家颜真卿在《劝学诗》中写道：

> 三更灯火五更鸡，正是男儿读书时。
> 黑发不知勤学早，白首方悔读书迟。

诗人告诫我们：一寸光阴一寸金，从小要养成良好习惯，珍惜少壮年华，勤奋学习，有所作为，否则，到老一事无成，后悔已晚。当年阿太的这些言传身教，虽然都是生活中点点滴滴的小事，但以小喻大，她教我要养成良好的习惯，珍惜光阴，注重细节，这些对我长大后做事、处世和生活产生了极大的影响，让我至今难忘。

"扫地扫壁角，抹桌抹四角"，"早起三光，迟起三慌"，"吃饭时吃饭，睡觉时睡觉"，现在成了我的口头禅了。

青凉伞上微微雨

——撑着伞在雨中漫步

天下着雨，独自撑着伞，在湖边漫步。

雨点敲打伞面，有如大珠小珠落玉盘；雨水顺着伞骨滑落成一串串水帘。透过水帘，悠然远眺，翠绿一片，眼前一亮。我不禁想起欧阳修的词句："青凉伞上微微雨。早是水寒无宿处。须回步，枉教雨里分飞去。"

细雨纷纷，落在溪水里，染绿了溪边的柳树；清风徐徐，飘在树林里，吹红了树上的花瓣……迎面走来一对恋人，撑着青伞斜搭在头顶，一半在遮雨一半在遮住他们的脸，偎依在伞下窃窃私语，发出朗朗笑声。此时此景，如诗人洛夫所写："共伞的日子／我们的笑声就未曾湿过。"又如佚名诗人所写的《伞中恋》："喜雨霏霏恋意柔，青山绿水路通幽。相依伞下鬓私语，半为遮雨半遮羞。"伞中正流淌着一首歌——《雨中的恋人们》。

一对年老夫妇牵着手，相互搀扶着，在雨中漫步。老爷爷左手撑着雨伞，右手紧紧攥着老伴，雨伞一大半遮在老奶奶的头上，自己身上的衣服已经被雨水打湿了一大片。此时伞中洋溢着一个温馨的梦：我和你，一起执青伞，慢慢变老。

在古代，伞有着很好的寓意。云南的少数民族在每年的农历三月，会由青年男女一起撑同一把伞跳一段舞，借此表达男女之间的爱慕之情。一位温文尔雅、白净秀气的年轻书生撑着伞在为她挡风遮雨。四目相交，相互产生了爱慕之情……这就是以伞为媒的爱情故事《白蛇传》。

一阵幽香随风飘来，美丽的丁香花开了，远看它们好似一片片淡紫色的云彩；近看，又好似一把把小伞。我不禁吟诵起戴望舒的《雨巷》："撑着油纸伞，独自／彷徨在悠长、悠长／又寂寥的雨巷，／我希望逢着／一个丁香一样地／结着愁怨的姑娘……"

雨一直在下，思绪随风漫舞。传说雨伞的发明者是鲁班的妻子云氏。古时一旦遇上下雨的天气，人们就会被淋湿。鲁班思考在路边制造出很多小亭子，专门供人们在下雨时避雨，但是制造亭子耗时又耗力。聪明的云氏根据亭子的样子，用布制作了伞面，又根据亭子的结构制作出了伞骨。第一把雨伞制作出来后，她送给丈夫出门时用。"伞"虽是一个简化字，但它反倒比其繁体字更形象。上面是遮阳、遮雨的面，下面是伞把儿，中间还有一些梃儿，好似一把撑开的雨伞的样子。

忽然，一阵狂风暴雨，雨伞被风吹得东倒西歪，黄豆大的雨滴斜落下来，敲打着伞面，"嗒嗒""啪啪"，有如黄钟大吕。一霎间"白雨跳珠乱入船"，"望湖楼下水如天"，雨越来越大，越来越急，越来越斜。不一会儿，地面上就水流成河了。我继续向前走，鞋子进水了，袜子全湿了。此时，我突然体会到苏东坡在黄州遇雨时的情景："沙湖道中遇雨。雨具先去，同行皆狼狈，余独不觉……""莫听穿林打叶声，何妨吟啸且徐行。竹杖芒鞋轻胜马，谁怕……"

雨渐渐小了，把伞柄靠在肩上，仰望湿漉漉的天空，雨丝如春天的绒毛轻轻地拂在脸上。雨停了，太阳出来了。手旋伞柄，水珠向四方喷溅，在空中画出一圈圈美丽的"飞檐"。阳光一照，形成了一道绚丽的彩虹。

我收起伞，且唱且行——"丢掉雨伞，增添诗意。浑身湿透，也没关系……"

为谁辛苦为谁甜

——你知道，今天是世界蜜蜂日吗？

说到蜜蜂，我就想起我的外公。

因为我对外公的第一印象是从蜂蜜开始的。20世纪70年代初，我才十岁多点。记得那天我放学回家，家里来了一个"老人"，个子高高的，背有点驼；额头高高的，头发有点乱，但乱中仍保留着中分的发型。戴着一副旧式圆形眼镜，嘴唇右上方有一颗痣，微微翘起的下巴，长着灰白色的胡子，穿着一件灰色的大襟夹袄，脚上穿着一双军绿色胶鞋。我注视着"老人"，"老人"凝视着我。

此时，只听母亲对我说："叫外公。"这是我生平第一次见到外公。说他是"老人"，是因为从外貌看他有点老，不但拄着拐杖，而且步履也有点蹒跚，其实当时他只有六十五岁左右。这天中午，父亲烧了几个好菜，温了一壶黄酒。吃过饭，一番寒暄之后，母亲送外公回去。当天晚上，我在做作业，母亲给我端来一杯水，我喝了一口，脱口而出："甜！"母亲笑着说："给你加了点蜂蜜，你外公送来的。"这是我第一次尝到蜂蜜。

第二天，我在五斗橱里找到这瓶用玻璃罐装的蜂蜜，于是，偷偷地用勺子取一点，含在嘴里……几个月后，我开始记挂外公了。我问母亲："外公什么时候来啊？"母亲笑着说："过年的时候。"过年，有压岁钱，有新衣裳，还有甜甜的蜂蜜，于是，我对过年又多了一个盼头。后来，我从父母亲的闲聊中得知，外公被下放到余杭农村。因为外公年龄较大，有文化，且过去一直从事经济管理，当地照顾他让他养蜂，后来兼做会计。在近十年的养蜂时间里，外公写了不少养蜂笔记，并在报刊上发表，成了养蜂专家。每逢春节，父母亲都会请外公到家里，一起团聚过年三十，每次外公都会带一瓶自己采的蜂蜜。

20世纪80年代初，外公落实了政策，回到了杭州，并分到一套两室一厅的新房。此时外婆已仙逝，外公一个人居住，母亲不放心，让我陪着。外公住里屋，我住客房，每天早出晚归，就这样陪外公住了两年多时间。这两年实际上是当外公的"生活秘书"，照顾老人家，每月替他去单位取退休金，陪他去医院看病取药，帮他到邮局订报订杂志，在他的身边胡乱翻书，听他聊天，讲往事，其中不少是蜜蜂的故事。

"蜜蜂是如何辨认方向的？"

外公说，蜜蜂辨认方向靠的不是超常的记忆力，是靠光线和凭气味，这是一种无法解释的本能，这种本能是我们人类所缺少的。为了证明这个论断，外公做了专门的实验。在蜂窝里捉了三十只蜜蜂，在它们背上做了绿色的记号，然后把它们装进黑色纸袋里，从余杭大陆公社带到长命村，足足有三公里路。打开纸袋，把它们放飞，蜜蜂们向四面飞散，然后在空中盘旋，寻找回家的方向，一会儿，有七八只蜜蜂开始朝南——回家的方向——飞去。早晨放飞了三十只蜜蜂，中午陆陆续续飞回来了二十六只。后来，我读了法布尔的《昆虫记》，书中也有专门的描述：法布尔放飞了二十只蜜蜂，十七只没有迷失方向，准确无误地回到了家。尽管逆风而飞，尽管经过一个夜晚，沿途都是一些陌生的景色，它们还是回来了。

"蜜蜂是怎样采蜜的？"

外公说："每年春暖花开时，养蜂人就要忙起来了。我和村里的老乡把蜂箱运入山腰小路上，选择比较宽敞的山地摆放好蜂箱，让蜜蜂们飞出觅食。蜜蜂为了采一公斤的蜜，要在一百万朵的鲜花上面，辛勤地飞行、酿造。蜜蜂酿蜜时，先营造用以酿蜜的巢房，其形状像排列整齐的鬃毛。蜜蜂咀嚼花心汁液，吐积而成蜜。蜜蜂除了能够给人类带来甜蜜，它还是重要的经济昆虫，在自然界中的主要功能是传粉，为农作物传粉，为野生植物传粉，为果树和一些蔬菜传粉。"后来我知道，"凡蜂酿蜜，造成蜜脾……咀嚼花心，汁吐积而成"出自明朝著名科学家宋应星《天工开物》

的《甘嗜》篇。

"蜜蜂如此美妙神奇！"

外公说，蜜蜂一生辛勤付出，无怨无悔，古人写下不少赞美蜜蜂的诗篇。如吴承恩曰："小小微躯能负重，嚣嚣薄翅会乘风。"袁枚的《偶步》云："偶步西廊下，幽兰一朵开。是谁先报信，便有蜜蜂来。"最有名的是唐代诗人罗隐的《蜂》：

> 不论平地与山尖，无限风光尽被占。
> 采得百花成蜜后，为谁辛苦为谁甜？

外公说，唐代文学家罗隐是新城（今杭州富阳西南）人，一句"采得百花成蜜后，为谁辛苦为谁甜"，成为描写蜜蜂的经典诗句。后来，北宋苏轼在《戏答佛印》一诗中化用了此句："远公沽酒饮陶潜，佛印烧猪待子瞻。采得百花成蜜后，不知辛苦为谁甜。"南宋诗人李石写有《卜算子》："密叶蜡蜂房，花下频来往。不知辛苦为谁甜，山月梅花上。　玉质紫金衣，香雪随风荡。人间唤作返魂梅，仍是蜂儿样。"当代诗人冰心把蜜蜂比喻为作家："蜜蜂，／是能溶化的作家；／从百花里吸出不同的香汁来，／酿成它独创的甜蜜。"

5月20日，是年轻人都知道的网络情人节，更是世界蜜蜂日——一个不为人知的纪念日。"如果蜜蜂从地球上消失，人类将只能再存活四年"，虽然此话有点夸张，也未必是爱因斯坦所说，但是，蜜蜂对人类、对地球有着重要意义，确是不争的事实。

地球只有一个，保护蜜蜂，就是保护人类自身！

今天，我在院子里种了一盆向日葵，让花园里的小草随意生长，为蜜蜂建一个"旅馆"，给口渴的蜜蜂放一碗水……

人来人去唱歌行

——记忆里那些温暖的歌声

"家人闲坐，灯火可亲。"周末晚上，吃好晚餐，一家人坐在电视机前，一起看音乐综艺节目《我们民谣2022》。

妻子问："民谣是什么？"

儿子说，民谣是心中有歌要唱的愿望，是表达自我，代表自己的音乐。

儿媳说，民谣是弹着快乐的曲，唱着生活中的歌，就如那些游吟诗人。

民谣是什么？我一时语塞，觉得很难用一两句话说清楚。

查阅《辞海》，没有"民谣"的条目，只有"民歌"的注解："民间口头创作的诗歌。民间文学的一种。在口头流传中不断经过集体加工。初期民歌创作往往与音乐密不可分，有的还与舞蹈、音乐三位一体……"

民谣没有标准的定义，但我知道它有基本属性。"来自民间"就是民谣的一个基本属性。回溯到中国古代，在上古时代有一首著名歌谣，没有格律，没有旋律，没有署名，却被后世称颂了四千多年。这首歌谣就是《击壤歌》："日出而作，日入而息。凿井而饮，耕田而食。帝力于我何有哉！"

这是一首很古老的诗，比《诗经》还早。那时，在中华大地上，先民们或种地，或打猎，或捕鱼，生活之余，他们用木棍敲打着石头（击壤），唱着自己的歌。那时候他们的首领是一个叫尧的年轻人。这天，有七八个老人在路边，击着壤，唱着歌：

哎！太阳出来了，哟哟，出去干活了。嗨！太阳下山了，哟哟，回家休息了。杭育！凿一口井，喝一口甜甜的水，嗬哟嗨。杭育！种一畦地，吃一碗香香的饭，嗬哟嗨。不羡帝王——哎哟喂，不羡神仙——嗬哟嗨！

这是一首民歌，是中国最早的一首民谣。我们仿佛看到先民们在辛勤地耕作，日出而作，日落而息，生活简单平静而幸福快乐。

乾隆时期文人沈德潜认为，《弹歌》是中国最早的民歌，歌词二字一节，只有八个字："断竹，续竹；飞土，逐宍。"有的专家认为，《弹歌》是六千多年前先民劳动之歌，可视为中国诗歌的源头。

民谣的基本属性除了民间性，还有显著的人文性和地域性。唐朝诗人刘禹锡在《竹枝词·序》中说：里巷里儿童联唱《竹枝》，有人吹短笛伴奏，有人击鼓来合节拍。唱歌的人扬起衣袖恣意舞蹈，以唱的曲多的为最好。听他们的声音，符合黄钟宫的羽调，其结尾激越，如同吴地的民歌。虽然这些方言声音粗鄙，但所包含的情思婉转，如郑、卫之声。

> 白帝城头春草生，白盐山下蜀江清。
> 南人上来歌一曲，北人莫上动乡情。

> 江上朱楼新雨晴，瀼西春水縠文生。
> 桥东桥西好杨柳，人来人去唱歌行。

刘禹锡在诗中说：春天里白帝城头长满青草，白盐山下蜀江水清澈见底。当地人来来往往唱着当地民歌，北方人看着此情景切不要动了乡情。雨后初晴的阳光照耀着江上的红楼，瀼西的春江水泛着粼粼微波。桥东桥西长着美好的杨柳，树下人来人往唱着歌谣。

《竹枝词》原是古代巴、渝一带的民歌，刘禹锡搜集民间音乐并进行创新，形成了以《竹枝词》《浪淘沙词》《杨柳枝词》为代表的民歌体乐府诗，这就是唐朝的民谣。

当代民间音乐家王洛宾，就如同唐代诗人刘禹锡。他几十年扎根于民间，搜集、整理、创作歌曲一千多首，其中，《半个月亮爬上来》《在那遥远的地方》《阿拉木汗》《达坂城的姑娘》等歌曲在中国家喻户晓。

民谣是什么？

有人说："民谣就是《诗经》里面的'风'"。民谣不是流行是流传。也有人说，民谣就是用提问、思索、倾诉、呐喊，也用勇气，用我们的歌，唱我们自己。

有人说，民谣事实上就是"民歌"。也有人说，如果摇滚是在路上，那么民谣就是在路旁；如果摇滚是推土机，将一切推倒，而民谣则像一根针，直接刺穿到心里去。

有人说，民谣不仅是过去的、乡村田野的民歌，它更是当下时代、城市生活的记录者。也有人说，民谣就是讲身边的故事，静静地听歌中的故事。

电影《醉乡民谣》开场和结尾有一句话："如果一首歌不像新歌，又不会变老，那它就是民谣。"它虽然很质朴，但却隽永和永恒。

《我们民谣2022》发布了概念海报，绿白底色，中间有两只用棕色描绘的麻雀，它的周围是一串串绿色的词句，如"唱生活的歌""你的喜欢斟满""黄昏在人群里""星星看见了你""伴你终老怀念"等等，好像是麻雀唱的歌词。海报以随处可见的麻雀作为载体，营造民谣与生活烟火的关联性和陪伴感。

看见这则海报，我知道民谣是什么了。民谣是民间的，不需要华丽的舞台，不需要天赐的声音，不需要缤纷的伴奏，就如同路边的两只麻雀，"啾啾""叽喳"，快乐地唱自己的歌。

能饮一杯无

——最好的酒伴是亲友

喝酒是要有酒伴的。

那一年江州的冬天很冷，快下雪了，白居易想邀请他的酒伴刘十九一起喝酒聊天。于是，他写了一张便条："绿蚁新醅酒，红泥小火炉。晚来天欲雪，能饮一杯无？"他告诉刘十九：自家酿制的米酒还没有过滤，上面还漂浮着一层绿色的泡沫，香气扑鼻。小土炉生得正旺，火焰红彤彤的。天很冷，快要下雪了，你要不要过来，我们一起喝一杯酒？

那一年江州的夏天特别热，白居易想邀请他的酒伴一起喝酒聊天。于是，他写了一张便条："云截山腰断，风驱雨脚回。早阴江上散，残热日中来。却取生衣著，重拈竹簟开。谁能淘晚热，闲饮两三杯？"他告诉朋友：天气炎热，我已穿上夏衣，铺好了清凉的竹席，备好了新酿的清酒，想请你来一起把酒临风，一洗晚热。你能不能过来，我们一起喝一杯酒？

冬天，围着火炉；夏日，坐着竹席。诗人白居易和朋友一起把酒言欢，"忘形到尔汝"，这是多么快乐的事。喝酒是要有酒伴的，最好的酒伴，其实是亲友。我平时滴酒不沾，但每次和大哥在一起，也能饮几杯。几杯过后，兄弟间说得最多的话，是父母，是童年。

我父亲不抽烟，但喜欢喝点小酒。冬天抿点黄酒，夏日喝点啤酒。20世纪70年代，父亲在一家国有企业当厂长，母亲在医院里做药剂师，一家的收入并不低，但父亲很节俭，平时喝的是那种"零拷"酒。每逢休息日，父亲往往要问我和大哥："哪个去买老酒？"我迅速举起手，说："我去，我去。"于是，我拎着空酒瓶，一蹦一跳地走出弄堂，穿过马路，来到龙翔桥酱园店，只见店里一溜儿坛子盛放着不同类别的酒：加饭、花雕、香雪、善酿、番薯烧、金刚刺等等。拷老酒的竹勺子分大大小小好几种，整齐划一地挂在墙上，最小的一勺二两，最大的一勺一斤。

"师傅，买一斤加饭。""好嘞！"店里营业员揭开坛子上的沙袋，用竹勺子舀酒。装半斤的舀酒竹勺子，在离开酒坛的那一刻，总会被掂一掂再将酒倒入空酒瓶子里。买好酒，在隔壁的食品店，我会花两分钱买一包"盐金枣"，一粒一粒放进嘴里，细细地品味那咸中带点甜的味道……抱着酒瓶，满脸喜悦，如同摄影大师布列松的著名作品《替爸爸买啤酒》的那一场景。父亲喜欢在黄酒里放点姜丝，略加热，一盅绍兴加饭酒就一盘油氽花生米，悠哉快哉。

杨梅上市时，买几斤番薯烧，用大口玻璃瓶盛着那酒，把洗净、控干的杨梅浸泡到酒里，每顿一小盅儿外加几颗杨梅。一瓶杨梅酒，可以喝一个夏天。母亲说，夏天喝点杨梅烧酒能消暑、解毒，尤其是浸过酒的杨梅。有一次晚餐，父亲让我尝尝杨梅酒的滋味，我抿了一口，一股冲鼻的酒味，好辣啊！但辣过之后，却有一种畅快淋漓的感觉。

蕲王路旁有一家圆钉厂，有很多废弃弯曲的铁钉，厂里张贴布告，付酬加工再利用。这一年暑假，我和大哥准备好工具：一块有一条凹槽的铁块，一把铁榔头，一副劳保手套，一张小板凳，在弄堂里开始"勤工俭学"了。戴上手套，左手捏住铁钉的头，把弯曲的铁钉放进凹槽内，弯曲面朝上；右手抓住榔头，对着弯曲的铁钉一锤一锤地敲，"叮当""叮当"，直到把弯曲的钉子敲直。"哎哟""哎哟"，一不小心榔头砸到左手手指上，手指出血了。没过几天，右手掌心起了血泡，泡破了，结痂了；破了，再结痂，茧子长出来了。

在"叮当""哎哟"声中，一个暑假，我和大哥敲了几十斤废旧铁钉，按斤计酬，赚了"一大笔"钱——我买了一盒国画颜料，大哥买了一支七孔笛子，付了开学的学费，剩下的给父亲买了两箱"工农"啤酒。那晚，父亲炒了几只小菜，母亲放好了酒杯。"嘭"，父亲打开啤酒瓶盖，将酒倒入玻璃杯中，洁白细腻的小泡泡在杯子里翻腾着，不停地往上涌，泡沫像雪花融化后的雪水从杯口冒出，沿着杯壁漫了出来，洒满了桌面，酒香四溢。父亲端起酒杯，递到我们面前，笑着说："来，一起喝。"我抿了一口，一股凉爽的感觉顿时溢满心头，还有一丝丝甘甜的回味。那年，我十二岁，喝了一小杯，脸就涨得通红，头晕乎乎的。记忆中，这是我第一次喝酒，第一次陪父亲喝酒。

有些记忆随着时光流逝，慢慢褪色了、淡忘了，但有些记忆无论时隔多久，都让人无法忘记，那些美好的情景，至今，依然历久弥新。可是，在记忆中，我几乎没有很好地陪父亲喝过酒，那种情景太少、太少！

那时父亲喝的大都是"零拷"酒，现如今，什么样的好酒都能买到、喝到，而父亲却早早地离开了我们。

夜晚，天空中飘着雪花，漫天飞舞……

红胭脂染小莲花

——辛夷·木笔·望春

院子里，红梅一枝独俏；院子外，紫玉兰盛开，一枝、两枝、三枝。这是梅花与玉兰竞相绽放的时节。

紫玉兰又名木兰，一名木笔，一名望春，在我国有两千多年的历史。三月，紫玉兰在高高的树梢上，含苞待放的花蕾，如同胭脂染红的小莲花，亭亭玉立，又仿佛是一支支彩笔，朝天竖立。盛开的花朵像无数只空中飞舞的蝴蝶，迎风招展；又如枝条擎起的一只只花灯，紫里透红。其干燥的花蕾被称为"辛夷"，可以入药。陈淏子在《花镜》中描写辛夷："较玉兰树差小。叶类柿而长，隔年发蕊，有毛，俨若笔尖。花开似莲，外紫内白，花落叶出而无实。"

辛夷历史久远，《楚辞》中曾多次出现它的名字。《九歌·山鬼》中有"乘赤豹兮从文狸，辛夷车兮结桂旗"，《九叹·惜贤》中有"结桂树之旖旎兮，纫荃蕙与辛夷"，其中《九歌·湘夫人》中有一处将木兰与辛夷并举："桂栋兮兰橑，辛夷楣兮药房。"说的是用桂木做栋梁，用木兰做屋橑，用辛夷做门楣，用白芷间隔卧房。由此可见，辛夷花清雅，木清姿，自古就备受推崇。

唐宋人所写有关辛夷的诗词，或涉僧道，或寄情思，或寓隐逸。

"紫粉笔含尖火焰，红胭脂染小莲花。芳情香思知多少，恼得山僧悔出家。"这是白居易《题灵隐寺红辛夷花，戏酬光上人》的诗句，指辛夷的艳美撩动了高僧的尘欲。

"辛夷才谢小桃发，蹋青过后寒食前。四时最好是三月，一去不回唯少年。"这是唐代诗人韩偓《三月》的诗句，诗人感叹，一年四时中，最好的是阳春三月，而人生中一去不返的，也正是如同三月一般的青春岁月。

"春风也似江南早，梅与辛夷斗著花。自是无言桃李晚，莫嗔榆柳更萌芽。"这是黄庭坚《次韵元礼春怀十首（其六）》的诗句。春风轻拂江南，梅花与辛夷一起斗艳，而此时桃李未开，榆柳才萌芽。

唐代诗人王维曾作诗《辛夷坞》：

> 木末芙蓉花，山中发红萼。
> 涧户寂无人，纷纷开且落。

辛夷坞，辋川地名，因盛产辛夷花而得名。辛夷坞是王维心中的桃花源，也是诗人的隐居之所。当春天来到时，辛夷花在枝头绽放，它生长在涧口的空寂无人处，纷纷开放又飘落。

《草木本心》引了英国作家珍妮特·温特森的《写在身体上》的一段话："我去看了看我的向日葵，它们从容地生长，知道太阳总会照耀到身上，在恰当的时候恰当地取悦自己。很少有人能够像自然界的生物那样生活，从不过分努力，但也很少失败。我们不知道自己是谁，更不知道如何使自己的花朵开放。"王维诗中的辛夷就是如此，"发红萼""开且落"，顺应自然的本性，自开自放，自满自足，从容生长，潇洒飘落。

院内，梅花傲立枝头；墙外，辛夷迎风飞舞。其实，不必在乎是院内的花，还是墙外的芳；墙内和墙外的花，都是春天里的花。也不必在乎花开了，还是谢了。盛开了，是花儿青春绽放的火焰；飘落了，是花朵对大地的眷恋。

春不是诗，春来春去才有了诗；花不是诗，花开花落才成了诗。

古人篆刻思离群

——艺术的生命在于创造

今天，是中国文化和自然遗产日。

2016年9月，国务院批复同意自2017年起，将每年6月的第二个星期六设定为"文化和自然遗产日"。文化遗产是历史留给人类的宝贵财富。中国的文化遗产有中国书法、中国篆刻、昆曲、长城、莫高窟等等。

中国篆刻是以石材为主要材料，以刻刀为工具，以汉字为表象的一门独特的镌刻艺术。它由中国古代的印章制作技艺发展而来，至今已有三千多年的历史。小小的一块石头刻上汉字，或阴或阳，或篆或籀，或铁线或九叠，于方寸间施展技艺、抒发情感，深受中国文人及普通民众的喜爱。2008年北京奥运会的会徽"中国印"让世人重新认识了中国印文化的独特魅力。

我从小就喜欢篆刻。那时只知道篆刻要用篆书，可篆书怎么写？20世纪70年代，既没有字典可查，也没有印谱可学。一天，我和小伙伴看见西湖电影院斜对面有一家"湖滨刻字店"，于是上门请教。店里一位姓沈的老师傅非常热情，告诉我："'何'字有七种写法。""那'华'字呢？"阿华问道。"'华'字有六种。"然后沈师傅一一写给我们看。之后，我们成了这家刻字店的常客。

读初中时，知道我的语文老师叶一苇先生擅长篆刻，于是我登门请教。这是一个筒子楼结构的房子，一条长长的走道，走道一边是依次排列的、面积基本相同的住房。我轻轻地敲门，说明了来意，叶老师热情地请我进屋入座。

叶老师说："趣是篆刻艺术的灵魂，篆刻的趣在篆趣（含篆字与书写）、章趣（字的布局）、刀趣等等。""篆刻有法吗？"我问道。"问得好。说到趣，自然要讲法。因为没有法就无法入门，也就无法去创造趣。但一旦掌握了法，就要从法转向趣，把篆法、章法和刀法变为字趣、章趣和刀趣。趣在于创造，有创造就有生命，有生命就有活力。'古人篆刻思离群'，就是不要被法束缚。"叶老师说。

当时不知此话的意思，后来知道此语出自清代书画家、篆刻家丁敬写的一首关于篆刻艺术的诗：

古人篆刻思离群，舒卷浑同岭上云。

看到六朝唐宋妙，何曾墨守汉家文。

诗的前两句是赞颂古人的，却反映了他在篆刻艺术上追求"离群"的思想。丁敬的篆刻表现一种奇古典雅，其神流韵闲、苍劲纯拙、清刚朴茂，力挽时俗矫揉妩媚之态；印文参用隶、楷点画，布局变化多端，时出新意。他之所以能取得这样的成就，就在这个"离群"上。他离明人庸俗之群，走平正、大方之路；离摹汉泥古之群，走自己的创作之路。正因有了这个"离群"，他才成了"浙派篆刻"开山鼻祖。

齐白石是一代大师，自认为篆刻第一，诗词第二，书法第三，绘画第四。齐白石在谈到篆刻时，曾说："天趣胜人。"他对其弟子许麟庐说："学我者生，似我者死。"意思是：向我学习的人，终将成功，而模仿我的人，终将失败。

师于古而不拘泥于古，师其意而不师其迹。趣在于创造，有创造就有生命，有生命就有活力。

篆刻艺术如是，其他艺术亦如是。

但能心静即身凉

——想起童时纳凉的时光

俗话说："小暑大暑，上蒸下煮。"

"过了小暑节，一日热三分。"此时，杭州的气候是高温与潮湿并存，人们汗流不断，就像是在蒸笼里一样。南宋诗人陆游有一首诗，形象地描述了小暑的热：

> 万瓦鳞鳞若火龙，日车不动汗珠融。
>
> 无因羽翮氛埃外，坐觉蒸炊釜甑中。
>
> …………

如何消暑？白居易说："何以消烦暑，端坐一院中。眼前无长物，窗下有清风。"或者："朝景枕簟清，乘凉一觉睡。"诗人白居易告诉我们的消暑方法是，端坐院中或林下，枕着竹席一觉睡。这让我想起童时纳凉的场景：

那时候没有空调，夏天晚上大家都在路边纳凉。太阳还没完全落山，知了还在声声鸣叫。人们用井水将自家的外墙和路面一冲，墙和地面上便发出"吱吱"声，白天太阳晒的热气自然而然地散去了。然后大家把自家的木板、竹榻、板凳搬到马路旁。吃过晚饭，邻居们纷纷逃离火炉般的屋子，一百六十多米长的蕲王路到处都是纳凉的人。有的坐一把小竹椅，下棋、聊天；有的靠在一张藤椅上，咬着一把瓜子；有的卧在竹躺椅上，悠闲地喝着大碗茶；有的干脆在马路上摆两张长凳，搭上竹榻，或坐或睡，或倚或躺，慵懒地摇着大蒲扇。大人们聊天，小伢儿打闹。华灯初上，新月初照，纳凉晚会开始了：

隔壁家的强叔端坐在竹椅上，眼前的小板凳上摆了一碟油汆花生米、两块豆腐干、三两番薯烧，跷着二郎腿，抿着老酒。三杯酒入肚，强叔开始拉起了京胡，纳凉的邻居随着他的弦声唱起京剧。阿华来段杨子荣的"今日痛饮庆功酒，壮志未酬誓不休"；阿丽来一首李铁梅的"我家的表叔数不清，没有大事不登门"；阿明擅长《红灯记》中李玉和的唱段："临行喝妈一碗酒，浑身是胆雄赳赳……"

邻家小孩阿伟最擅于模仿各种吆喝。

"阿伟来一段。"阿伟展开嗓子："磨剪子啰，抢菜刀……""洋铅桶，铅——好修""修洋伞，补雨伞；洋伞——雨伞好修……"阿伟的吆喝是有腔有调的，有长音有短音。譬如"洋铅桶，铅——好修"，"洋铅桶"是一竿子到底的短促，"铅"是长音，拖腔拖调，"好修"又是短音。阿伟模仿修伞人的吆唤，最好听："洋伞——雨伞好修。"

小伙伴们也跟着开始吆喝："洋铅桶，铅——好修"，"鸡毛、鸭毛、甲鱼壳"。此时，马路上"吆喝"声此起彼伏……

每个人手中都有一把扇子，有芭蕉扇、鹅毛扇、绢扇、折扇，各式各样，点缀着夏天纳凉的场景。母亲喜欢用芭蕉扇，每每在新买的芭蕉扇的边缘，缝上一圈布边，既美观，又可保护扇面。我喜欢用折扇，不仅用来扇风，还喜欢打开，折拢，又打开，看纸扇上的"风景"，如诗人洛夫在《杭州纸扇一把题赠痖弦》中所描写的："收拢纸扇／细腰的苏堤／又一寸寸地／折进了／梦中的晚秋……"

夏日纳凉，藤椅的旁边是故事的温床。住在我楼下的陈先生是个语文老师，最擅长讲故事。小伢儿围着陈老师，听他讲《三国》，说《水浒》。有一次讲完了岳飞大战金兀术，小伢儿意犹未尽，还缠着陈老师，"再讲一个吧""再讲一个吧"。于是，他又开始讲："从前有座山，山里有座庙，庙里有个老和尚和一个小和尚，有一天老和尚对小和尚讲着一个故事：从前有座山，山里有座庙……"

记得有一次他讲了一个故事："太原有一位姓王的书生……王生回到家，到门口一看，书房的门也从里边插上了。王生便蹑手蹑脚地走过去，趴在窗上往里看，只见一个恶鬼把人皮铺在床上，拿着彩笔在上面画。等画完了，便扔掉彩笔，提起人皮，像抖搂衣服似的抖了抖，往身上一披，就变成了一个美女……"当时我和几个小伙儿听得毛发竖起，脊梁骨一阵阵发冷。故事还没听完，有的小伙儿逃之夭夭了，有的吓得瑟瑟发抖，不敢一个人回家。多年后我才知这是蒲松龄《聊斋志异·画皮》的故事。

亥时时分，清风徐徐，此时人们纷纷回家就寝，也有的就在露天入睡。其实，清风带走的不过是体表的热。内心的热，还须由"心静"来驱散，正如白居易所说，"但能心静即身凉"。

唐宪宗元和十年（815），白居易任太子左赞善大夫时，某个夏日，诗人去寺院拜访一位名为恒寂的禅师。天气炎热，路上的人为躲太阳而走得很快，只有恒寂禅师一人在禅房内打坐。夏日的房间内闷热异常，诗人待了一会儿就受不了了，于是他不解地问恒寂禅师："禅房这么热，怎么不换个凉快点的地方呢？"恒寂禅师却说："我并不觉得热，相反还很凉快。"白居易深受触动，有所领悟，于是在禅房的墙壁上书写了《苦热题恒寂师禅室》：

> 人人避暑走如狂，独有禅师不出房。
> 非是禅房无热到，但能心静即身凉。

陈师道云"江上双峰一草堂，门闲心静自清凉"，辛弃疾道"只消山水光中，无事过这一夏"。其实，讲的都是一个道理——心静自然凉。

我想，消暑是如此，消除烦恼亦是如此吧！

小楼前后捉迷藏

——闲话"躲猫猫果儿"

早晨散步，又看见了小松鼠。一只大点，一只小点。

两只灰褐色的小松鼠在树林里互相追逐、欢跳着。松鼠从乌桕树枝上跳到栾树的树梢上，只见树影簇动，一瓣瓣红叶簌簌而落。小松鼠一会儿躲到树叶底下，一会儿藏在樟树背后，竖着耳朵，身子紧贴着树干一动也不动。一只大点的东张西望，连蹦带跑，上下跳动。当大松鼠快要靠近小松鼠时，小松鼠机警地沿着树干慢慢移动，不让大松鼠看见。不久，大松鼠发现了小松鼠，一场追逐开始了。大松鼠围追着小松鼠，在树上转圈，在追逐中，聪明的大松鼠好几次突然掉头向后，试图让小松鼠径直跑到它的面前，而小松鼠突然转身往上而奔……

噢，原来松鼠在玩捉迷藏的游戏。

看到这情景，自然让我想起童时玩捉迷藏的往事。捉迷藏是一种游戏，亦称摸瞎子，即蒙目相捉或寻找躲藏者的游戏。捉迷藏的历史由来已久，在唐代已非常盛行，有诗文为证。唐代诗人元稹在一轮明月下，看到双文——据说就是唐传奇小说《莺莺传》中的崔莺莺——在小楼前玩捉迷藏，于是写下：

> 寒轻夜浅绕回廊，不辨花丛暗辨香。
> 忆得双文胧月下，小楼前后捉迷藏。

宋无名氏在《致虚阁杂俎》中记载："玄宗与玉真恒于皎月之下，以锦帕裹目，在方丈之间，互相捉戏……"唐明皇最喜欢与杨贵妃在月下玩捉迷藏。

为了增加游戏的难度和情趣，捉迷藏一般在花前月下。五代十国时的花蕊夫人《宫词》云："内人深夜学迷藏，遍绕花丛水岸傍。乘兴忽来仙洞里，大家寻觅一时忙。"童叟皆知的"司马光砸缸"的故事里，孩子们玩的就是捉迷藏。我猜应是这小孩不知道缸内蓄满了水，想攀上缸沿，藏身于缸内，结果一不小心掉进了水缸里。

据说，当年宋高宗赵构为了躲避金兵的追杀，一路东躲西藏。宁波镇海与宁海分别有人救了宋高宗，两个都是村姑。镇海的村姑把宋高宗藏在稻草垛里；宁海的村姑把箩筐倒扣，宋高宗躲在箩筐里，而村姑则坐在箩筐上，向前来追杀的金兵另指一个方向……当年宋高宗赵构也"玩"过捉迷藏。

捉迷藏，杭州人叫作"躲猫猫果儿"。小时候不晓得此话是什么意思，多年后，我看见两只猫咪在草丛里玩，才恍然大悟。因为猫咪有太高的隐藏本领，它们总能躲藏在某个角落，静悄悄地半天不出声，偷偷地看着你，如你和猫咪玩捉迷藏，你永远都赢不了。杭州人说的"躲猫猫果儿"，突出的是"躲"，要躲得好，躲得巧，躲得让你找不到。北方人那个"捉迷藏"，体现在"捉"。

一躲一捉，游戏的兴奋点大不一样。"躲猫猫果儿"要比"捉迷藏"的说法更形象、贴切，更有味儿。

"躲猫猫果儿"的玩法是：选定一个范围，小伙伴们经过"剪刀、石头、布"，选定一个人先蒙上眼睛或背着大家数数，而其他人必须在他数数时找到一个地方躲藏，数完数后他要去找其他人，最先被找到的人成为下一轮找人的人。

"躲猫猫果儿"有几句开场白，是那个被蒙上眼睛的人喊的，这既是游戏的开场，也是在倒数时间。

猫猫果儿开始了，

大家快快躲好了。

两只老虎要来了，

十、九、八……

三、二、一——

说时迟，那时快。小伙伴们一哄而散，四处躲藏。有躲在床底下的，有藏在大衣橱里的；有躲在窗帘后的，有藏在旮旯里的；有躲在阁楼上的，有藏在门背后的。只要能藏人的地方越隐蔽越好。记得有一个小伙伴把天井里的一只箩筐倒扣过来，然后躲在箩筐里，捕捉的小伙伴找了半天都找不到。

游戏是人类和其他动物共有的一项活动。我寻思，"躲猫猫果儿"的起源应是动物为了捕捉食物练就的一种生存本领，也是躲避天敌的一种逃生手段，猫咪藏身是为了捕捉老鼠，两只小松鼠看上去像是"捉迷藏"，实际上是在训练如何防范自己的天敌——如松貂——的捕捉。所谓"物竞天择，适者生存"，这是动物的生存智慧。

我站在树下看松鼠，松鼠在树上看着我……

万树鸣蝉隔岸虹

——知鸟儿飞过晚风

听到蝉鸣，我知道，炎炎的夏天来了。

无蝉，不夏天。骄阳酷暑里的声声蝉鸣，预示伏天的暑热开始进入高潮。此时各种树上都是蝉在鸣叫，几乎就是蝉声的世界。风吹过来的是蝉声，阳光洒下来的是蝉声，空气中飘过来的还是蝉声……正如唐代诗人李商隐在经过乐游原时所描写的：

> 万树鸣蝉隔岸虹，乐游原上有西风。
>
> 羲和自趁虞泉宿，不放斜阳更向东。

"蝉蜕于浊秽，以浮游尘埃之外"是司马迁在《史记·屈原列传》中对屈原的一句评价。蝉既能入土生活，又能出土羽化。为此，古代文人对蝉十分推崇，写下不少赞美蝉的诗篇。"垂绥饮清露，流响出疏桐。居高声自远，非是藉秋风。"这是虞世南的《蝉》。"露重飞难进，风多响易沉。无人信高洁，谁为表予心？"这是骆宾王的《咏蝉》。"本以高难饱，徒劳恨费声。五更疏欲断，一树碧无情。"这是李商隐的《蝉》。这三首咏蝉诗，分别表达和描述了蝉的高标逸韵、清白节操和艰难穷困。

"池塘边的榕树上，知了在声声叫着夏天。操场边的秋千上，只有蝴蝶停在上面……"童年的暑假，是从一声蝉鸣开始的。斑驳的树影，炙热的熏风，"知了、知了"不停地叫，时间总是过得很慢。

蝉，又称"知了"，杭州的小伢儿把蝉叫成"知鸟儿"。蝉会飞，会飞的都算是鸟。"知了"和"知鸟"读音相似，杭州话又带有儿化音，如"小伢儿搞搞儿，搞了不好闹架儿"。"知鸟儿"多么形象、可爱。

有人说知了挺傻的，容易被捉，其实知了深知自己处境险恶，所以躲到高高的树梢上，"意欲捉鸣蝉，忽然闭口立"，但逃过了麻雀、螳螂等天敌，却逃不过调皮小伢儿的捕捉。那时每逢夏天，在杭州的街头你都可以看见小伢儿捉"知鸟儿"。

有的小伢儿本事大，一抓一蹿一蹬，像个猴子似的爬到树上徒手去捉；有的选一根竹枝，一头撅成三角形，三角里络满了很黏的蜘蛛网，对准一只知了，轻轻一捂，知了的翅膀就被粘住了。有的在竹竿梢上放一团黏性很大的桃胶，或者被太阳烤烊的柏油，高高举起竹竿，瞅准了一只知了，轻轻地一触，知了就被粘住了。捉下那知了，小伢儿就拿一根线拴着它的脖颈，牵在手里玩。我不会爬树，也不会制作蜘蛛网，又觉得用线拴着知了挺"残忍"的，只是远远地站在旁边看小伙伴抓知了。

有人说知了的叫声挺烦的，不停地"知了、知了"。其实自然界发出的声音——鸟啼虫吟、蛙唱蝉鸣，都是非常美妙动听的，它是大自然赐给人类的天籁之音。法布尔在《昆虫记》中描述："蝉的摇滚音乐会、蝈蝈的小提琴演奏、雨蛙的风笛独奏，都只是表达生存乐趣的手段，每种动物都会有自己独特的方式来庆祝这共同的欢乐。""高蝉多远韵，茂树有余音"，这是朱熹在《南安道中》中描述蝉鸣的美妙。一只蝉起初需要在地下蛰伏几年甚至十几年，在漫长而艰难的等待中，破土而出，飞上高枝，其寿命却只有一个夏天，"为了庆祝这来之不易又稍纵即逝的幸福，只有不停地放声高歌，才能抒发心中的喜悦之情"。

蝉，这个可爱的小生命，朝饮甘露，暮咽高枝，夏生秋亡，终若止水。蛰伏、破土、高歌、谢幕，用一生激情奏响夏日绝唱。

炎炎夏日，且听蝉鸣。

领悟生命的纯粹，感受悠悠的禅意。

井梧摇落故园秋

——镌刻在井台上的记忆

古人云，一叶知秋。

今天立秋，一个"立"字，标志着一个季节的确立和开始。秋季开始了，此时气温仍然酷热，热虽热矣，但早晚已有凉风，此时你可以看到高高的梧桐树开始落叶了。南宋诗人陆游七律《秋思》的颈联和尾联有这样两句：

> 砧杵敲残深巷月，井梧摇落故园秋。
>
> 欲舒老眼无高处，安得元龙百尺楼。

在捣衣棒的敲击中，深巷里的明月渐渐西沉，井边的梧桐树忽然摇动叶落，方知故乡也是秋天了。成语"背井离乡"的"井"成为古人故乡的一个代名词。

"井"字始见于商代。甲骨文的"井"是一个象形字，似木料或石料围起来的井栏杆，当中空为井口。西周以后，"井"字当中多出一圆点，意指井中有水，或表示汲水用的桶或罐。"古者穿地取水，以瓶引汲，谓之为井。"古人用这样的词句来描绘与人们生活息息相关的井。

杭州居民自古绕井而居，有生活的地方就有井，有井的地方就有生活。可以说，上点年纪的杭州人，都是喝井水长大的。井水清凉甘甜，苏轼在《东坡志林》中说："井泉甘冷者，皆良药也。"杭州有众多的井，如井眼最多的郭婆井，名气最大的老龙井，历史悠久的相国井，人气最旺的大井巷大井，故事最多的是我旧居的一口两眼水井。

这口水井，位于蕲王路星远里二弄和直弄的交叉处。井圈呈鼓状六边形，是整块大青石凿成的，绢光泛着鸡骨白；井壁用砖石所砌，深邃透着幽亮；井口周围有石板铺砌的井台，经过岁月的冲刷，石板被磨得发青发光；井栏上爬满了一道道皱纹，仿佛在叙说它的往事。

20世纪60年代初的杭州，自来水还不是"自来水"。很多人家的厨房里常放有两口大缸：一口缸用来存放从外面挑来的自来水，用来做饭和烧开水；另一口缸用来存放打来的井水，用来洗衣服、擦桌子、拖地板。井水冬暖夏凉。大寒时节，滴水成冰，一场大雪后，皑皑白雪便落满井台。人们在井边淘米洗菜，井口飘出腾腾热气，井台飘来阵阵笑声。

"王妈妈，汏菜啊！""张伯伯，吊水啊！"热闹的时候，井水边挤满拎水和洗涮的人，迟来的人只能在井边排队。那时井台边是一道美丽的风景，淘米汏菜，洗衣涮碗，说古道今。

小时候学做的家务事是：打水、扫地、抹桌。"打水"，杭州话说成"吊水"。家家户户用铅桶去井里吊水，这种铅桶是用镀锌铁皮做的可以拎的圆桶，铅桶上系着棕绳或麻绳，人们称它为洋铅桶。吊水看似简单，其实是一个技术活。记得我第一次去吊水只有十岁。那天，我拎了一只铅桶，一晃一晃地来到井边，铅桶往井里一扔，"扑通""扑通"，桶在水面上跳来跳去，就是不翻身，不进水。井边等着吊水的人不停地催："快点啊，有没有吊好？"真是急煞人。可越急，越打不进水。"扑通""扑通"，结果一井的水都被搅浑了，我只吊了半桶水，就晃荡着回家了。

第二天，我去井边看人家吊水……

第三天，我去吊水，吊了大半桶水。

第四天，我又去吊水了。桶口朝下，"噗"，在桶接触到井水时，手提吊绳轻轻一抖，桶一倾身，井水灌进了桶里，桶慢慢地下沉了。用力攥紧绳子，左右手接力往上提，临近井栏时，猛地换手一拎，先把桶在井圈上一搁，再用两只手将桶从井栏上拎下来。我拎了满满一桶水，走几步，停一停，换只手再拎，高高兴兴地回家了。

吊水时，有时一不小心，绳子断了或手一滑，桶连绳一起掉入井里。"绳子突然断了／水桶砸了，月光碎了……"在诗人的笔下，水桶掉入井里，也是如此充满诗意，而现实是我该如何把桶打捞上来。把阳台上晒衣服的竹晾竿取下来，在晾竿的头部用麻绳扎上一铁钩，将晾竿伸到井里去钩，有时运气好，很快就钩上来了；有时把井水都搅浑了，也钩不上来。这时井边围着七八个吊水的，七嘴八舌地说："怎么还没钩上来啊？""晾竿斜点试试。""让我来钩钩看。"此时吊水不成，却成了"钓桶"了。

读初中时，学宋代文学家欧阳修的文章《卖油翁》，语文老师布置的回家作业是背诵课文：

陈康肃公善射，当世无双，公亦以此自矜。尝射于家圃，有卖油翁释担而立，睨之久而不去。见其发矢十中八九，但微颔之。

康肃问曰："汝亦知射乎？吾射不亦精乎？"翁曰："无他，但手熟尔。"……

我正背诵着，听见阿太在唤我："缸里快没水了，去吊几桶水。""好的，好的。"我拎着铅桶，走到井边，桶口朝下，"噗"，吊起满满一桶水……此时，我忽然明白一个道理：实践出真知。射箭、解牛是如此，倒油、吊水也是如此，唯手熟尔。

随着岁月流逝，杭州的水井正悄然消逝在我们的视线中，也慢慢地被深藏在记忆深处。今天，在农家乐度假，看见一位老伯拎着一只大木桶正在井边吊水：一扣一放，一抖一提，一抓一拎，干净利索。他拎着满满的一桶水，悄无声息……

知有儿童挑促织

——那些斗蛐蛐儿的趣事

今天，在院里听到了蟋蟀的鸣唱。

蟋蟀，一名蛩，一名促织。在杭州，蟋蟀叫作"蛐蛐儿"，顾名思义，就是"曜曜曜"会叫的小家伙。《燕京岁时记》记载："七月中旬则有蛐蛐儿，贵者可值数金（有白麻头、黄麻头、蟹肱青、琵琶翅、梅花翅、竹节须之别），以其能战斗也。"斗蟋蟀的游戏源自唐代，到了南宋开始大盛。南宋诗人叶绍翁在《夜书所见》中描述了儿童捉促织的场景：

> 萧萧梧叶送寒声，江上秋风动客情。
>
> 知有儿童挑促织，夜深篱落一灯明。

记得童时，每当夏末秋初，秋风渐起的时候，小巷深处传来"曜曜曜"的美妙鸣声，正是捉蛐蛐儿之时。捉蛐蛐儿，北方叫"掏"，南方叫"灌"，杭州人叫"抲"。抲蛐蛐儿是有学问的，蟋蟀的栖息地往往决定着它的优劣。有经验的小伙伴说，生长在碎砖乱石中的蟋蟀，要比生长在泥土杂草间的强壮；生长在荒郊野外的蟋蟀要比生长在小院深巷里的勇猛。

为了捉到勇猛的"金翅大王"，小伙伴们约好，凌晨一点到郊外抲蛐蛐儿。那时杭州城区不大，过了"红太阳广场"（武林广场）就是大片农田。深夜时分，"喵喵"，听到阿明学猫叫的声音，我便悄悄起床出门。小伙伴阿华的家在一楼，他的床靠窗临巷，睡前他将一根绳子系在手腕上，另一头放到窗外。走到阿华家的窗前，我拉一拉绳子，房间里发出"嘟哝"的声音，一会儿，阿华揉着眼睛出来了。月明星稀，凉风习习，小伙伴们出发了。走过白傅路，穿过太平里，经过环城西路来到昭庆寺（少年宫），只听阿明低声说道："到了，到了。"我用手电筒一照，面前是一片黑黝黝的菜地，闻到几分扑鼻的泥土气息。"别照，先听。"阿明示意我们。于是小伙伴蹲下身子，蹑手蹑脚，分头开始捕捉。

"曜曜曜"，一阵阵清脆响亮的鸣唱。我循着蛐蛐儿的叫声，掀开瓦片，拨开草丛，看到了一只个头不大，黑如墨色，屈腿卧着，埋首如老狐的蛐蛐儿。嚯，蹦出来了！我赶紧拿起笊篱网，扑上去将它罩住，装进竹筒儿用棉花塞住，心头一阵激动。

拘蛐蛐儿是为了斗。

"听说三弄里阿三的'金翅大王'，号称打遍天下无敌手。"

"我们去会会。"

"好啊，去会会！"

阿华和阿明互相说着话。于是，他们带着新拘的蛐蛐儿去挑战了。

只见马路上，一群小伢儿围成一圈，头碰头，大呼小叫，在斗蛐蛐儿。我透过小伙伴头之间的空隙，朝里一瞧，一黄一黑，两只蛐蛐儿正紧紧拧在一起，大牙撕咬着大牙，长须扑打着长须。此时阿明紧闭着嘴唇，低着头一声不响。阿三手攥紧了拳头，瞪大眼睛。他们头顶着头，把整个斗罐儿都给罩住了，似乎不是两只蛐蛐儿在斗，而是他们两个人在斗。

我被小伙伴们挤了出来，过了一会儿，听到"曜曜曜"的鸣叫声。"谁赢了？谁赢了？"我问小伙伴。当看见阿明神情沮丧，阿三趾高气扬的样子时，我知道结果了。凑近一看，阿三的"金翅大王"在盆罐里蹲着，"曜曜曜"，不停地振翅鸣叫，阿明和阿华的蛐蛐儿都已战败。

"小黑上！"我脱口而出。阿三盖上盆罐，咧着嘴笑着对我说："想打车轮战吗？要斗，明天再来。"一副很神气的样子。

第二天，我带上"小黑"，前去赴战，阿明和阿华为我助威。阿三掀开紫砂盆的盖子，只见盆子里的"金翅大王"头圆牙大、项阔毛燥、壳青腿粗、红钳赤爪，张开羽翅"曜曜曜"地叫唤着，真像一位威武的大将军。

我的"小黑"又小又黑，根本不是一个重量级。怎么办?！我把"小黑"放在手心，两手合拢，吹一口气；摇一摇，朝空中掼三掼，然后把"小黑"放进阿三的紫砂盆里。

"金翅大王"突然发现来了一个敌手，立刻挥舞着一对触角，四只螳螂腿往后一退，踞在盆边儿，挠动叉开的两只红钳，龇着小黄牙，对着"小黑""矍矍"地叫唤。忽然，只见那"金翅大王"纵身一跃，像一道闪电朝"小黑"冲去。"小黑"蹲在盆边一动不动，眼看"金翅大王"就要冲到眼前，"小黑"闪身一跳，"金翅大王"撞上了盆壁，身子一个踉跄。说时迟那时快，"小黑"两腿一蹬，如同拼命三郎向"金翅大王"冲去。"小黑"的头撞到"金翅大王"的圆头上，"金翅大王"打了个趔趄。"小黑"将身子一蹲，俯身再次向"金翅大王"发起冲锋，以命相搏。"金翅大王"胆怯了，退缩了，绕盆而走。"小黑"振翅不停地高歌——"矍矍""矍矍"。

在一旁观看的老人自言自语:"狭路相逢勇者胜啊!"

我捧着蛐蛐儿罐，小伙伴们拥着我，好像我是凯旋的大将军……

"矍矍矍"，院子里蛐蛐儿还在吟唱，好像就是童年听到的那只。

清凉居士老西湖
——杭州有一条蕲王路

杭州城里有一条岳王路，大家耳熟能详；还有一条蕲王路，人们知之不多。

岳王路是为了纪念南宋抗金名将岳飞而命名的，蕲王路则是为纪念韩世忠而得名。韩世忠，字良臣，自号清凉居士，南宋名将，宋孝宗时追封蕲王，与岳飞、张俊、刘光世合称"中兴四将"。清代诗人沈绍姬曾写《题韩蕲王湖上策蹇图》：

> 南渡何人主庙谟？清凉居士老西湖。
> 两朝和议分棋墅，百战雄心付酒垆。
> 策蹇山前逢故吏，参禅花底坐浮屠。
> 只今犹恨丹青手，不画麒麟阁上图。

这是《韩蕲王湖边骑驴图》的题画诗，诗人反映了南宋将领韩蕲王，即抗金名将韩世忠的悲惨遭遇。金人南犯，虏走徽、钦二帝，皇室迁都，南渡临安，国势日衰。从此以后，还有何人能够主持庙谟，商议国事？因为像韩世忠这样的精忠之士都被解职，只能整天在家诵读佛经，自号"清凉居士"，偶尔骑着毛驴，携一壶酒，带一个侍童在西湖边涌金门晃悠，成了"清凉居士老西湖"。诗人面对这幅《策蹇图》，并不想称颂画家的技艺，而是恨他画出这种令人痛心的作品，责怪他为什么不画麒麟阁上的那些人物。

说起蕲王韩世忠，让我说说杭州的这条路——蕲王路。蕲王路上放鹞儿、滚箍儿、斗蛐蛐儿——这是我童时居住的地方。出生在杭州的夏衍在《故乡之忆》中说："我常常梦见我出生的旧屋，不仅房子结构和陈设，连某一块地板已经朽折，某一处墙壁已经剥落，甚至我幼年在后院的一棵橘子树上捉金龟子的情景也历历如在目前。"是的，尽管我迁居已有三十多年了，但至今仍记得旧居的一草一木，并能清晰地画出来：一条长路，两边高低错落的房屋，四通八达的弄堂，七八棵又高又大的梧桐树……

说它是一条长路，其实只有一百六十三米长，但在我的心中它是一条有许多故事的路，永远是一条长长的路。蕲王路南接学士路，北至长生路，因抗金名将韩世忠曾在此居住，所以民国初建路后被命名为蕲王路。1966年，蕲王路改名为湖边路，1981年又复名。蕲王路上有星远里、劝业里等弄堂，我家住在星远里——一个离西湖边六公园只有几百米的背街小巷。

星远里是一排老式石库门房。东临蕲王路，南达学士路，西接白傅路。学士路以江学士桥得名，明朝工部侍郎江晓居此，江学士家族在明代五世相继出了七名进士。白傅路为纪念唐代杭州刺史白居易（官至太子少傅）而取名。星远里在晚清时原为清旗营北部正红旗坊，民国后，建居民住宅，称星远里。内有东西走向的巷子三条，全名叫"星远里一弄、二弄、三弄"，中间横穿三条弄堂的还有一条"直弄"。二弄和直弄的交叉口有两眼古井。1966年的春天，我家从菜市桥搬到蕲王路，老远就看见弄堂口拱门上的黑色隶体石刻大字——星远里。这是一条逼仄小巷，两旁是两层楼中式房屋，白墙、黛瓦、镶木窗。正在搬家时，一个扎着两条小辫子的小女孩一蹦一跳来串门，自我介绍："我叫华华，今年五岁。"那年我也是五岁。

我家住在二楼，楼下有三户人家，有四个老师。邻居陈老师告诉我，蕲王路星远里曾经有一所学校——湖滨初中，一所只有六年校龄的弄堂学校。1961年，当时公办学校难以满足学生的升学需求，政府提出借助民间力量，利用社会闲散资金创办学校，此时湖滨街道与杭州市民革合办了湖滨初中，陈老师是学校的物理教师。

有一天，陈老师带我参观了这所"弄堂初中"，学校在一座房子的底层，前面有青石框大门，进去后有个小天井，青石板铺地，天井后便是客堂间，客堂间与旁边的两个屋子改建成了三个教室。陈老师说，室内过于阴暗，白天也须开灯，有时学生们在天井里读书，在廊下上课，过路的行人能听到琅琅的读书声。我思忖，如此方寸之地，竟然挤得下五十多名学生。站在此地，我仿佛身临其境，听到了他们的朗读声。我记述了那天的感受：

> 风檐展书读，小巷照颜色。
> 弦歌声不断，雨吹未曾息。

我读的小学就在长生路路口，同学大都住在蕲王路附近，有住在劝业里、思鑫坊的，有住在白傅路6号、湖边村、太平里的，这些都是石库门里弄建筑群，青砖实叠，青瓦屋面。弄堂中有拱门，上面是过街楼，条石上刻着"劝业里""思鑫坊"等大字。有四五个同学住在劝业里，劝业里位于蕲王路以东，弄堂里既有里弄式的石库门建筑，也有独院式花园别墅建筑。石库门建筑的每个单元，大都为两层两间进深，带一个小天井。

记得有一个姓金的同学，住在劝业里24号。走进院子，眼前是一幢独院式的花园洋房，青砖高墙，四坡屋顶，内廊上有雕饰精美的挂落，楼梯栏杆、屋顶露台都有雕饰，房前花园中还置有防空洞和花坛。当时，院子里好像住着七八户人家。有一段时间，我们的"学习小组"就设在劝业里24号。所谓"学习小组"，就是班主任把住在附近的五六个同学组成一个小组，放学回家后，到某个同学家里一起做回家作业，一起搞校外活动。后来金同学转学了，"学习小组"又先后转到星远里三弄、湖边村、白傅路6号等处……

1983年我家乔迁，之后就没再去过旧居。前几年，一个傍晚，经过蕲王路，我忍不住停下脚步。只见路两边的墙壁新粉刷了，沿街都是餐饮酒店，霓虹灯闪烁着，马路边停满了汽车。一辆辆车从我身边驶过，响着喇叭，闪着灯光，车水马龙，人来人往。弄堂的拱门上镶嵌着三个闪闪发亮的镏金大字——"星远里"。走进二弄，穿过直弄，两眼古井的井口盖上了盖子，盖上积满了厚厚的灰尘……

莫将戏事扰真情

——享受生活的每一个过程

下棋，你认为是"戏事"吗？你在乎输赢吗?！

围棋、象棋都起源于中国。围棋传为帝尧所作，春秋战国时期即有记载，古时称为"弈"。《说文解字》曰："弈，围棋也。"围棋蕴含着中华文化的丰富内涵，它与书、画、琴并称为古代文人的"四艺"。北宋文学家王安石写过一首七言绝句《棋》：

莫将戏事扰真情，且可随缘道我赢。

战罢两奁分白黑，一枰何处有亏成。

从此诗中，我们可以管窥王安石弈棋的思维方式和他的性情。王安石是一个棋迷，他将围棋看作"戏事"，在他看来，弈棋，只不过是一种游戏而已，犯不着较真，所谓的"真情"才是最重要的。你们就随便算我赢得了，反正等到下罢棋，就把棋子收了，棋盘上又哪里去找什么胜败？从表面上看，这好像是一种胜负不萦于心的超脱境界，但事实上，一句"且可随缘道我赢"，而不是"且可随缘道输赢"，说明他是在意胜负的。

王安石才华横溢，诗文独步天下，是公认的"唐宋八大家"之一，但他下棋的水平远不如他的诗文。据宋胡仔《苕溪渔隐丛话》载："荆公棋品殊下，每与人对局，未尝致思，随手疾应，觉其势将败，便敛之，谓人曰：'本图适性忘虑，反苦思劳神，不如且已。'"宋释惠洪《冷斋夜话》载：

"荆公在钟山，有一道士来访，因与棋，辄作数语曰：'彼亦不敢先，我亦不敢先，惟其不敢先，是以无所争，故能入于不死不生。'荆公笑曰：'此特棋隐语也。'"这段记载亦可为他的"适性忘虑"作一小注。

历代文人墨客与围棋结下不解之缘，借围棋来表情达意，写下不少著名诗篇。"百千家似围棋局，十二街如种菜畦。"这是白居易对长安的描述，以棋局而喻街道，可见白居易对围棋的喜好。"老妻画纸为棋局，稚子敲针作钓钩。"这是杜甫在闲居时看妻子在纸上画棋盘和小儿自制鱼钩的家庭生活。

"青山不厌千杯酒，白日唯消一局棋。"这是唐代诗人李远留下来的两句残句。此诗句描述李远平生两大爱好——喝酒和弈棋。宋人赵令畤《侯鲭录》记载："宣宗曰：'远诗云：青山不厌千杯酒，白日唯消一局棋。如此安能治民！'"宣宗说李远整天下棋，怎能治理好一个郡。推荐李远任杭州刺史的宰相令狐绹赶忙解释：李远爱下围棋，但他廉洁、明察，可当重任。于是，宣宗皇帝方允李远赴杭州任职。

宣宗皇帝讨厌整日下棋的人是有道理的。《论语》曰："饱食终日，无所用心，难矣哉！不有博弈者乎，为之犹贤乎已。"孔子说："整天吃得饱饱的，什么心思也不用，这就难办了呀！不是有下围棋之类的游戏吗？干干这些，也比什么都不干好些。"在孔子眼里，下棋只是比"饱食终日，无所用心"要好些。所以，古代文人大都将围棋定位为"戏事"。

其实下棋并非无所事事。汉代刘歆《西京杂记》载："杜陵杜夫子善弈棋，为天下第一。人或讥其费日，夫子曰：'精其理者，足以大裨圣教。'"有人讥笑杜夫子下棋浪费光阴，夫子回答说："能够精通围棋道理，完全可以助益于学习圣人之教。"东汉文学家班固在《弈旨》中阐述了围棋的文化内涵和丰富深厚的哲理，并认为围棋之道与政治、军事谋略和儒教伦常有融会之处。明人陈继儒《小窗幽记》说："于琴得道机，于棋得兵机。"在下棋对弈中，我们可得到兵书阵法的规律。

我喜欢下棋，更喜欢观棋。李渔《闲情偶寄》云："弈棋不如观棋，因观者无得失心。"观棋是有趣的事，此时，棋手全身心投入，最能看出一个棋手的棋艺和性格。如：有的胸有成竹，举子若轻；有的举棋不定，落子即悔。有的是慢性子，左思右想，放下又拿起；有的是快枪手，不经思虑，随手疾应。有的默默无语，只顾低头下棋，不抬头看人；有的喋喋不休，一面下棋一面叨扰。有的围追堵截，一子必争，杀而后快；有的谋篇布局，次第经略，懂得取舍。有的对输赢太过执着，赢了一盘，眉飞色舞，趾高气扬；输了一盘，不依不饶，一定要赢你一局才放你走。

曾见过两个棋友下棋。开始两人端坐着，和颜悦色，谈笑风生。后来开始斗嘴。到残局之时，不知何故，两人都站了起来，脸涨得通红，互相争执，最后把棋子一扬，棋盘掀翻，不欢而散。从此两人不理不睬，老死不相往来。

有一段相声《下象棋》，说的是一位棋手下棋时满嘴是话，不停地用日本电影《追捕》中的台词刺激对方，如对方要走车了，此人则说："走啊，走吧，你看多么蓝的天哪，走过去就会融化在蓝天里，去吧，一直往前走，不要朝两边儿看。"对方一听，这是什么规矩，我不走车了，把马拿起来了。此人又说了："跳啊，跳吧，朝仓不是跳下去了吗，唐塔也跳下去了，所以请你也跳下去吧，你倒是跳啊……"就这样喋喋不休，这不是在走棋，是在斗嘴。相声尽管有点夸张，但现实中确有这样的人。

其实，下棋是享受和对方对弈的过程，开心快乐比输赢重要。人生也是如此，享受生活的每一个过程。人生就是一场旅行，别错过路途的风景，也别错过内心的声音，而人生的风景，说到底，是心灵的风景。

苏轼喜欢下棋，他有一首《观棋》诗，结尾有这样两句："胜固欣然，败亦可喜。优哉游哉，聊复尔耳。"

昨夜星辰昨夜风

——爱是永恒的星辰

"昨夜今朝又明日"，昨夜是今朝的序言。

"昨"是个形声字。《说文解字》解释："昨，累日也。从日，乍声。"昨夜就是今天的前一夜，也是昨天之前所有的夜。

昨夜，落花微雨，小楼残月，人约黄昏；昨夜，那些脍炙人口、醉人心扉的诗词佳作，一次次令人流连忘返。

"昨夜吴中雪，子猷佳兴发"（李白《答王十二寒夜独酌有怀》）；"今朝云细薄，昨夜月清圆"（杜甫《舟中》）；"天长地久无终毕，昨夜今朝又明日"（白居易《浩歌行》）；"昨夜西风凋碧树。独上高楼，望尽天涯路"（晏殊《蝶恋花》）；"昨夜雨疏风骤，浓睡不消残酒"（李清照《如梦令》）；"昨夜朔风吹倒人，梅花枝上十分春"（王冕《素梅 十三》）。

昨夜，是一个令人心驰神往的夜，是一个与心有灵犀意中人邂逅的夜。

那个夜晚，夜宴从夜晚一直到天明。诗人在宴会上邂逅了心中的意中人。宴席上，人们玩着隔座送钩、分组射覆的游戏，觥筹交错，灯红酒暖，其乐融融。但晨鼓起时，诗人不得不应差而去。诗人用诗的语言描述当时情景，用各种意象将一段只可意会不可言传的情感，描绘得扑朔迷离而又入木三分。

> 昨夜星辰昨夜风，画楼西畔桂堂东。
>
> 身无彩凤双飞翼，心有灵犀一点通。

隔座送钩春酒暖，分曹射覆蜡灯红。

嗟余听鼓应官去，走马兰台类转蓬。

　　这个诗人就是李商隐，这首诗就是七律《无题》，其中"昨夜星辰昨夜风""心有灵犀一点通"已成为经典诗句。

　　20世纪80年代，有一部电视剧，剧名为《昨夜星辰》，我想应是借用了李商隐的诗句。每当夜幕降临时，小巷深处传来"昨夜的／昨夜的星辰……"人们就端坐在电视机前了。电视剧的剧情早已忘了，但同名主题曲《昨夜星辰》的旋律一直萦绕在脑海中，仿佛就在昨夜。

　　"昨夜的／昨夜的星辰已坠落／消失在遥远的银河／想记起／偏又已忘记／那份爱换来的是寂寞／爱是不变的星辰／爱是永恒的星辰……"

　　昨夜，最让我难以忘怀的是童时的除夕。除夕是一年中最重要的一天，也是合家团圆的一天，一家人围在一起吃年夜饭。"噼啪""噼啪"，在一阵阵的爆竹伴奏声中，年夜饭开始了。有白切鸡、白鲞扣鸡、葱焖鲫鱼、鲞焐肉、油豆腐焐肉、素烧鹅、炒二冬、八宝菜、鱼丸莼菜汤、炸春卷、凉拌海蜇头、凉拌皮蛋豆腐、油汆花生米、炸虾片等等。

　　炸虾片是年夜饭的必备菜，一小片不起眼的虾片经过油锅一炸，就一下子变成又白又胖又好吃的美食了。炸好稍凉了些，还没上桌我就用手抓了吃，"咔嚓""咔嚓"，又脆又香。其实，它算不上是一道菜，只能算是零食或是下酒菜。

　　年夜饭有一道甜点——八宝饭。母亲做的八宝饭好吃，又好看。在涂抹一层猪油的白瓷碗里，用山楂糕、蜜枣、银杏果、葡萄干、桂圆肉、红绿丝等果品摆放出梅花、莲花、"囍"和"春"等图案或文字造型，然后放进糯米，再填入豆沙，上笼隔水蒸。上桌的时候，取一大盘，把碗里的八宝饭倒扣在大盘里，在掀开碗之前，母亲笑着问："大家猜猜看，是什么图案？"这是我家的传统节目，谁猜对了，谁先舀第一勺，吃第一口。

　　阿太说，是"福"字；外公说，是"春"字；父亲说，是梅花；大哥说，是莲花；我说，是"囍"字；小妹嘴里含着菜，嘟噜着……掀起碗一看，果真是"囍"字。我站起身，伸出调羹儿，从八宝饭的中心舀入（豆沙在中间层，两边是糯米饭），满满的一勺，满满的一嘴，满满的幸福。此时，巷子里传来阵阵鞭炮声……

"噼啪""噼啪""噼——啪"，远处又传来一阵阵爆竹声，又到春节了。早晨，一打开窗子，我闻到那熟悉的爆竹气味，那令人怀念的爆竹的气味，不禁想起了那些年，那些夜，那些永恒的星辰……

长恨此身非我有

——在燃烧着的生命里转

抽陀螺是小时候常玩的一种游戏。

陀螺指的是绕一个支点高速转动的刚体。陀螺是中国民间最早的玩具之一，也作陀罗，北方叫作"冰嘎儿"，顾名思义，就是冰上的小家伙。杭州人叫作"贱陀螺"，言下之意，就是不打不转的小东西。

陀螺最早出现于后魏时期的史籍，当时称为独乐。陀螺这个名词，直至明朝才正式出现，当时刘侗、于奕正合撰的《帝京景物略》一书中就提到过。周作人在译作《陀螺》的序中说，《帝京景物略》记童谣云"杨柳儿活抽陀螺"，又云"陀螺者木制如小空钟，中实而无柄，绕以鞭之绳而无竹尺，卓于地，急掣其鞭，一掣，陀螺则转无声也。视其缓而鞭之，转转无复住。转之急，正如卓立地上，顶光旋旋，影不动也"。

现在网上超市都有现卖的陀螺，一只健身十斤实木大陀螺（带鞭子）只需十八元，一只会发光的实木陀螺也只要十二元。那时，我们都是自己动手做陀螺，一块木头，一颗钢珠，一根麻绳，就可以制作了。取一块实木，槐树、樟树或龙眼木等，拿一把刀像削铅笔那样，把木头的一端削尖呈锥状，老虎钳子钳牢一颗钢珠放在煤火炉里烧，待珠子红透了，把它安放在陀螺顶上，"吱"一声，钢珠紧紧地嵌入木头。

抽陀螺的鞭绳就比较简单了，只要结实，且不会滑动的绳子就可以，一般用棉绳或细麻绳，也有人用加长的球鞋带。然后把绳系在鞭杆上即可。制作完成后就可以玩了。把尖头着地，以绳绕螺身，然后把陀螺放到平整的地面上，随着鞭绳的抽离，陀螺旋转起来。或者用双手直接凌空旋转陀螺，待陀螺着地，以绳抽打，使之不停地旋转。

童时玩的很多游戏是和"斗"有关的，斗蟋蟀、斗风筝，还有斗陀螺。斗陀螺有点像现在的拳击赛，小伙伴们在一旁大声吆喝着，两个男孩抽着各自的陀螺向对方进攻，让两只陀螺在高速旋转中互相冲撞，"哪哪""哪哪"。个大体重的很容易把分量轻的对手撞出老远，甚至撞翻，被撞出圈外或撞倒的就算输了。当然，你若能熟练控制陀螺，掌握技巧，小个子的陀螺也有胜的机会，不正面攻击，从侧面撞，以力打力，把对方的大家伙撞翻，撞出圈外。

小时候只知道玩，只知道陀螺是个简单的玩具，但随着年龄增长，阅历丰富，到了"看山不是山，看水不是水"的阶段时，对陀螺便有了新的认知了。

耳边飘过民谣歌手万晓利的《陀螺》："在田野上转／在清风里转／在飘着香的鲜花上转／在沉默里转／在孤独里转／在结着冰的湖面上转／在欢笑里转／在泪水里转／在燃烧着的生命里转……"

人生就像陀螺，被生活的"鞭子"抽打着，在沉默里转，在孤独里转，在欢笑里转，在泪水里转。人生有诸多不如意，野外飞蓬，身不由己。苏轼《临江仙》云：

> 夜饮东坡醒复醉，归来仿佛三更。家童鼻息已雷鸣。敲门都不应，倚杖听江声。　　长恨此身非我有，何时忘却营营。夜阑风静縠纹平。小舟从此逝，江海寄余生。

苏轼这首词作于黄州之贬的第三年，即宋神宗元丰五年（1082）九月。夜饮回来的苏东坡独自倚着藜杖倾听江水奔流的吼声，不禁感叹：长恨身在宦途，我已身不由己。什么时候才能够忘却追逐功名？夜深风静水波平，真想乘上小船从此消逝，在烟波江湖中寄托余生。

"人生如逆旅，我亦是行人"，这是苏轼的人生感悟。是的，人生是一趟艰难的旅程，就如同陀螺，不停地行走，不停地旋转。但问题是为什么转，怎样转。

诗人苏东坡给我们做了回答。乌台诗案之后，他饱尝贬谪他乡之苦，领受颠沛流离之累，多次流放，九死一生，从北宋疆域的最西北处到最南端，从北方的寒冷气候到海南岛的热带气候。他的一生都是在动荡中度过的，"大起大落，就像坐过山车一样"；他的一生就像一只旋转的陀螺，在燃烧着的生命里不停地转。但不管遭受什么打击，无论身处何方，他总是保持自己的个性：乐观，豁达。

出门散步，在美丽洲公园里看到一位老伯正在抽陀螺。说是老伯，其实应该和我年龄相仿吧。当年抽陀螺的少年，如今和我一样都变成了老伯。我停下脚步，看他抽陀螺。"啪啪啪"，他挥舞着手中的鞭绳，不停地抽打着。陀螺不停地旋转着，他高兴地自嗨着……

我说道："打得不错，看你的样子是有童子功的。"老伯哈哈大笑，说："你怎么知道的?""哈，我小时候也玩过。""好啊，你也来玩一下。"

"好啊。"我手挥鞭，空中扬，老夫聊发少年狂。陀螺，在春风里转，在阳光下转……

愿君借我一勺水

——弱水三千，只取一瓢

日前，看一档音乐综艺节目，节目中有歌手玩填空造词的游戏。

"繁华如三千东流水，我只取一瓢爱了解。"这是方文山作词，周杰伦作曲的《发如雪》中的一句歌词。节目要求歌手们造词以替换"瓢"字。

歌手们纷纷开始书写，并亮出自己的"造词"。

有写"滴"的，有选"杯"的，有填"点"的、"碗"的，也有说"丝"的，等等。

歌手从不同的视角和语境进行造词，如："一杯"，大概是想起了刘德华的"给我一杯忘情水"；"一滴"，估计是记起《一滴水》中的歌词"我是一滴水，无惧风雨"；"一丝"，也许是联想起纳兰性德的词句"语罢一丝香露、湿银屏"。……

我想，如果由我来造词，会选什么呢？我会选"勺"。即"繁华如三千东流水，我只取一勺爱了解。"

"瓢"，形声字。《说文解字》谓："瓢，从瓠省，票声。"实际上应是从瓜，票声。本义是剖葫芦做成的舀水盛酒器。《三苍》注："瓢，瓠勺也。"《论语·雍也》写道："一箪食，一瓢饮，在陋巷。人不堪其忧，回也不改其乐。贤哉，回也！"

《发如雪》的歌词"繁华如三千东流水，我只取一瓢爱了解"，应取意于"弱水三千，只取一瓢饮"。此语源起佛经中的一则故事，寓意在一生中可能会遇到很多美好的东西，但只要用心好好把握住其中的一样就足够了。

也比喻对爱情忠贞、专一。《红楼梦》第九十一回中，林黛玉问宝玉道："宝姐姐和你好，你怎么样？宝姐姐不和你好，你怎么样？宝姐姐前儿和你好，如今不和你好，你怎么样？今儿和你好，后来不和你好，你怎么样？你和他好，他偏不和你好，你怎么样？你不和他好，他偏要和你好，你怎么样？"林黛玉六问宝玉，贾宝玉呆了半晌，忽然大笑，说出了一句经典的爱情表白："任凭弱水三千，我只取一瓢饮。"

"勺"，象形字，最早见于甲骨文。《说文解字》释："勺，挹取也。象形，中有实，与包同意。凡勺之属皆从勺。"本义为舀酒的用具，后来泛指一种有柄可以舀取东西的器具。《周礼·考工记·梓人》载："梓人为饮器，勺一升。"

"一勺"，在古代诗词中作为一个数量词使用，如："银瓶贮寒泉，当顶倾一勺"（白居易《嗟发落》）；"愿君借我一勺水，与君昼夜歌德声"（卢仝《萧宅二三子赠答诗二十首·虾蟆请客》）；"千里冰裂处，一勺暖亦仁"（孟郊《寒溪》）；"愿求南宗一勺水，往与屈贾湔余哀"（苏轼《再用前韵》）；"岩泉一勺不足留，梦魂飞渡鱼龙海"（王冕《送元本忠北上》）。

"水。至清，尽美。从一勺，至千里。"这是唐代刘禹锡的《叹水别白二十二》中的诗句。此诗是一字至七字体，即以一字句开始，以下每联逐层增一字，最后以七字句作结，不仅体裁新颖，而且写法也曲尽其妙。"从一勺，至千里。"小至一勺，大至绵延千里。此写水势流播，滔滔不绝之状。

《菜根谭》载："一勺水，便具四海水味，世法不必尽尝；千江月，总是一轮月光，心珠宜当独朗。"其大意是：一勺水便具有四海水的味道，因此没有必要把世间的一切生灭道理都亲自体验；千条江水中的月亮，都是天上一轮明月的影子，所以我们的心性也要明朗如珠。

《增广贤文》说："良田万顷，日食一升。大厦千间，夜眠八尺。"弱水三千，不过一日一勺。"知足常足，终身不辱；知止常止，终身不耻"。自古以来，人生最高的境界莫过于知足常乐了。

　　　弱水三千，只取一瓢；
　　　繁华万丈，只舀一勺。

记得年少骑竹马

——骑着单车，掠过记忆的风

淡淡的云，红红的霞，凉凉的风，我骑着单车，去参加小伙伴们的聚会。

小伙伴们一见面互相问候：

"好久不见啊。"

"还这么年轻。""老了，头发都白了。"

"怎么来的？自行车？""你呢？脚踏车？"

聚会三部曲：喝茶、聊天、饮酒。几杯酒入肚，小伙伴微醺了。阿明端起酒杯，站起身来高声说："我提议每个人讲一段往事，故事、笑话都可以。"阿真说："好是好，但要有一个主题，今天不少人是骑车来的，就以此为题，怎么样？"

"噼里啪啦"一阵掌声，"好""好"，小伙伴们齐声响应。

阿强一边举起右手，一边说："要说踏'脚踏车'，资格我最老，我在幼儿园时就开始踏了。"阿明手指着阿强，笑着说："阿强又要'吹鳃儿'了。"阿强抿了一口酒，瞧着阿明说："真的，不是吹的。那时只有七岁，我把父亲的脚踏车偷偷骑出来，人小啊，骑不上座凳，只能把一条腿伸到横杠下，一下一下地蹬，如同'跷拐儿'一样。蹬啊，蹬啊，时间一长，腿抽筋了，赶快停下来，推着车一跷一跷地走，小伙伴看见戏称我'跷拐儿'……"

"哈哈""哈哈"，大家一片笑声。

阿宝说:"我是20世纪80年代初读大学的,当时校园里经常可以看到男生骑着自行车,车后架载着秀发飘飘的女生,非常引人注目,这是校园美丽的风景。我想,什么时候有一辆属于我的自行车?后来,母亲给我买了一辆新车,每天我把车擦得干干净净,每根钢丝都闪闪发亮,终于有一天,我载着一个穿着长裙,长发飘逸的姑娘。她,攥住我的衣角 / 我按着铃铛,吹着幸福的口哨 / 她,双手揽住了我的腰 / 我哼着小曲,心随着春风飘摇 / 她,依偎在我的后背 / 我荡起嘴角,唱着甜蜜的歌谣 / 她,一扬飘逸的秀发 / 我,嗅到了芬芳的发梢……"

阿宝还沉浸在幸福的描述之中,阿明禁不住问:"阿宝,后来你和她怎样了?"阿宝一笑,说:"她就是阿英啊,我的老伴。"

"我载过。""谈恋爱时,我也载过。""哈哈!""好好!""来来,大家一起喝一杯!"

"阿坤,该你了。""好,我来讲。"阿坤深吸一口烟,慢慢地吐出来,笑着说,"说起自行车啊,有一件事让我终生难忘。那天晚上,我这个毛脚女婿要去见丈母娘,穿上白衬衫,骑着自行车提前前往。爬坡中,踩了一个空,怎么呢?原来链条从传动的链轮上脱落了,还好我的车是半链罩。于是,我用纸巾抓住链条,对牢齿轮,转动踏板,几经反复,急得满头大汗,链条终于接上了。可手上沾满了油污,指甲里嵌入油泥,脏兮兮的,如何洗都洗不干净。此般模样,如何去见丈母娘?这一天,我知道了什么叫关键时刻'掉链子'了。"

阿明递了一支烟给阿坤,问:"后来呢?""后来啊,后来丈母娘看女婿,越看越欢喜。"阿坤笑着说。

"哈哈""哈哈",大家一片笑声。

阿明放下筷子,身体往椅子后背一靠,笑着对大家说:"刚才阿坤说'掉链子',让我想起骑车有'三恨'。"阿坤不解地问:"骑车有'三恨'?"阿明点上烟,把烟头吹得红红的,又吐出一口烟来,说:"一恨轮胎没气,二恨半途掉链,三恨车子被盗。你们想想看,早晨起来去上班,发现轮胎被扎没气,有多急;车骑在半途掉链子,有多烦;至于车子被盗,那就不用说有多恨了。"

小伙伴们不约而同地说:"是的,是的,不过自从有了共享单车就好了。"

阿华笑着说:"不知你们有没有忘记小时候玩的一种骑自行车游戏。前面画一条线,比赛不是比谁骑得快,而是比谁骑得"慢",谁最"慢"到达终点谁为胜利者。途中,谁脚踩地或车倒地就算输。游戏中骑快了不行,骑得太慢,车倒了也不行。"

"玩过,玩过。"小伙伴们接二连三地说。阿华接着说:"小时候不知道,现在想想,这游戏里蕴含着不少道理,如'欲速则不达''稳中求进,稳中有为'等等。我认为,游戏的关键是掌握好平衡和节奏——就是'稳'。"

"稳——好!""有道理,阿华说得好。"小伙伴们齐声赞道。

············

"阿真,就剩你了。""好,我来说。"阿真一边从座位上站起来,一边说,"刚才,大家都说了和自行车有关的往事、趣事、糗事,掌声阵阵,笑声连连,真所谓'记得年少骑竹马,转身已是白头翁'。我借用此诗句,描绘今日之情景:

> 单车载月喜相逢,湖畔秋浓叶正红。
> 记得少年骑竹马,半酣相顾白头翁。

"当年骑竹马,如今白头翁。""好好!"让我们一起举起这杯酒,干杯:

> 敬骑着单车追逐时光的那个少年
> 敬一起共享幸福快乐的白头翁
> 敬青春成长中那些"掉链子"的烦恼
> 敬心中那个长发飘逸的姑娘
> 敬"慢就是快,稳就是好"
> 敬记忆深处那一抹灿烂的笑
> 敬青春不老!

长风破浪会有时

——那一年，我们匆匆写的寄言

大学毕业将近，同学们开始拿着各种精美的纪念册，在班级内、同学间传来传去，互相题字留言。今天翻看这些寄语，很值得回味。

"莫愁前路无知己，天下谁人不识君""海内存知己，天涯若比邻"。大学期间，最喜欢广交朋友，称兄道弟，同学间以"知己"相称，互赠寄语。人与人相交并引为知己，无非是在人群之中找到可以与自己相契者。但真正相契者少之又少，如清代学者何瓦琴所说："人生得一知己足矣，斯世当以同怀视之。"

较多人喜欢用歌词中的句子："同桌的你""再回首，我心依旧""美酒加咖啡"。

还有："苟富贵，无相忘。"

这是《史记》里的故事，讲陈涉少时和一起耕地的小伙伴说，如果有一天富贵了，一定不要互相忘记。其实，富贵来无迹又无踪，去与来时事一同。如陆游所说："看尽人间兴废事，不曾富贵不曾穷。"

这句写得好："少年宫旗杆下等。"

"早晨八点，少年宫旗杆下等"，这是当年同学活动的联络语。少年宫旗杆——当年杭州的地标之一，是集体活动的集合地。杭州人选择此处做集合地是有道理的：少年宫地处中心，交通方便，曾经的杭州市第一条公交线——公交7路，从火车站至灵隐，沿途设六公园、昭庆寺（少年宫）、中山公园、玉泉等站。广场空旷，旗杆下聚着一群人，远远地就看见了，易见易找。少年宫位于西湖边，集中后，可以游湖，可以划船，可以登山……

这一句我能唱："再过二十年，我们来相会。"

这是20世纪80年代初传唱度很高的一首歌："年轻的朋友们／今天来相会／荡起小船儿／暖风轻轻吹／花儿香，鸟儿鸣……再过二十年／我们重相会／伟大的祖国该有多么美！"记得大学第一学年，系里组织文艺演出，我班演出的节目中，就有小组唱《年轻的朋友来相会》。"再过二十年／我们重相会"，当时觉得是多么遥远，如今，一转身已过去两个二十年。

还有写成语的："宁静致远""学无止境""锲而不舍"。

《江城子·感毕业》是诗友填的一首词："桃花似火映蓝天。柳丝棉，绿阴连。滚滚心肠，两点泪沾衫。三岁风尘寒冷夜，光阴去，怅流年。　　几度风雨暑寒天。誓争先，耻偷闲。学友音容，常忆志更坚。言传身教情浩瀚，来相会，数鸿还。"

"光阴去，怅流年""誓争先，耻偷闲"，是真情告白。

《Good Morning（早上好）——致大学》这是晨钟诗社诗友写的一首诗："书包里／兜满了五颜六色的憧憬／白色的衬衫／佩戴着二十一世纪的星／校园里／每一棵树摇起彩色的风铃／青春的太阳／高高地悬挂在我们的头顶／我们／一夜间到了写诗的年龄／晚风中／骑着单车追着芬芳的梦／晨钟里／飘出一道道亮丽的风景／Good Morning（早上好）——"

"我们／一夜间到了写诗的年龄"，这句有诗意。

"今天，我要说一串疯话"——此语似曾相识。

噢，想起来了，这是化用林徽因《一串疯话》的诗句："忘掉腼腆，我定要转过脸来，／把一串疯话全说在你的面前！"即将毕业，即将别离，要把心里的"疯话"说出来，不知那天有没有说，和谁说，说了什么。看了落款，是个女生。

这句有意思："你问我的欢乐何在？——红袖添香夜读书。"

这是一个男生写的，此语化用两个诗人的诗句。现代诗人戴望舒说："你问我的欢乐何在？／——窗头明月枕边书。"清代诗人席佩兰云："绿衣捧砚催题卷，红袖添香伴读书。"夜色红烛下，有良知相伴，把盏品茗，美文养心，其乐陶陶，其幸福何如耶。据鲁迅先生说，连大学问家刘半农也向往，可见确有动人之处。

还有："毕业你我分手，别离不再回头。"这位同学好像有点伤感。

这句话只有同班同学看得懂："527，我和你。"

"527"是大学期间上课和自修教室的门牌号。527教室，故事多。

这句我喜欢："面包会有的，牛奶会有的。"

此语出自苏联影片《列宁在1918》。影片中，列宁的警卫员瓦西里与妻子互让一只面包，并坚定地对饥肠辘辘的妻子说："面包会有的，牛奶会有的，一切都会有的。"

那时，同学经常会引用这句话，用"××会有的，××会有的"造句，如："面包会有的，牛奶会有的""前途会有的，光明会有的""爱情会有的，鲜花会有的"——这是毕业时同学间在纪念册上常写的句子。记得有一年我在外地学习进修，上课的老师在讲到某个话题时说："'面包会有的，牛奶会有的，一切都会有的。'谁能说出此话的出处？"班上七八个同学纷纷举手，脱口而出。老师一边指着举手的同学，一边笑着说："知道这句话的同学和我一样，都是快要退休的。""哈哈"，课堂里一片笑声。

"欲穷千里目，更上一层楼。"这是同学间书写最多的句子。大学毕业，事业起步，人生如登楼，要不断努力。向上走一步，你的视野会更开阔；向上走一步，你的前途会更光明；向上再走一步，你的明天会更美好！

"长风破浪会有时，直挂云帆济沧海""天生我材必有用，千金散尽还复来""仰天大笑出门去，我辈岂是蓬蒿人"，这是抄录诗仙李白的诗句。大学毕业，恰青春年少，正豪情万丈，相信自己的理想抱负总有实现的一天。

是的，只要心中有梦想，就一定会与众不同，一定会破浪乘风！

一本书打开一个世界

欢迎订购、合作

订购电话：0571-85153371

服务热线：0571-85152727